MW01609698

Le forban des mers

MINERVA
SPENCER

LES PARIAS - 2

Le forban
des mers

Traduit de l'anglais (États-Unis)
par Élisabeth Luc

POUR **elle**

Si vous souhaitez être informée en avant-première
de nos parutions et tout savoir sur vos auteures préférées,
retrouvez-nous ici :

www.jailupourelle.com

Abonnez-vous à notre newsletter
et rejoignez-nous sur Facebook !

Titre original
BARBAROUS

Éditeur original
Zebra Books published by Kensington Publishing Corp.

© Shantal La Violette, 2018

Pour la traduction française
© Éditions J'ai lu, 2019

1

Sussex, Angleterre, début 1811

Une douleur lancinante vrillait les tempes de Daphné. Ce violent coup de tête assené à son cousin Malcolm en plein visage n'était peut-être pas une si bonne idée, à la réflexion.

Toujours furieuse, elle chassa vite cette pensée de son esprit. Sous le choc, elle fut prise d'un vertige et, pour ne pas s'écrouler à terre, s'appuya sur un tronc d'arbre dont elle sentit l'écorce rugueuse sous ses doigts. Non seulement elle voyait flou, mais elle avait les yeux embués de larmes ! En portant une main à son front endolori, elle constata qu'elle saignait. Était-ce le sang de sir Malcolm ou le sien ? Les deux, sans doute. À quelques pas, dans la clairière, Malcolm Hastings gisait parmi les vestiges du pique-nique qu'elle était en train de préparer quand il l'avait abordée.

Elle n'avait pas revu son cousin depuis dix ans, et il avait beaucoup vieilli. Ses cheveux châtains, autrefois fournis et soyeux, s'étaient clairsemés. Le dandy qui avait brièvement tenu l'avenir de la jeune femme entre ses mains en tant que tuteur légal avait fait place à un notable bedonnant proche de la quarantaine. Leurs onze ans de différence se lisaient sur son visage rougeaud marqué par les excès et la haine.

Le blessé se redressa avec difficulté et la foudroya du regard. Furibond, il ôta sa cravate pour tapoter son nez tuméfié.

Daphné sourit. Une migraine et quelques taches sur sa robe n'étaient pas cher payé pour savourer une telle vengeance contre cet odieux personnage. Lorsqu'elle voulut observer son visage bouffi et ses yeux injectés de sang, elle dut plisser les yeux.

Ses lunettes ! Elles avaient dû tomber lors de la lutte.

Sans quitter Malcolm du regard, elle s'accroupit pour fouiller l'herbe à ses pieds, priant le Ciel pour que les verres n'aient pas été piétinés dans la bagarre. Sans ses précieuses lunettes, adaptées à sa vue défaillante, elle serait en mauvaise posture. Elles étaient également le dernier cadeau que lui avait offert son mari avant de mourir. Les perdre serait presque un nouveau deuil. Ce serait…

— Que diable se passe-t-il ici ? lança une voix grave et autoritaire.

Surprise, Daphné ne put retenir un cri et bascula vers l'avant pour se retrouver à quatre pattes. Elle chercha à l'aveuglette à repérer l'homme qui venait de s'exprimer. Une silhouette émergea entre deux immenses hêtres. Bientôt, elle distingua un cavalier, un homme impressionnant perché sur une monture superbe et tout aussi imposante.

Peu à peu, elle discerna quelques détails. Sous le ciel gris, ses cheveux blonds et sa peau bronzée lui donnaient un air exotique quelque peu incongru. Il portait un bandeau noir sur l'œil gauche, souligné par une vilaine balafre qui lui barrait le visage. Il ne lui manquait plus qu'un tricorne et un poignard au ceinturon pour incarner le pirate intrépide qui peuplait les fantasmes de tant de jeunes filles. Ce monsieur se rendait-il à quelque bal masqué ? Elle avait peine à y croire.

Par nature, Daphné demeurait raisonnable quelles que soient les circonstances. Et pourtant, dès que l'inconnu posa sur elle son unique œil vert émeraude, elle perdit pied.

— Lady Davenport ? fit-il d'un ton posé de gentleman que démentait son apparence. Allez-vous bien, milady ?

— Très bien, mais...

Il avait le regard rivé sur sa poitrine. En baissant les yeux, elle découvrit avec effroi que sa veste et sa robe étaient ouvertes du col à la taille. Les boutons arrachés exposaient une surface indécente de corset et de peau nacrée. Mortifiée, Daphné resserra vivement les pans de ses vêtements déchirés sur son torse et se força à relever la tête. L'inconnu observait à présent Malcolm, comme s'il avait oublié l'existence même de la jeune femme.

Il mit pied à terre avec grâce et fit quelques pas en direction de Malcolm. Puis il leva un monocle vers son œil pour examiner le blessé, visiblement intrigué.

Seul le chant des oiseaux rompait le silence.

— Ramsay ? bredouilla Malcolm d'une voix étouffée par la cravate qu'il appliquait sur ses lèvres, avant de révéler son visage, abasourdi.

Ramsay ? Daphné n'en revenait pas. Le seul Ramsay dont elle ait entendu parler était le défunt neveu et héritier de son mari Thomas, Hugh Redvers, qui portait le titre de baron Ramsay. Ce ne pouvait être lui ! Son abruti de cousin devait se méprendre, car Hugh Redvers était mort depuis de nombreuses années.

Le pirate ignora la question de Malcolm pour le dévisager de plus belle avec un mépris évident. Apeuré, le blessé se couvrit à nouveau de sa cravate ensanglantée.

L'hostilité était palpable, au point que Daphné frémit. Son cousin affichait un regard malveillant qu'elle avait trop souvent croisé autrefois, quand il était son tuteur.

Elle se tourna vers l'inconnu pour jauger sa réaction face à la menace tacite de Malcolm. Elle ne croisa qu'un œil vert émeraude grossi par le monocle. Soudain, elle comprit la frayeur de Malcolm. Elle voulut reculer, mais se ravisa. Après tout, elle était dans son droit ! Elle se redressa fièrement, une main crispée sur ses vêtements déchirés, et s'efforça de soutenir son regard.

Il esquissa un rictus indéchiffrable et baissa son monocle, puis s'avança et tendit une main énorme.

Daphné considéra la poigne gantée. Devait-elle accepter son aide ou se relever seule ? Il la mit debout sans le moindre effort et ne la relâcha pas immédiatement. Son baisemain surprit la jeune femme par sa douceur, sa délicatesse inattendue de la part d'un tel colosse.

— Je manque à tous mes devoirs... je ne me suis pas présenté. Veuillez m'en excuser, lady Davenport. Sir Malcolm dit vrai. Je suis Hugh Redvers, baron Ramsay... votre neveu par alliance, perdu de vue depuis des lustres, ajouta-t-il avec un sourire narquois.

— Comment est-ce possible ? balbutia Daphné.

— Eh bien, le comte était le frère aîné de mon père. La première femme du comte, ma tante Eloisa, est morte et, par la suite, le comte vous a épousée. Par conséquent...

Ce goujat se moquait ouvertement d'elle ! Daphné le foudroya d'un regard glacial.

— Je connais parfaitement l'arbre généalogique de ma belle-famille, monsieur. Je voulais dire : comment se fait-il que vous soyez en vie ?

Ramsay s'amusait de plus en plus. Elle s'en voulut de sa réflexion un peu stupide.

— Hugh Redvers est mort depuis presque vingt ans, ajouta-t-elle. On a informé mon mari, le comte de Davenport, de son décès.

Le pirate écarta les bras pour dire : et pourtant, je suis là.

Le regard appuyé de la jeune femme ne le troubla pas le moins du monde. Il ne pouvait s'agir d'un imposteur. Lorsqu'il s'avança vers elle, elle constata qu'il était plus âgé qu'elle ne l'avait cru au départ, plus proche de la quarantaine que de la trentaine, ce qui ne nuisait en rien à son charme. Il avait quelques rides au coin des yeux et ses cheveux commençaient à se strier d'argent. Sous son sourire, elle devinait un homme déterminé, habitué à obtenir ce qu'il voulait. Sa balafre pâle lui barrait la tempe avant de disparaître sous le bandeau noir et de se poursuivre sur l'arête de son nez pour s'arrêter sur sa mâchoire.

Cet homme meurtri et séduisant à la fois raviva en elle le souvenir de la fillette qu'elle était à dix ans et qui idolâtrait son sémillant voisin. Daphné avait longtemps pleuré à l'annonce de son décès.

Ni les années écoulées, ni cette cicatrice, ni ce bandeau ne pouvaient altérer la vérité : cet homme était bien Hugh Redvers, l'héritier de son mari décédé, un homme que tout le monde croyait mort.

Un homme que Daphné avait privé de son titre, de ses terres et de sa fortune.

Elle ouvrit la bouche pour parler, mais que dire ?

— Milady ?

Elle fit volte-face. Caswell, son palefrenier, se tenait à l'extrémité du sentier, visiblement abasourdi par le spectacle du pirate et de Malcolm ensanglanté.

Avant qu'elle ne puisse répondre, son fils aîné apparut derrière son employé.

— Je ne te raconte pas des histoires, Richard, dit le jeune Lucien. C'était un poisson énorme, bien plus gros que celui que tu as pêché. Si seulement je n'avais pas glissé et lâché ma canne !

Richard, qui n'avait que douze minutes de moins que Lucien, campa sur ses positions :

— Menteur !

Lucien dut se pencher pour voir ce qui captivait tant le palefrenier.

— Caswell, qu'est-ce qui... ?

Il s'interrompit, bouche bée, et revint sur ses pas. Richard s'approcha à son tour et afficha la même stupeur que son frère.

Ils portèrent d'abord leur attention sur la cravate souillée de Malcolm, avant de s'intéresser au pirate borgne qui se tenait près de leur mère. Cependant, ceux-ci ne pouvaient rivaliser avec le cheval de Hugh, qui broutait non loin de son maître.

Oubliant le reste, les jumeaux s'approchèrent de l'animal. Ramsay ne masqua pas son amusement de les voir à ce point fascinés. Il prononça quelques mots dans une langue que Daphné prit pour de l'arabe. Aussitôt, le cheval tendit une patte aux enfants avant de s'incliner. Enfin, il se redressa avec majesté.

— Il est magnifique, monsieur ! lança Lucien à l'homme qu'il avait privé, bien involontairement, de son titre et de sa fortune.

Affligée, Daphné ferma brièvement les yeux. Non, ce n'était pas possible...

— Peut-on le caresser, monsieur ? demanda Lucien.

— Si vous voulez, jeune homme, répondit Redvers. Un conseil : ne restez pas derrière lui. D'une ruade, il pourrait vous projeter jusqu'à Newcastle !

Les garçons affichèrent un large sourire. Cette mise en garde rendait la perspective de toucher le cheval encore plus tentante.

— Il s'appelle Pacha, ajouta Hugh.

Malcolm se racla la gorge pour attirer l'attention. Il avait tout d'un écolier qui venait d'être puni et cherchait à sauver la face.

— Que se passe-t-il, nom de Dieu, Ramsay ?

— Surveillez votre langage, Hastings ! rétorqua ce dernier. Je me posais la même question, justement.

La tension de Malcolm était évidente. Sous son calme apparent, Ramsay semblait implacable.

— Vous faites allusion à ceci ? balbutia Malcolm en brandissant sa cravate ensanglantée. Ce n'est rien. Mon cheval a sursauté. Il est un peu nerveux...

Ramsay se tourna vers la créature placide qui broutait à quelques mètres de là, puis revint à Malcolm sans masquer sa perplexité.

— Naturellement, je suis resté en selle, mais j'ai pris un coup dans le nez, bredouilla le blessé en observant le pique-nique ravagé. Désolé pour le désordre, chère cousine...

Il posa sur Daphné un regard teinté de dédain, avant de reporter son attention sur Ramsay. Les deux hommes se toisèrent longuement, puis Malcolm marmonna quelques paroles inintelligibles. Il mena son cheval vers une souche et se percha dessus pour monter maladroitement en selle.

Son regard mauvais s'attarda sur Daphné, qui y décela une mise en garde à peine voilée. Il n'en avait pas terminé avec elle, loin de là, et ne lui pardonnerait pas cet accès de violence. Il talonna brutalement sa monture et s'éloigna. Le bruit des sabots s'éteignit peu à peu dans la clairière.

— Il n'a vraiment pas une bonne assiette, commenta Lucien.

Ce jugement lapidaire concernant les talents de cavalier de Malcolm fit rire l'inconnu aux airs de pirate.

Un inconnu ? Pas vraiment. Cet homme était le véritable comte de Davenport. Daphné réprima un frisson qui n'avait rien à voir avec la fraîcheur ambiante. L'espace d'un instant, elle demeura pétrifiée par l'incongruité de la situation. Elle se targuait d'être une femme de savoir et de raison qui ne cédait pas à la panique. Elle respira profondément, le temps de se ressaisir, puis posa les yeux sur le nouveau venu.

Le comte de Davenport était revenu de l'au-delà ! Daphné avait encore peine à y croire.

— Maman ! J'ai faim ! Quand est-ce qu'on mange ?

La question triviale de Lucien ne fit qu'ajouter à l'irréalité de la situation.

Un rire nerveux naquit dans la gorge de Daphné, qui eut toutes les peines du monde à le réprimer. Que d'émotions ! D'abord Malcolm, puis Ramsay... Elle devait se maîtriser, surtout pour ses fils, qui ne songeaient qu'à manger alors qu'un homme présumé mort venait de réapparaître.

— Qu'est-il arrivé au pique-nique, maman ? s'étonna Lucien dont les yeux dorés – ceux de son père – balayaient la couverture et les victuailles éparpillées.

Ramsay semblait aussi curieux que l'enfant, mais pour d'autres raisons.

— Excellente idée, Lucien ! répondit Daphné. Une petite collation est de mise.

Elle ne pouvait avouer la vérité à Ramsay en présence des enfants et du domestique. Explications et confessions seraient pour plus tard.

Quant au revenant...

— Je vous en prie, joignez-vous à nous, Ramsay.

Il s'inclina, visiblement désireux de jouer le jeu.

— Avec grand plaisir. Puis-je me rendre utile ? ajouta-t-il en désignant le pique-nique anéanti.

Avant que Daphné ne puisse lui répondre, Lucien poussa un cri de joie et désigna la main gauche gantée de Hugh : il lui manquait le majeur.

— Incroyable ! Qu'est-il arrivé à votre doigt, monsieur ? s'enquit l'enfant en levant la tête vers le géant. Et à votre œil ?

— Lucien ! tonna Daphné, mortifiée.

— Oui, maman ? fit-il d'un air innocent.

— Encore une question impertinente, et tu regagneras Lessing Hall enfermé dans le panier de pique-nique.

Lucien observa l'objet d'un air inquiet, puis poussa un soupir de soulagement en comprenant que la menace de sa mère n'était pas réaliste.

— Pardonnez-moi d'avoir été impoli, monsieur, déclara-t-il.

— Je suis certain que je vous amuserai beaucoup en vous racontant l'histoire de mes pièces manquantes, répondit Ramsay avec un sourire. Pour l'heure, accordons quelques instants à votre maman. Pacha va vous montrer quelques-uns de ses tours.

Sur ces mots, il tourna le dos à la jeune femme, qui fut touchée par cette marque de sollicitude. Caswell n'avait pas manqué une miette de ces échanges, sans doute pour les raconter aux autres domestiques dès son retour.

— Voyez ce qui peut être sauvé, Caswell, ordonna Daphné en lui indiquant la couverture.

— Bien, milady.

Daphné repéra son chapeau, écrasé par une théière en terre cuite. Elle s'affaira à fermer ses vêtements déchirés à l'aide d'une épingle à cheveux. Ses lunettes gisaient non loin du chapeau. Si les verres étaient intacts, la fine monture était tordue. Elle s'efforça de la redresser, avant de les chausser. Elles étaient un peu de guingois. Ensuite, elle tenta de remettre de l'ordre dans sa longue chevelure blonde. Elle en fit un nœud dans lequel elle glissa quelques épingles. Enfin, elle alla prêter main-forte à Caswell.

La cuisinière avait empaqueté de quoi nourrir un bataillon : pain, fruits, gibier rôti, jambon, pâtisseries. Seuls quelques produits avaient été endommagés dans la bataille.

Daphné garnit une assiette et la tendit au domestique. Il hésita.

— Allons, Caswell, ne faites pas l'imbécile. Il y a largement de quoi manger pour nous tous.

Il accepta l'assiette en rougissant.

— Merci, milady.

Daphné était consciente que ce comportement peu aristocratique, vestige de l'éducation reçue de sa mère, choquait le personnel de Lessing Hall, même au bout de dix ans. Mais pourquoi gaspiller des victuailles ?

Elle prépara quatre autres assiettes et, bientôt, ils furent tous réunis sur la couverture.

Daphné n'avait guère d'appétit.

Elle se contenta de triturer une tranche de pain pendant que ses fils abreuvaient Ramsay de questions sur son cheval. Elle-même avait tant de choses à lui demander. Elle voulait surtout savoir ce qu'il avait entendu avant d'interrompre son entrevue pénible avec Malcolm.

Avait-il entendu les menaces proférées par celui-ci ? Son chantage ? Ses accusations à propos des jumeaux ?

Depuis des années, elle redoutait que quelqu'un dévoile ses secrets et la dénonce publiquement. Elle serait ridiculisée, humiliée. Jamais elle ne se serait attendue à voir cet homme réapparaître comme par enchantement.

Daphné observa le revenant à la dérobée.

Si elle était très jeune au moment de sa disparition, elle n'en était pas moins subjuguée par l'héritier rebelle du comte de Davenport. De sept à soixante-dix-sept ans, toutes les femmes étaient sous son charme. Non seulement il avait l'allure d'un dieu grec, mais il se montrait aimable et souriant, même envers sa voisine à lunettes un peu gauche, de dix ans sa cadette.

En l'entendant rire d'une réflexion, elle émergea de sa rêverie. Elle se rendit compte qu'elle regardait Redvers un peu trop fixement, tel un papillon de nuit attiré par une flamme.

Daphné chassa vite ses pensées et reprit son examen. Avec le temps et malgré les épreuves dont attestaient ses « pièces manquantes », selon sa propre expression, il n'avait pas perdu son charme.

Il était vêtu comme un gentleman de province, avec une touche d'exotisme. Son manteau vert foncé soulignait ses larges épaules et son gilet plus pâle semblait assorti à son regard. Quant à la culotte de peau qui moulait ses jambes musclées... elle préférait ne pas s'y attarder.

— N'est-ce pas, maman ? fit la voix de Lucien.

Son ton insistant suggérait qu'il avait dû répéter sa question.

— Comment ? bredouilla-t-elle.

Le sourire narquois de Redvers la fit rougir, une fâcheuse tendance qui ne l'avait pas quittée depuis son enfance. Cet homme savait qu'elle l'admirait et il aimait cela !

— Que me demandais-tu, Lucien ?

— Papa nous avait promis que nous aurions chacun notre cheval pour nos dix ans, Richard et moi. C'est notre anniversaire dans quelques mois.

Lucien donna un coup de coude à son frère, qui hocha la tête en guise de soutien. Daphné soupira. Il ne se passait pas une journée sans qu'ils abordent le sujet délicat des chevaux.

— Nous en reparlerons plus tard, Lucien.

L'expression du baron ressuscité l'incita à reprendre le contrôle de la conversation.

— Êtes-vous de retour en Angleterre depuis longtemps, milord ?

Cette question banale constituait au moins une entrée en matière.

Le sourire de Ramsay s'élargit.

— Allons ! Nous sommes parents par alliance. Appelez-moi Hugh.

— Parents ? répéta Lucien, oubliant les chevaux l'espace d'un instant. Seriez-vous notre cousin, comme John Redvers ? Enfin, lui, il est décédé.

Ramsay s'esclaffa.

— J'espère être différent de John Redvers, qu'il soit mort ou vif !

Daphné l'espérait également. John Redvers n'était qu'un incapable, un ivrogne ayant dilapidé sa fortune. Lorsque Hugh avait été déclaré mort, John était devenu l'héritier du comte de Davenport. Si ce dernier s'était remarié à un âge avancé, c'était surtout pour empêcher John d'hériter, mais aussi parce que la fille de son meilleur ami, une orpheline de dix-sept ans enceinte de deux mois, avait désespérément besoin d'un mari...

— Maman ?

Lucien attendait toujours qu'elle lui explique son lien de parenté avec le nouveau venu.

— Le baron Ramsay est l'aîné des neveux de votre papa, celui que nous pensions disparu en mer.

Hugh souriait. Depuis le départ, il affichait cet air à la fois satisfait et amusé. Il n'avait semblé furieux que lorsqu'il s'était adressé à Malcolm.

— Papa nous a parlé de vous, milord, intervint Richard, d'ordinaire réservé. D'après lui, vous êtes très fort au sabre et à l'épée.

L'enfant semblait sincèrement admiratif, comme s'il accordait une grande importance au jugement de son père.

Le sourire de Ramsay s'envola. Le compliment du défunt mari de Daphné, son oncle avec qui il ne s'entendait guère, le laissait sans voix.

Ce moment de vulnérabilité rassura quelque peu Daphné, qui était embarrassée depuis l'instant où il l'avait trouvée rampant dans l'herbe, les vêtements déchirés, alors qu'il ressemblait à un prince charmant sur son fidèle destrier.

— Je suis ravi que votre papa ait eu au moins un bon souvenir de moi, répondit-il d'un ton faussement léger. Et je me réjouis de découvrir deux petits cousins aussi sympathiques.

Les enfants rougirent de plaisir.

— Deux cousins sympathiques et une tante, ajouta-t-il en se tournant vers Daphné.

La jeune femme n'avait aucune expérience des hommes jeunes, elle comprit pourtant que celui-ci constituait un danger, pour une mère de famille sérieuse et austère qui n'avait aucune chance de lui plaire.

Ce qu'il lut dans le regard de Daphné fit renaître son sourire canaille. Soudain, les années s'effacèrent et elle redevint la fillette admirative. C'était à la fois frustrant et humiliant.

En se détournant, elle remarqua que toutes les assiettes étaient vides, sauf la sienne.

— Il est temps de rentrer, annonça-t-elle en se levant.

Elle ignora les plaintes de ses fils et ôta les miettes de pain du bas de sa robe en évitant avec soin le regard de Ramsay. Elle avait besoin de s'éloigner de cet homme, ne serait-ce que de quelques mètres.

Pendant que Daphné remplissait le panier de pique-nique, Caswell et Ramsay aidèrent les jumeaux à seller leurs poneys. Quand vint le moment de monter en selle, Ramsay souleva Lucien sans le moindre effort. Richard se trouvait déjà près d'une souche sur laquelle il se hissa.

— Ma tante ? fit Hugh en se tournant vers Daphné.

Son œil vert pétillait d'une telle malice qu'elle le foudroya du regard. Elle s'en voulut de rougir une fois de plus, mais elle était effectivement sa tante, bien que plus jeune que lui et même s'ils n'avaient aucun lien de sang.

Soudain, deux grandes mains la prirent par la taille et la soulevèrent de terre pour la déposer en selle. Daphné fut aussi impressionnée que Lucien par sa force. Heureusement, elle parvint à ne pas glousser lorsqu'il lui tendit les rênes... avant de lui adresser un clin d'œil.

Une onde de chaleur se propagea en elle. Elle ouvrit la bouche pour le tancer et se rendit compte qu'il cherchait à la choquer, qu'il la défiait de réagir avec indignation.

Ramsay rit de bon cœur en se tournant vers son cheval. Posant une main sur le pommeau de sa selle, il hissa son mètre quatre-vingt-quinze sur la monture avec une aisance déconcertante.

Les enfants étaient subjugués.

— Vous nous apprendrez à faire la même chose, cousin Hugh ?

— Bien sûr, répondit-il à Lucien. Néanmoins, tu devras garder ton poney encore quelque temps. Tu es trop jeune pour que je t'enseigne l'art de monter un cheval.

Les jumeaux affichèrent un air pensif, puis semblèrent convaincus. Le baron se tourna alors vers Daphné. En une simple phrase, il venait de régler l'épineux problème des chevaux.

— En route, Caswell, ordonna-t-elle.

Le palefrenier se plaça entre les deux garçons et quitta la clairière.

— Après vous, lady Davenport, déclara Ramsay en voyant Daphné rester en retrait.

Il avait une voix suave, en dépit de l'innocence de ses paroles.

Daphné secoua la tête, mais se garda de discuter. Que signifiaient ce clin d'œil, ces regards à la dérobée ? Serait-il en train de flirter ?

C'était inconcevable.

N'en ayant jamais fait l'expérience, Daphné était mal placée pour reconnaître le badinage d'un homme. Cela ne lui avait pas manqué. À l'âge de dix-sept ans, elle avait épousé le comte de Davenport, après... Elle crispa les doigts sur ses rênes. Avant son mariage, il n'y avait eu que Malcolm.

En sentant la tension de sa cavalière, la jument dressa les oreilles. Daphné se ressaisit. Elle penserait à Malcolm et ses exigences plus tard. Pour l'heure, elle devait se soucier de l'homme qui chevauchait derrière elle.

Peu lui importait qu'il flirte ou non, et au diable son inexpérience ! Elle refusait de badiner avec une crapule qui n'en faisait qu'à sa tête depuis ses vingt ans et dont le charme ravageur était une seconde nature.

Daphné se promit d'ignorer ses œillades. De toute façon, dès qu'elle lui avouerait la terrible vérité, il perdrait son sourire. Elle frémit à la perspective de cette conversation. Comment lui rendre ce qui lui appartenait sans anéantir l'avenir de ses fils ?

Perdue dans ses sombres pensées, elle atteignit le sommet de la colline. La scène extraordinaire qui se déployait sous ses yeux lui fit oublier ses préoccupations.

2

— Seigneur, murmura Daphné.

Elle ne savait où poser les yeux. C'était un tableau tiré des *Mille et une Nuits* !

La pelouse ainsi que la moitié de l'allée bordée d'arbres menant à Lessing Hall étaient envahies par des monceaux de bagages, des malles aux fermoirs en cuivre, d'énormes barriques en chêne, des tapis roulés, des meubles ouvragés, sans oublier une ménagerie exotique et une foule de personnes de diverses origines.

Un véritable capharnaüm.

Daphné arrêta sa jument à côté de Caswell, bouchée bée, qui tenait les rênes des poneys de Lucien et Richard. Les enfants avaient disparu.

Tandis que la jeune femme scrutait l'assemblée bigarrée en quête des jumeaux, un homme au teint de miel et aux yeux dorés vint à leur rencontre. Non seulement il était d'une grande beauté, mais il était à moitié nu. Pour tout vêtement, il portait une culotte en peau qui moulait ses formes de façon presque obscène, des bottes étincelantes et un gilet en cuir usé qui soulignait ses muscles saillants et révélait sa peau bronzée. Il tenait en laisse deux chiens dont la fourrure était étrangement plissée. Sur son épaule était perché un perroquet écarlate au bec impressionnant. De son regard mystérieux, l'homme toisa Daphné, puis regarda derrière elle.

Devait-elle s'offusquer ou s'amuser de cette indifférence soudaine ?

Ramsay arrêta sa monture près d'elle.

— Martin ! soupira-t-il, exaspéré. Tu pourrais enfiler une chemise, non ?

Daphné sentit que ce n'était pas vraiment une question. Le jeune homme esquissa un sourire moqueur, révélant des dents très blanches.

— Bien, capitaine.

Il ne broncha pas.

— Tout de suite, Martin !

Il rit et s'éloigna sans se presser.

Ramsay mit pied à terre et tendit la main à Daphné.

— N'en veuillez pas à Martin. Ce garçon est une force de la nature. Lui et les autres ne s'attarderont pas ici. J'ai réservé des chambres à l'auberge du Cochon qui siffle. Cependant, l'établissement n'est pas assez vaste pour abriter mes affaires. Je sais que mon oncle avait plusieurs granges spacieuses destinées aux récoltes de ses métayers. J'espérais m'imposer à vous jusqu'à ce que j'aie décidé de la suite des événements.

Cette requête fit émerger la jeune femme de sa rêverie. L'authentique comte de Davenport en était réduit à louer des chambres à l'auberge locale ! Et il lui demandait d'accepter ses affaires sur sa propriété légitime ! Elle en fut mortifiée.

— Vous devez absolument loger à Lessing Hall, lord Ramsay, déclara-t-elle d'un ton détaché. Vous l'avez dit vous-même, nous sommes parents. Vous ne pouvez vous contenter du confort sommaire du Cochon qui siffle. C'est ridicule.

Hugh parut sincèrement étonné. Elle ajouta :

— À Lessing Hall, il y a de la place pour des dizaines de domestiques, et les écuries sont presque vides depuis la mort du comte. Cette maison était la vôtre, lord Ramsay, et elle doit le rester.

Le cœur battant, elle attendit sa réponse. Au bout d'un long moment, il hocha la tête. Face à son regard perçant, son sourire sensuel au coin des lèvres, elle avait l'impression de redevenir une adolescente un peu gauche.

— Je vous remercie de votre hospitalité, milady. Si vous ne...

— C'est un singe ? s'exclama la jeune femme en remontant ses lunettes sur son nez.

— C'est bien un singe, confirma-t-il en riant. Je vous conseille de l'appeler M. Boswell, si vous voulez vous attirer ses bonnes grâces.

Sur ces mots, il s'inclina avec emphase et s'éloigna.

Daphné était toujours abasourdie quand elle entendit un cri qui ne pouvait être que celui d'un primate. M. Boswell, songea-t-elle. Puis elle reconnut les voix de ses jumeaux, qui poussaient des exclamations excitées.

Elle se précipita dans leur direction. M. Boswell choisit cet instant pour surgir de derrière les barriques, grimper sur quelques torses bronzés et passer devant Daphné, un objet brillant dans sa petite main. Lucien et Richard lui couraient après en riant de joie. Un Oriental chétif, coiffé d'un turban, fermait la marche. Le convoi fit le tour de la pelouse, avant de disparaître derrière une pile de caisses en bois.

La jeune femme se fraya un chemin vers lord Ramsay, en pleine conversation avec son personnel.

Affichant un air contrit, il brandit une superbe chaîne en or :

— M. Boswell a cru bon d'exprimer son mécontentement en me chipant mon monocle, expliqua-t-il.

Elle n'avait que faire de son fichu monocle. Elle se hissa sur la pointe des pieds pour regarder par-dessus les bagages, en quête de ses fils.

— Cette créature n'est pas dangereuse, au moins ?

— M. Boswell ? Il n'a jamais mordu personne qui ne lui voulait aucun mal.

Alarmée, Daphné se tourna vers lui.

Hugh leva une main dans un geste qui se voulait rassurant.

— N'ayez crainte, il est gentil comme tout.

L'un des hommes présents se mit à rire. Ramsay le foudroya du regard et le réprimanda vertement. Les marins se dispersèrent sans demander leur reste, laissant Daphné seule en compagnie de Ramsay.

— Regardez ! s'exclama-t-il en désignant quelques malles. Vous voyez ? Les voici sains et saufs, avec Kemal.

Kemal n'était autre que l'homme au turban. Le singe était perché sur son épaule. Sur ses talons, les enfants contemplaient M. Boswell avec adoration.

— M. Boswell a des remords, milord, déclara Kemal en rendant son monocle à Hugh.

Le domestique posa un regard noir sur le singe, qui ôta son chapeau et s'inclina face à Ramsay. Daphné ne put réprimer un sourire en voyant la petite bête espiègle afficher un air penaud très convaincant.

Sceptique, Ramsay fronça les sourcils et tenta de fixer le monocle sur sa chaîne en manipulant le délicat fermoir de ses doigts un peu maladroits. N'y tenant plus, Daphné prit les choses en main. Si la chaîne n'était pas cassée, le fermoir était tordu. Heureusement, la jeune femme parvint à le redresser et à remettre le monocle en place. Puis elle fit signe à Ramsay de se pencher.

Ce n'est que lorsque sa tête blonde se trouva proche de son visage que Daphné prit conscience de l'audace de son attitude. Trop tard. Elle se hissa sur la pointe des pieds pour glisser la chaîne autour de son cou. Au cours de ces quelques secondes, son parfum l'enveloppa, mélange troublant de soleil et d'exotisme, avec une note acidulée qu'elle n'identifia pas. D'instinct, elle eut envie de humer ses boucles dorées. Fort heureusement, elle parvint à maîtriser cette impulsion insensée.

Elle lâcha la chaîne et s'écarta, le cœur battant à tout rompre après ce contact aussi furtif que sensuel. Surtout, ne pas croiser son regard vert...

Elle s'éclaircit la voix :

— Je vais voir Mme Turner, ma gouvernante, qui fera préparer votre chambre et celles de vos employés. Elle trouvera également le meilleur endroit où entreposer vos biens.

Sans attendre la réponse de Hugh – et ses questions éventuelles –, Daphné tourna les talons.

Ramsay regarda s'éloigner sa jeune tante, dont les hanches ondulaient légèrement sous sa tenue d'équitation. La veuve de son oncle était étonnante ! Il savait que le comte avait épousé une jeune fille de cinquante ans sa cadette, mais il ne s'attendait pas à... cela. Hugh n'avait qu'un vague souvenir de la petite voisine qu'il avait connue dix-sept ans plus tôt. Elle était devenue cette femme grande, mince, sculpturale, au port altier. Daphné était sublime et le troublait au-delà des mots.

Dès qu'elle eut disparu à l'intérieur de la maison, il se surprit à l'imaginer dans le plus simple appareil. Son corps était encore plus attirant que son visage aux traits réguliers et au regard d'un bleu perçant qui pétillait d'intelligence. Hugh avait toujours eu un faible pour les femmes qui semblaient insensibles à son charme. On lui avait très souvent affirmé qu'il n'en manquait pas, loin de là.

Il revit son expression lorsqu'elle l'avait vu s'approcher, dans la clairière. Même à quatre pattes, les cheveux en désordre, elle gardait son sang-froid, du moins en apparence.

Belle, vive, réservée et courageuse à la fois ! Quel mélange intriguant.

Ramsay repoussa légèrement son chapeau pour masser la cicatrice qui lui barrait la tempe. Quoi qu'il en soit, il ne croyait pas un mot de la fable de Malcolm Hastings. Que s'était-il donc passé entre eux ? Hugh regrettait amèrement de ne pas être arrivé quelques minutes plus tôt. Néanmoins, la jeune femme semblait s'être débrouillée à merveille, à en juger par le nez sanguinolent de Hastings.

Quel air féroce elle affichait ! En croisant son regard, Hugh avait ressenti un désir ardent, une pulsion irrépressible. Qu'est-ce qui l'excitait à ce point chez cette furie ? Le goût du risque, sans doute. L'attrait des femmes dangereuses.

C'est la mère des fils de ton oncle décédé, se rappela-t-il, une pensée qu'il chassa aussitôt de son esprit. Peu lui importait qu'elle ait été mariée avec Thomas ! S'ils étaient parents par alliance, ils n'avaient aucun lien de sang. Jamais il n'aurait ressenti la même chose pour ses vraies tantes. En pensant aux matrones qu'étaient Amelia et Letitia, il réprima un frisson d'effroi.

Oui, mais elle a partagé le lit de Thomas.

Cette idée qui le hantait soudain était impossible à ignorer.

— Nom de Dieu...

Depuis quand se laissait-il tourmenter par sa conscience ? Surtout quand il s'agissait d'une femme.

Elle a porté les enfants de Thomas.

L'image de son vieil oncle avec une épouse à peine sortie de l'enfance s'insinua en lui tel un poison. Ramsay oublia son fantasme. Comment ce vieillard avait-il pu faire sienne cette jeune femme déterminée qui venait de le quitter ?

Horrifié, il ferma les yeux.

Une voix implacable résonna dans sa tête : « Tu es revenu pour régler des comptes, non pour créer des problèmes. Tu dois faire ton devoir. »

Hugh fit taire cette petite voix intérieure pour porter son attention sur le groupe hétéroclite qui s'affairait sur le gazon impeccable de Lessing Hall.

Une partie de lui appréciait ce spectacle. Quelle n'aurait pas été la colère du défunt comte s'il avait été présent ! Cet homme guindé réprouvait toute originalité. Cependant, le gentleman anglais qui sommeillait en Hugh tenait à protéger ce havre de tranquillité de toute turbulence... et des hommes tels que lui-même.

Le parc et l'élégante demeure en brique étaient nichés dans un écrin de verdure, loin de l'agitation du monde. Dans cette oasis, on en oublierait presque la guerre contre Napoléon qui faisait rage.

Le quotidien de Ramsay.

Il venait d'avoir vingt ans quand son oncle l'avait banni de Lessing Hall. C'était dix-sept ans plus tôt, une éternité.

Désormais, Hugh ressemblait davantage aux membres de sa bande qu'à un membre de la noblesse. D'après les souvenirs qu'il gardait de son défunt oncle, il devinait que le vieil homme aurait été scandalisé par l'homme qu'il était devenu, à peine plus civilisé que les corsaires qui l'avaient capturé, réduit à l'esclavage et maltraité autrefois.

Thomas Redvers aurait été horrifié d'apprendre que son héritier avait sévi dans toute la Méditerranée, qu'il avait tué, lutté, qu'il s'était frayé un chemin vers le sommet.

Le vieux comte aurait eu honte d'apprendre que Hugh Redvers n'était autre que Standish le Borgne, le mystérieux capitaine de la *Revenante*. Il était le corsaire du roi et le roi des corsaires, entre autres surnoms peu flatteurs. Il avait capturé bien plus de vaisseaux pirates, coulé bien plus de navires français que tout autre au sein de la marine de Sa Majesté.

Il n'était pas un gentleman. Il avait quitté ce monde à l'âge de vingt ans et n'y était plus à sa place. Quelle idée il avait eue de revenir !

— Trop tard, imbécile, maugréa-t-il. Tu es là.

Il chercha des yeux ses deux petits cousins, en espérant que M. Boswell ne leur ait pas infligé son humour un peu particulier.

Kemal surveillait les deux garçons, qui admiraient le perroquet que les marins de Hugh avaient baptisé Jacquot. Le volatile jurait dans plusieurs langues, encouragé par les rires des enfants. Dieu merci, songea Hugh, ils n'y comprenaient pas grand-chose. Rassuré, il chercha des yeux Will Standish, l'homme qui l'avait fait revenir en Angleterre après dix-sept ans d'absence.

Le maître d'écurie de son oncle était perché en équilibre précaire sur une pile de caisses, en train de fusiller du regard Martin, le second de Hugh. En dépit des ordres du capitaine, le jeune homme n'avait toujours pas enfilé de chemise. Hugh leva les yeux au ciel. Il n'était pas d'humeur à arbitrer une querelle entre son incorrigible lieutenant et son ancien domestique si guindé.

En réalité, il n'avait jamais vu en Will un domestique. Il était le fils unique du régisseur du vieux comte de Davenport. Ils avaient le même âge. Le père de Will avait élevé son fils afin qu'il prenne la relève, mais ce dernier ne l'entendait pas de cette oreille. Ramsay n'avait pas été surpris d'apprendre que son ami était devenu maître d'écurie, ce dont il avait toujours rêvé.

Hugh et Will avaient grandi comme des frères, en dépit de leur différence sociale. Leurs relations avaient imperceptiblement changé lorsque Hugh était parti pour le prestigieux pensionnat d'Eton, tandis que le régisseur formait son fils à prendre sa suite. Après le renvoi de Hugh d'Oxford, ils s'étaient un peu éloignés. Néanmoins, le jour où il avait exilé son neveu sur le Continent, le comte avait demandé à Will à l'accompagner en tant que valet – et sans doute en tant que tuteur, car Will avait toujours été le plus raisonnable des deux.

Depuis cette époque, Will l'exhortait à revenir en Angleterre.

Ce jour-là, pourtant, en remontant l'allée de Lessing Hall pour la première fois depuis dix-sept ans, Hugh avait été accueilli par un regard froid et méfiant. Will le traitait en étranger. Son ami d'enfance avait passé ces dernières années à peaufiner l'art de prendre de grands airs. C'était toujours mieux que de se battre, tuer et mener une vie de débauche dans les bordels du monde entier.

Il ôta son monocle et se dirigea vers les deux hommes.

— Martin ! Habille-toi !

Le jeune homme se retourna lentement, puis il s'éloigna, haussant les épaules avec insolence.

Ramsay se tourna vers son ami :

— William...

— Oui, milord, fit-il en croisant les bras.

Son ton distant irrita Hugh, qui eut toutes les peines du monde à rester courtois.

— Les lettres.

— Je les ai, répondit Will, les lèvres pincées, en sortant deux feuilles de papier froissées de la poche de son gilet.

Ramsay les déplia. Elles étaient brèves et écrites d'une main hésitante.

La première disait :

Je sais que le vieux comte vous aimait bien, Will Standish, alors je vous préviens : emmenez lady Daphné loin de Lessing Hall avant qu'il ne lui arrive malheur, ainsi qu'aux enfants. Ils sont en grand danger. Si elle reste, sa vie ne vaudra pas la peine d'être vécue.

La seconde disait :

Je ne vous le répéterai pas, Will Standish. La dame court un danger pire que la mort ! Emmenez-les très loin, elle et les garçons. Sinon, ils subiront bien des malheurs. C'est le dernier avertissement.

Hugh en demeura bouche bée.

— Tu n'as que ça ? s'emporta-t-il en brandissant les lettres.

Conscient de perdre son sang-froid, il respira profondément.

— Tu m'as fait faire la moitié d'un tour du monde pour... ça ?

Will se redressa fièrement.

— Je me suis contenté d'obéir à tes ordres, *milord*. J'ai considéré que ces lettres étaient explicites et menaçantes.

Il semblait offusqué et sûr de son bon droit.

— Je me suis peut-être montré un peu trop prudent, mais j'ai fait de mon mieux, *milord*. Lord Davenport a été très bon envers moi et ma sœur, surtout après les problèmes qu'elle a eus. Je ferais n'importe quoi pour sa veuve et ses fils.

Hugh ignora son ton moralisateur pour se concentrer sur ses propos. N'avait-il pas fait confiance à Will quand il avait choisi de « faire le mort » pour sa famille, autrefois ?

Après s'être évadé de son lieu de captivité, Ramsay avait mis plusieurs années à se rendre compte qu'il ne voulait pas vraiment couper les ponts avec sa terre d'origine.

Il avait donc renoué avec Will Standish, en le priant de le tenir informé de ce qui se passait chez lui tout en gardant le secret au sujet de sa survie. Au fil des ans, Will lui avait adressé plus d'une vingtaine de lettres qui l'imploraient de l'autoriser à informer le comte qu'il était en vie. Hugh avait toujours refusé, car il n'avait aucune intention de rentrer en Angleterre ou d'endosser ses responsabilités d'héritier. Hugh était persuadé de n'avoir été qu'une source de contrariété pour son oncle, et il valait mieux que le vieil homme le pense mort. Will n'en démordait pas et voulait absolument qu'il revienne à Lessing Hall, jusqu'à ce que...

Il étouffa un grommellement. Will avait bien manœuvré ! Quel imbécile il avait été... Grâce à sa dernière lettre, Will avait finalement obtenu satisfaction.

Le maître d'écurie soutint le regard inquisiteur de Ramsay avec une arrogance et une hostilité indignes d'un ami ou même d'un employé loyal. Hugh soupira. Will avait toujours été obstiné.

— Tu m'as délibérément induit en erreur, n'est-ce pas ?

Will crispa la mâchoire, sans un mot.

Hors de lui, Ramsay lâcha une bordée de jurons.

— Tes messages m'ont porté à croire que lady Davenport et mes jeunes cousins couraient un danger imminent ! On se serait cru dans quelque machination diabolique !

Il brandit les deux feuilles de papier.

— Pourquoi ne les lui as-tu pas montrées, à elle ? insista Hugh.

Will rougit et baissa la tête en se dandinant nerveusement.

— Je vois, maugréa Ramsay.

Le maître d'écurie avait tout bonnement saisi le premier prétexte qui s'était présenté pour le faire revenir. Ramsay aurait pu être flatté de manquer à ce point à son ami, mais ce n'était pas le cas, loin de là. Il se retenait pour ne pas le frapper.

— Tu m'as dupé ! Tu n'as donc pas réfléchi aux conséquences de ma « résurrection » pour la femme que tu prétends vouloir protéger ?

Will se mura dans le silence.

— Figure-toi que je constitue le pire problème de cette jeune femme ! En débarquant dans sa vie bien rangée, je nuis davantage à sa tranquillité d'esprit que quelques lettres anonymes.

Hugh ne prit pas la peine de citer la menace encore plus grande qu'il représentait pour Daphné, lui, le vaurien sans foi ni loi qui éprouvait du désir charnel pour la veuve de son oncle.

Il prit le temps de se ressaisir.

— Tu imagines le scandale que la nouvelle de mon retour va déclencher ?

Enfin, Will releva la tête, l'air buté.

— C'est toi qui m'as demandé de t'avertir si j'avais l'impression que ta présence était requise, que ce soit pour le comte ou un autre membre de la famille. Je croyais sincèrement que lady Davenport et ses enfants étaient en péril, même si j'ignorais la nature exacte du danger. Alors je t'ai écrit, *milord*.

Son ton était teinté de sarcasme.

Nerveux, le capitaine se massa la tempe. Il n'osait envisager la réaction des gens en apprenant son retour. Que dirait tante Letitia ? Seigneur ! Elle était plus redoutable qu'un vaisseau de pirates armés jusqu'aux dents.

Il s'efforça de chasser cette pensée. Était-il encore temps pour lui de regagner le port et d'embarquer sur son navire pour lever l'ancre ?

3

La calériste prit la parole avant même que la porte se soit refermée.

— Pourquoi est-il revenu, après toutes ces années ? Pourquoi a-t-il attendu la mort de lord Davenport ? s'étonna Rowena en marchant de long en large.

Face à son miroir, Daphné se posait la même question.

— Je ne peux l'interroger, Rowena. De plus, pourquoi ne viendrait-il pas à Lessing Hall ? Il a toujours été chez lui ici, et il l'est encore. Nous sommes les intrus, pas lui, et vous le savez pertinemment.

Des intrus et des voleurs, songea-t-elle.

— Quelles que soient ses raisons, il est là et...

— Vous connaissez le nom de son navire ?

Surprise d'être interrompue de façon aussi impudente par sa domestique, Daphné se figea et foudroya du regard le reflet de la femme entre deux âges qui s'approchait pour la déshabiller.

— Plaît-il ?

Rowena était déjà au service de sa mère. Si Daphné avait toujours vu en elle une tante ou une sœur aînée, cette complicité ne l'autorisait en rien à lui couper la parole ou à l'interroger de la sorte.

— Connaissez-vous le nom de son navire, milady ?

— Comment cela, son navire ? Comment voulez-vous que je sache à bord de quel bateau il est arrivé ?

Daphné ôta vivement son chapeau et se retourna :

— Pourquoi cette question ?

— Il s'agit de la *Revenante*, et il en est le capitaine !

La jeune femme n'en croyait pas ses oreilles.

— La *Revenante* ?

— Tout juste !

— Mais c'est...

— Absolument, coupa Rowena, la mine grave. C'est le vaisseau de Standish le Borgne.

Daphné s'esclaffa.

— Vous êtes mal renseignée, ma chère ! Ce n'est pas parce que lord Ramsay n'a qu'un œil qu'il...

— On ne parle que de ça à l'office !

— Je ne crois pas qu'il faille...

Rowena lui empoigna vivement le bras.

— Standish le Borgne et Hugh Redvers ne font qu'un ! C'est le corsaire du roi, milady !

Daphné se contenta de la dévisager. Son silence ne fit qu'encourager la femme de chambre, qui s'enflamma :

— Cet homme est un monstre. Voilà pourquoi lord Davenport l'a exilé, autrefois ! En dix-sept ans, il a dû empirer. Allez savoir ce qu'il nous réserve ! Ce retour ne présage rien de bon, milady, je vous le dis ! Il va découvrir la vérité sur les garçons et anéantira les efforts consentis pour en arriver là.

Très agitée, la domestique ne masquait pas son angoisse.

— Vous ne pouvez lui permettre de séjourner à Lessing Hall, milady ! C'est tout bonnement impensable. Il doit s'en aller. Il est...

— Assez, Rowena !

Le visage crispé, le souffle court de sa domestique lui donnaient la chair de poule. Daphné se dégagea de son emprise.

— Quelle mouche vous a piquée ? s'emporta-t-elle. Vous trouvez normal que je le prive de ce qui lui revient de droit et que je lui refuse l'accès à sa propre maison ? Il résidera ici, et je lui avouerai la vérité ! J'ai simplement besoin d'un peu de temps pour trouver la meilleure approche.

C'était elle-même qu'elle cherchait à convaincre, en réalité.

Rowena agrippa Daphné de plus belle.

— Vous ne comprenez pas ! Vous n'étiez qu'une gamine quand Hugh Redvers est parti. C'était le diable en personne, un bon à rien qui ne pensait qu'au jeu, à la bagarre et à la débauche. Il a commis des actes terribles qui lui ont valu d'être renvoyé de ce pensionnat très chic. Des choses bien pires que des bêtises de jeunesse. Il était le mal incarné ! Dès son retour à Lessing Hall, il a tué l'un des chevaux du comte et a mis Meg Standish enceinte avant de l'abandonner !

Daphné en demeura bouche bée.

— Inutile de me regarder ainsi, milady. C'est la vérité. Et Meg n'est pas la seule. La région grouille des bâtards blonds aux yeux verts de cet homme. À présent, c'est toujours le diable, avec dix-sept ans d'expérience en plus. Mon Dieu ! Vous avez perdu deux boutons de votre manteau et... c'est une tache de sang que je vois là ?

Elle toisa longuement Daphné.

— Ce n'est pas mon sang, mais celui de Malcolm, expliqua celle-ci distraitement, toujours sous le coup des révélations de sa domestique.

— Malcolm ? répéta Rowena en pâlissant. Que s'est-il passé ? Vous a-t-il... ?

Daphné la prit par les épaules.

— Arrêtez, Rowena ! Vous ne pouvez réagir de la sorte chaque fois que je prononce le nom de Malcolm. Vous allez finir par me faire démasquer.

— Que s'est-il passé, milady ?

— Il m'a abordée quand Caswell et les garçons sont descendus au bord de la rivière. Il a cherché à… se rapprocher de moi.

— Sans doute vous épiait-il en attendant son heure, fulmina Rowena. Il attend peut-être sa chance depuis la mort du comte.

— Comment le saurais-je ? répliqua Daphné, qui croyait en cette hypothèse.

— Vous a-t-il fait du mal ?

— Non. C'est moi qui l'ai frappé, admit la jeune femme avec un mélange de fierté et de gêne.

— Pas possible !

Daphné se tourna pour permettre à Rowena de la dévêtir.

— Je vous assure que oui. Je lui ai asséné un coup de tête en plein visage. Je crois que je lui ai cassé le nez, d'où les taches de sang. Lord Ramsay est apparu, et Malcolm a filé.

La jeune femme n'en dit pas plus. À quoi bon raconter à une domestique hystérique le chantage de Malcolm ?

Elle frémit en imaginant la réaction de Rowena si elle apprenait que Malcolm menaçait de révéler qu'il était le véritable père de ses enfants si elle refusait de l'épouser. Il voulait bien accorder à Daphné un peu de temps pour réfléchir, mais il lui en coûterait mille livres sterling.

Et surtout, elle ne pouvait dire à Rowena que Malcolm l'avait empoignée en promettant de donner à Lucien et Richard un petit frère ou une petite sœur pour inciter la jeune femme à prendre la bonne décision. À ce souvenir, Daphné esquissa un sourire triste, car ces paroles l'avaient mise dans une telle rage qu'elle avait cédé à la violence. Cependant, ce nez fracturé ne rachetait pas la dernière fois que Malcolm avait posé la main sur elle. Rien ne pourrait effacer ce moment.

Elle croisa le regard de Rowena dans le miroir.

La domestique semblait terrifiée.

— Je comprends les motivations de Malcolm, dit-elle. En revanche, que vous voulait Hugh Redvers ? Qu'est-ce qu'il vous veut, celui-là, milady ? Pourquoi est-il rentré, après toutes ces années ?

Daphné ne pouvait reprocher à sa fidèle employée de s'interroger. Quant à elle, elle se demandait ce que Ramsay avait vu et entendu, au juste...

Lorsque Hugh put enfin trouver refuge dans ses appartements, Kemal s'y trouvait déjà, à ranger ses effets en maugréant. Kemal avait commencé sa carrière de valet sur le tard, il était cependant particulièrement zélé.

M. Boswell s'agitait dans sa niche en bois, une réplique parfaite de la maison du capitaine à Shanghai. Horace et Horatia, les deux chiots de race shar-peï, étaient blottis l'un contre l'autre sur un coussin de velours.

Seul Jacquot réagit à l'apparition de Hugh.

— Quittez le navire ! Quittez le navire ! lança-t-il avant d'éclater d'un rire diabolique.

— J'aurais mieux fait de laisser ce fichu volatile sur la *Revenante,* marmonna Hugh.

L'Oriental ignora ce commentaire et entreprit d'inspecter la tenue de Hugh.

— Kemal, soupira-t-il, trop fatigué pour endurer les attentions obsessionnelles de son valet.

— Je vais vous raser, en attendant que votre bain soit prêt.

— Parfait, répondit Ramsay en ôtant ses bottes.

La *Revenante* avait fait sensation en entrant dans le port. Le spectacle aurait même été divertissant si le vaisseau n'avait pas failli être coulé par les autorités locales, qui semblaient tirer d'abord et s'interroger ensuite. Les policiers n'avaient jamais eu affaire à un tel navire et ils s'étaient montrés méfiants, même après avoir examiné la lettre de marque de la *Revenante*. Hugh avait eu du mal à les convaincre, malgré plusieurs certificats signés de la main de l'amiral Nelson en personne.

C'était l'amiral qui avait persuadé Hugh de mener une carrière de corsaire.

Lors de sa première rencontre avec l'*Agamemnon*, le navire de Nelson, qui fuyait un escadron français, Hugh se livrait à la contrebande. Voyant un compatriote en détresse, il avait fait diversion en attaquant le premier vaisseau français à coups de canon, avant de virer de bord pour échapper de justesse à l'affrontement. Grâce à lui, Nelson avait pu se sortir de ce mauvais pas.

Quelques mois plus tard, Hugh avait retrouvé Nelson à Tunis. L'amiral lui avait exprimé sa gratitude en lui procurant des documents très précieux dans les situations délicates. L'illustre officier avait été le premier à surnommer Hugh « corsaire du roi ». Au fil des années, de nombreux gradés de la marine britannique ainsi que de simples marins avaient encensé la *Revenante* et son capitaine borgne.

Ramsay enfila un peignoir en soie vert émeraude et or, un cadeau de sa maîtresse à La Nouvelle-Orléans. Il ôta son bandeau noir et le jeta sur une table, avant de s'asseoir face au miroir. Kemal s'apprêtait à le raser.

En observant le reflet de son visage balafré et meurtri, Hugh soupira. Il avait vieilli et se sentait accablé par le poids des ans. La lame du rasoir lui rappela celle qui avait tranché son œil en deux, quinze ans plus tôt. S'il avait conservé sa paupière, c'était uniquement parce qu'il avait eu les yeux écarquillés au moment du coup. Il pouvait se réjouir de n'avoir perdu qu'un œil. Hélas, sa cicatrice le rendait toujours fou de rage contre ceux qui lui avaient infligé cette mutilation. Il avait tué cinq de ces hommes. Le dernier, le pire de tous, était encore de ce monde. Quand il pensait à lui, Hugh ressentait une douleur physique au niveau de sa blessure. La souffrance ne cesserait que lorsqu'il aurait assouvi sa vengeance.

Mais pour l'instant, il devait s'intéresser de plus près aux lettres de menaces de Will.

Un visage superbe lui apparut. Comment résister à la beauté inaccessible de la comtesse, à son corps de rêve ? À en juger par les regards froids qu'elle lui avait lancés, il avait trahi son intérêt pour elle...

— Capitaine ?

Il émergea de ses pensées et fixa le miroir. Pendant qu'il fantasmait sur sa jeune tante, Kemal avait fini de le raser. Il se leva et se dirigea vers l'antichambre, où l'attendait un bain fumant. Il s'immergea dans l'eau parfumée. La baignoire avait été fabriquée sur mesure pour son grand-père, qui était encore plus grand que lui. Il se prélassa et laissa ses pensées vagabonder de nouveau.

En guise de réponse à la lettre de Will, Hugh était en route vers l'Angleterre quand il avait reçu un message d'une femme à qui il n'avait pas parlé depuis qu'il avait échappé au sultan Baba Hassan.

À l'époque, elle n'avait que quatorze ans. Les corsaires qui l'avaient capturée avec Hugh et des dizaines d'autres l'avaient offerte au sultan. Ce jour funeste était gravé dans la mémoire du capitaine. Lorsque les hommes l'avaient emmenée, elle pleurait à chaudes larmes. Sans réfléchir, Hugh avait tenté de s'interposer. Pour le châtier, les marins de l'infâme Barbarossa l'avaient fouetté jusqu'au sang.

Pendant deux ans, le capitaine s'était efforcé de chasser cette jeune fille de son esprit, car il n'osait imaginer son calvaire au sein du harem du sultan, non loin de l'endroit où il s'échinait chaque jour sous le fouet d'un garde. Cependant, il ne l'avait pas oubliée. En préparant son évasion, il avait même pris de gros risques pour lui faire parvenir un message. Hélas, elle n'avait pas répondu.

Jusqu'à ce jour. Miraculeusement, elle avait survécu à ces dix-sept ans de captivité chez le sultan. Sa chance semblait avoir tourné, et elle courait désormais un terrible danger. Son message était alarmant : Hugh devait se rendre à Oran sur-le-champ.

Si Will Standish n'avait pas insisté à ce point, il aurait mis le cap sur Oran. Il avait préféré déposer trois de ses meilleurs hommes aux Canaries en les chargeant d'embarquer pour Oran. Une fois là-bas, ils trouveraient Mia et son fils et les mettraient à l'abri, en attendant que la *Revenante* vienne les chercher.

Hugh savonna la longue cicatrice qui courait le long de son bras gauche et barrait sa poitrine, tout en réfléchissant au prochain périple de son vaisseau, sans lui. Il resterait en Angleterre le temps de résoudre le mystère des lettres anonymes. Il avait déjà organisé le départ de son navire, dès la marée du lendemain. Il fallait qu'il lève l'ancre avant que la nouvelle de son retour n'attire les journalistes et ne transforme Eastbourne en véritable cirque. Le scandale éclaterait bien assez vite.

Hugh réfléchit à ces deux lettres anonymes. Pour l'heure, Malcolm Hastings était l'unique suspect.

Il s'immergea pour se rincer. L'idée d'envoyer son navire en mer sans lui ne lui plaisait pas, mais il ne pouvait négliger les événements de Lessing Hall. La tâche ne serait pas aisée, surtout s'il devait réprimer ses pulsions chaque fois qu'il croisait la jolie veuve de son oncle.

4

Daphné passa le reste de la journée à régler les nombreux problèmes d'intendance engendrés par l'arrivée de Hugh. Lorsqu'elle regagna ses appartements, il ne lui restait qu'une heure pour se reposer et se préparer en vue du souper.

La robe que Rowena lui avait choisie pour la soirée était assurément sa tenue la moins flatteuse. Elle laissait sa femme de chambre sélectionner ses toilettes, car elle ne s'intéressait guère à la mode.

L'espace d'un instant, elle eut envie de rappeler à Rowena qu'elle n'était plus en deuil et de lui ordonner de trouver une autre tenue. Hélas, elle n'avait pas la force de se lancer dans une joute verbale avec une camériste bien trop susceptible à son goût.

Elle s'en voulait de se préoccuper d'une simple robe, elle qui avait toujours détesté la frivolité. Ce qui la contrariait, c'était de vouloir être à son avantage pour un homme qui ne regarderait sans doute pas la grande asperge à lunettes qu'elle était. Quant aux réactions de son propre corps en présence de Ramsay, elle préférait ne pas y penser. Quelle femme ne serait pas attirée par un tel déploiement de charme ?

Non seulement il était agréable à regarder, mais il dégageait un magnétisme unique et presque... animal.

Pourquoi fallait-il qu'il fût également l'infâme Standish le Borgne ?

Daphné leva les yeux au ciel. Ce type était un pirate, pour l'amour du Ciel ! Pour être précise, Ramsay n'était pas un pirate, mais un corsaire, autrement dit un pirate à la solde du royaume d'Angleterre.

Comment son mari, si attaché à la bienséance, pouvait-il avoir un neveu tel que Standish le Borgne, le fléau des pirates et de la marine française dans le monde entier ? Qu'aurait pensé Thomas de sa réapparition miraculeuse ? Et de l'attirance immédiate de sa jeune épouse pour ce scélérat, ce débauché ? Cette pensée fit naître un sourire sur les lèvres de Daphné. Thomas possédait un sens inné de l'absurde – le même que Hugh Redvers qui, lui, ne faisait aucun effort pour le dissimuler.

Daphné avait au moins une certitude : vivre sous le même toit que Ramsay ne lui vaudrait que des ennuis. Elle s'exposait à une terrible humiliation. Avait-elle le choix ? Devait-elle révéler la vérité sur ses fils lors du repas, puis s'enfuir avant l'aube ? Pour aller où ? De quoi vivraient-ils ? Elle serait peut-être contrainte de se réfugier avec ses jumeaux dans sa maison délabrée du Yorkshire, son unique bien.

Grâce à sa rente douairière, ils mèneraient une existence modeste, mais le scandale aurait des répercussions sur l'avenir de Lucien et Richard, surtout si Hugh cherchait à se venger.

Une sourde angoisse l'envahit. Redvers s'était passé de ce qu'elle lui avait volé pendant des années. Elle pouvait se permettre de réfléchir encore quelque temps pour trouver la meilleure façon d'aborder le sujet et faire des projets.

Le visage haineux de Malcolm Hastings surgit dans son esprit. Aussitôt, elle ferma les yeux. Elle avait presque oublié Malcolm et ses menaces. Seigneur ! Combien de temps encore ce roquet lui collerait-il aux basques ?

Rowena s'affaira à coiffer sa maîtresse en dissimulant l'écorchure et la bosse qu'elle avait sur le front. Lorsque la camériste avait découvert ses blessures, les deux femmes en étaient presque venues aux mains.

— Allez vous coucher immédiatement, lady Daphné !

— Pas question !

— Il le faut ! Je vais préparer un cataplasme et...

— Je refuse de discuter avec vous, avait-elle conclu d'un ton glacial.

Naturellement, la domestique ne l'entendait pas de cette oreille. Daphné était pourtant incapable de s'aliter avec une décoction nauséabonde sur la tête alors que Hugh Redvers se trouvait sous son toit. De toute façon, elle était bien trop agitée pour se reposer.

En regardant Rowena dompter les boucles blondes de ses mains agiles, elle songea à la soirée qui s'annonçait. Si seulement elle avait interrogé Thomas sur son héritier disparu quand elle en avait eu l'occasion... Hélas, le sujet avait toujours été épineux. Thomas s'en voulait d'avoir exilé son neveu sur le Continent.

Le souvenir de son mari lui serra le cœur. Thomas était à la fois son époux, son ami et son mentor. Depuis le jour où il lui avait offert la protection de son nom, il avait fait preuve d'une grande bonté, à bien des égards. Il avait toujours considéré les enfants comme les siens.

— Ce sont les meilleurs fils dont un homme puisse rêver, Daphné, avait-il murmuré sur son lit de mort. Et tu es la fille que j'ai toujours voulu avoir. Je regrette que tu aies été contrainte à un mariage de raison, au lieu de contracter l'union d'amour que tu mérites. Je suis honoré de t'avoir été utile.

Après sa chute de cheval, Daphné était restée jour et nuit au chevet de son mari paralysé. Elle n'imaginait

pas son existence sans sa présence rassurante et bienveillante. Sans son amour.

— Si ta maman voyait quelle femme superbe et
pleine d'assurance tu es devenue ! Elle aurait été si
fière !

Le regard du comte s'était voilé. En cet instant,
Thomas voyait Althea, sa mère, et non Daphné.

— Tu es encore jeune, et mon vœu le plus cher est
que tu connaisses le bonheur quand je serai parti.

— J'ai été heureuse avec vous, Thomas.

Il avait esquissé un sourire triste.

— Je veux que tu trouves l'amour, ce grand amour
que j'ai connu autrefois.

Elle sentit des larmes lui monter aux yeux au souvenir de ces ultimes paroles.

Rowena observa le reflet de Daphné dans la glace,
et s'interrompit.

— Seriez-vous souffrante, milady ?

Elle secoua la tête et essuya ses larmes du dos de
la main.

— Je vais bien. Ce soir, je voudrais porter mon collier de jais, Rowena.

La domestique fronça les sourcils, mais alla chercher le superbe collier dans un coffret à bijoux – un
cadeau de Thomas – puis elle le plaça autour du cou
de la jeune femme.

Daphné hocha la tête d'un air approbateur et se leva.
Elle permit à sa camériste de poser un affreux châle
gris sur ses épaules, avant de s'éloigner d'un pas léger.
Malgré ses tourments, elle envisageait ce souper avec
une certaine impatience. Depuis la mort de Thomas,
elle dînait en compagne d'Amelia, sa belle-sœur, qui
résidait aussi à Lessing Hall. Amelia était maladivement
distraite. Soit elle oubliait le dîner, soit elle arrivait trop
tard ou trop tôt. Quand elle était là, tout dialogue était

impossible à cause des aboiements de ses carlins, qui la suivaient partout, y compris dans la salle à manger.

Hugh se trouvait déjà dans la pièce quand elle s'y présenta.

Thomas était imposant même à soixante-dix ans avec sa silhouette un peu voûtée. Ramsay, lui, était dans la force de l'âge. La vaste pièce aux boiseries sombres, éclairée par des lustres en fer forgé, constituait un écrin idéal pour sa force tranquille.

Elle l'imaginait sans peine dans la taverne d'un port, en train de badiner avec les serveuses en compagnie de son équipage, après une journée de combat en mer.

— Ma tante ?

Elle vit le beau visage de Hugh penché sur elle.

— Quelque chose ne va pas ?

Daphné cligna les yeux pour chasser les images qui se bousculaient dans sa tête.

— Non, non... je vais bien.

Impassible, il toisa brièvement la robe grise. Par contraste, il était resplendissant dans son habit. Sa queue-de-pie en laine très fine soulignait ses larges épaules, et son foulard mettait en valeur l'élégance naturelle de ses traits. Quant à sa culotte en satin noir, elle moulait de façon troublante ses cuisses fuselées, au-dessus de puissants mollets gainés de bas blancs. L'unique touche colorée de sa tenue était un gilet vert foncé.

Sous son apparence civilisée, Hugh Redvers était la pire des canailles. Il émanait de lui une virilité assumée. Il n'avait que faire des convenances de la bonne société. La lueur que Daphné décelait dans son regard lui donnait envie de fuir. Elle résista à l'envie d'observer à son tour le portrait qu'il examinait à son entrée. Il contemplait sa tante Eloisa, la première épouse de son oncle Thomas.

— Cela ne vous impressionne pas de dîner sous le regard de celle qui vous a précédée ? demanda-t-il.

Daphné remonta ses lunettes et s'humecta les lèvres.

— Vous lui trouvez un air dominateur ? Elle me semble plutôt enjouée.

Il se pencha vers elle pour observer le portrait de son point de vue. Envahie d'une onde de chaleur, elle eut un mouvement de recul.

— Non, répliqua-t-il enfin. Elle est résolument autoritaire et moralisatrice. Quand j'étais petit, j'avais toujours la sensation qu'elle soutenait les décisions de mon père chaque fois que je faisais des bêtises, ce qui se produisait souvent.

— Je vous crois volontiers.

Il esquissa un sourire canaille.

— Vous affichez une mine réprobatrice de maîtresse d'école face à un cancre. Vous avez envie de me punir ? De me faire écrire cent lignes ? Me donner des coups de règle sur les doigts ?

Daphné se sentit rougir violemment.

— Je ne pensais à rien de la sorte !

— Ah non ? À quoi pensiez-vous donc ?

Il se mit à rire.

— Auriez-vous écouté les histoires qui circulent à mon propos, ma tante ? Quelqu'un vous aurait-il dit du mal de moi ?

Pourvu qu'il n'attende pas vraiment de réponses à ces questions...

En voyant la table dressée pour trois convives, elle se demanda combien de temps elle devait attendre sa belle-sœur.

Le baron s'en rendit compte.

— Ma tante Amelia se fait désirer, comme de coutume.

— Je crains qu'elle ne se rappelle pas toujours les heures des repas, ces temps-ci.

— Comme autrefois.

Il suivit Daphné vers la table et renvoya le valet d'un geste pour aider lui-même la jeune femme à s'asseoir.

— Souvent, tante Amelia se présentait en plein milieu du souper, entourée de ses chiens, ou quelques heures plus tard. Un jour, elle a même interrompu les messieurs alors qu'ils fumaient le cigare, au moment du digestif.

Daphné en avait plusieurs fois été témoin avec son mari, qui s'agaçait des fantaisies de sa sœur.

— Votre retour au bout de presque vingt ans devrait l'attirer à table, pourtant.

— Au contraire ! s'esclaffa Hugh. Je l'ai croisée dans un couloir, dans la journée, et elle ne semblait même pas avoir remarqué mon absence. Je dois avouer que ma fierté virile en a pris un coup.

— J'imagine que vous n'êtes pas encore au fond du trou.

— Touché, ma chère tante ! Je suis flatté que vous vous intéressiez à ma fierté virile !

Elle s'empourpra :

— Vous êtes fidèle à votre réputation... et votre emploi de ce terme ne fera qu'engendrer les spéculations des ignorants.

— Quel terme ? Virilité ?

Daphné réprima un sourire amusé.

— Le mot « tante », milord. L'idée que vous sillonniez la région en criant sur les toits que je suis votre tante ne me plaît guère. C'est ridicule !

— Que préféreriez-vous que je dise ? s'enquit-il en se penchant vers elle.

Daphné toussota pour dissimuler son rire nerveux. Elle ne devait pas encourager Ramsay sur cette voie. Elle afficha un air sentencieux qu'elle réservait généralement à ses enfants :

— Appelez-moi Daphné.

— Vos désirs sont des ordres... Daphné.

Son ton suave et ses lèvres sensuelles conféraient à son prénom un parfum de scandale.

Gênée, elle fit signe à Gates, le majordome, de servir. Sous son œil attentif, six domestiques entrèrent dans la vaste salle à manger pour leur présenter le menu.

— Merci Gates, dit-elle en observant les plats copieux. Lord Ramsay et moi nous débrouillerons seuls.

— Très bien, milady, murmura le majordome, impassible.

C'était pourtant une attitude peu orthodoxe de la part d'une comtesse. Daphné souhaitait bavarder avec son neveu à l'abri des oreilles indiscrètes. Après tout, elle serait peut-être contrainte d'évoquer Malcolm.

Ils se servirent dans un silence que seul rompait le tintement des couverts sur la porcelaine.

Au bout d'un moment, elle posa sa fourchette et son couteau et riva les yeux sur lui.

— Et vous, comment dois-je vous appeler ? Lord Ramsay ou capitaine Standish ?

Si elle croyait le déstabiliser en prononçant ce nom, elle se trompait. Il s'adossa plus confortablement.

— Vous avez raison, Daphné. Je suis Standish le Borgne depuis un certain temps déjà.

Il leva son verre.

— Mais je vais devoir oublier ce surnom tant que j'évoluerai dans le monde civilisé.

Son ton moqueur exprimait ce qu'il pensait de ce monde. Que voulait-il dire par « tant que j'évoluerai dans le monde civilisé » ? Allait-il repartir ? Avant qu'elle ne puisse lui poser la question, il poursuivit :

— Comme je le disais tout à l'heure, nous faisons partie de la même famille. Appelez-moi Hugh.

Daphné lui rendit son sourire et décida de profiter de l'occasion qui se présentait.

— Très bien, Hugh, puisque nous sommes parents, racontez-moi donc ce que vous avez fabriqué toutes ces années. Je suis en droit de le savoir, car votre retour de l'au-delà signifie que, dans quelques jours, nous serons au cœur de toutes les conversations, si ce n'est pas déjà le cas.

Loin de s'offusquer, il sourit de plus belle.

— Excellente idée.

Ce n'était pas la réponse qu'elle attendait, mais il n'en avait pas terminé.

— Nous sommes parents, donc nous nous devons mutuellement des confidences. J'avoue que je suis aussi curieux de votre passé que vous l'êtes du mien.

Daphné sentit une sourde angoisse l'étreindre. Quelle imbécile elle était ! Autant lui débiter son histoire, aussi humiliante fût-elle. Elle serait débarrassée de ce fardeau. Cependant, elle garda le silence.

Il but une gorgée de vin.

— Puis-je parler le premier ? Si vous me permettez ce manquement à la galanterie.

Elle se contenta de hocher la tête.

— J'espère satisfaire votre curiosité sans vous ennuyer ni vous imposer des confidences inconvenantes pour vos délicates oreilles féminines, railla-t-il.

Si Daphné brûlait d'envie de rétorquer, elle refusait de lui donner cette satisfaction. Cet homme était le diable incarné, dont elle devait absolument éviter les pièges.

Il leva son verre pour admirer la robe rubis de son vin.

— Vous n'ignorez sans doute pas que mon oncle et moi nous sommes séparés en mauvais termes. J'avais été renvoyé d'Oxford pour m'être battu en duel et pour...

Il s'interrompit et fit tournoyer son vin.

— Peu importe. Personne n'a été gravement blessé.

Il esquissa un sourire sardonique qui seyait à son visage buriné de pirate. Daphné s'empourpra violemment.

— Ce n'était pas la première fois que je faisais des bêtises, loin de là. Depuis mes premières vacances d'été, quand j'étais à Eton, mon oncle et moi nous affrontions. En pension, les plus grands m'apprenaient des tours pendables. Mon oncle a toléré ma conduite pendant trop longtemps. À sa place, j'aurais été moins patient. Bref, je suis rentré à Lessing Hall couvert de honte. En attendant son retour, j'ai bu pas mal d'alcool et, en état d'ébriété, j'ai pris l'un de ses plus beaux chevaux. J'ai tellement épuisé la pauvre bête qu'il a fallu l'abattre.

Son sourire narquois s'effaça.

— Furieux, le comte a décidé de m'exiler, histoire de m'apprendre à maîtriser mes ardeurs. En France, les routes n'étaient pas sûres pour les personnes de notre rang. William Standish devait m'accompagner pour me maintenir dans le droit chemin. Après une étape à Gibraltar, nous avons mis le cap sur l'Italie. Peu après notre départ de Gibraltar, une tempête a dévié notre navire, qui a heurté un rocher.

Il haussa les épaules comme s'il faisait peu de cas de la catastrophe qui avait bouleversé son existence.

— William et moi étions sur le pont, à scruter le ciel, tels deux jeunes imbéciles. Nous avons eu beaucoup de chance. La plupart des autres ont péri. Nous avons aidé les femmes et les enfants à embarquer sur les deux premiers canots de sauvetage et attendions le suivant quand le navire s'est penché. Nous sommes tombés à l'eau.

Trop captivée pour manger, Daphné posa sa fourchette.

— Will avait une jambe coincée entre deux débris. Nous avons eu toutes les peines du monde à le maintenir en vie. Heureusement, la tempête s'est calmée peu avant l'aube et nous avons pu façonner un radeau de fortune à l'aide de bouts de bois. Will avait perdu beaucoup de sang et était inconscient. Cela posait un problème supplémentaire...

Il but une gorgée de vin et soutint le regard de la jeune femme.

— Les requins. Ils étaient bien plus petits que ceux que j'ai croisés au large de l'Afrique, mais ils étaient aussi féroces. J'ignore combien de temps nous avons dérivé ainsi, en essayant de repousser les prédateurs affamés. Quand j'ai repéré un mât, au loin, j'étais fou de joie.

Il afficha un sourire triste.

— Ma joie fut de courte durée, reprit-il. Vous avez sans doute entendu parler des corsaires barbaresques ?

Daphné hocha la tête. Qui ignorait l'existence de ces pirates sanguinaires qui sillonnaient la Méditerranée depuis des siècles et pillaient les navires en toute impunité ?

Il effleura machinalement sa balafre.

— Ils ont coutume d'enlever quiconque possède une certaine valeur pour obtenir une rançon. La blessure de Will aurait signé son arrêt de mort s'ils avaient su qu'il n'était qu'un modeste domestique. C'est pourquoi nous avons échangé nos identités.

Son claquement de doigts fit sursauter Daphné.

— En l'espace d'une seconde, je suis devenu Hugh Standish, humble serviteur du baron Ramsay, l'héritier du comte de Davenport dont la fortune était colossale.

Si Will était inconscient, Hugh avait certainement tout manigancé seul, devina Daphné. Elle ouvrit la bouche pour poser une question, mais se ravisa pour ne pas interrompre ce récit palpitant.

Ayant remarqué son hésitation, il se pencha vers elle.

— Oui, ma chère ? Qu'alliez-vous me demander ?

— Je me disais... votre titre ne fait pas partie de ceux de Thomas.

Il se détendit, comme s'il s'attendait à cette question.

— Je l'ai hérité de ma mère. C'est l'un des rares à être transmissible par la branche maternelle en l'absence d'héritier masculin direct. Hélas, il ne reste qu'un nom de cette baronnie ancestrale ruinée. Les terres et le manoir avaient disparu avant même la naissance de ma mère. Je suis le dernier de sa lignée, et le titre mourra avec moi. Pour être honnête, j'avais presque oublié que j'étais un Ramsay jusqu'à ce que Hastings en parle. À propos de...

— Je regrette de vous avoir interrompu dans votre histoire, milord. Je vous en prie, poursuivez.

Malgré l'amusement qu'elle lut dans son regard vert, il ne s'attarda pas sur Malcolm.

— Les corsaires ont relâché Will en pensant qu'il ferait régler nos deux rançons. Ils n'ont pas coutume de libérer un otage avant d'avoir touché l'argent, mais ils savaient qu'il mourrait s'il ne recevait pas de soins médicaux, et alors ils n'auraient pas un sou.

Il se leva et remplit le verre de la jeune femme.

— Vous n'avez pas faim, Daphné ?

— Votre récit m'intéresse bien plus que mon assiette.

— Vous m'en voyez ravi, murmura-t-il d'une voix rauque. Nous n'étions pas les seuls prisonniers à bord. Les pirates en capturaient chaque fois qu'ils s'attaquaient à un navire. Le bateau était plein à craquer lorsque nous avons mis le cap sur le port d'Oran.

Son œil se plissa d'un air peiné.

— Cette bande opérait sous la protection du sultan Baba Hassan, dont le palais se dressait aux environs d'Oran. Ils faisaient halte à Oran, payaient leur tribut au sultan et vendaient les esclaves dont il ne voulait pas au marché. J'ai eu de la chance. Je n'ai pas subi l'humiliation du marché aux esclaves quand nous avons débarqué. Toutefois, j'avais réussi à capter l'attention du capitaine par mon comportement... peu raisonnable, au cours du trajet.

Il agita sa main mutilée.

— Le capitaine du navire, Fayçal Barbarossa, m'a livré au sultan Baba Hassan, pour qui je m'attendais à travailler jusqu'à ce que ma rançon soit payée.

Daphné réfléchissait à la meilleure façon de lui demander ce qu'il avait fait pour déclencher la colère du capitaine, quand Hugh poursuivit :

— Peu importe ce que j'ai fait pour le contrarier. Hélas, j'ai également réussi à fâcher le sultan. Baba Hassan ne m'a parlé directement qu'une seule fois, des mois plus tard, après que l'émissaire de mon oncle est arrivé à Oran avec l'argent des rançons de Will et moi.

Son sourire détendu fit place à une expression implacable qui fit frémir Daphné.

— Le sultan s'est fait un plaisir de m'avouer qu'il n'avait jamais eu l'intention de me libérer, et qu'il avait informé l'émissaire de mon oncle que j'étais mort.

Daphné étouffa un cri d'effroi, qui parut amuser Hugh.

— Ne désespérez pas, ma chère Daphné. Cette histoire se termine bien, du moins pour moi. Comme vous le voyez, j'ai fini par m'échapper. Je me suis approprié le navire de Fayçal Barbarossa... après lui avoir tranché la tête.

Son attitude désinvolte glaça les sangs de Daphné. Pour la première fois, elle crut voir au-delà de son air aimable. Elle vit la même chose que ce capitaine corsaire, juste avant qu'il ne soit décapité : Hugh Redvers, le danger incarné.

— Vous avez sans doute entendu parler des exploits de la *Revenante,* au cours des années qui ont suivi. Mais c'est une autre histoire.

Il posa son verre, la mine dure.

— À présent, à mon tour de vous poser quelques questions...

5

Était-ce de la terreur que Hugh venait de déceler dans le regard de Daphné ? Elle se ressaisit si vite qu'il ne put en avoir la certitude. Qu'avait-elle à redouter de sa curiosité ?

Il commença par un sujet qui le turlupinait :

— J'aimerais savoir comment vous en êtes venue à épouser mon oncle. Ce doit être une histoire extraordinaire. Vous voulez bien me la raconter, Daphné ?

— Mais... vous ne m'avez pas dit pourquoi vous êtes resté en exil si longtemps, en vous faisant passer pour mort et...

— Certes.

En voyant ses lèvres pulpeuses s'entrouvrir, il s'imagina en train de l'embrasser. Pour se donner du courage, elle but une longue gorgée de vin et posa son verre sur la table. Hugh le remplit aussitôt.

— Vous rappelez-vous ma mère ?

— Votre mère ? s'étonna-t-il.

Il fouilla sa mémoire. L'unique image qui lui revint fut celle de la serre de son oncle.

— Elle cultivait des orchidées, n'est-ce pas ?

— Oui. Une véritable passion. C'est grâce à ses fleurs qu'elle a rencontré Thomas et qu'ils se sont liés.

Entendre la jeune femme évoquer son oncle par son prénom troubla Hugh au plus haut point et lui confirma que le vieil homme avait été l'amant de Daphné, qu'il lui avait donné deux enfants, ses cousins de sang. Hugh était si peu enclin à la jalousie qu'il n'était pas certain d'identifier ce sentiment qui le rongeait comme un acide. Quelle que soit cette sensation, elle était douloureuse.

Même son vin avait un goût aigre.

— Vous ne partagiez pas l'intérêt de mon oncle pour les orchidées ? demanda-t-il vivement.

— Non. C'est son immense bibliothèque qui nous a rapprochés.

Ramsay ne sut que répondre.

— À l'époque, Lessing Hall était mon refuge. J'ai passé de nombreux après-midi à lire ou à discuter de certains ouvrages avec le comte, raconta-t-elle avec un sourire nostalgique. Au contraire de bien des hommes, votre oncle appréciait ma soif de savoir, même si je préférais la philosophie à l'horticulture. Après notre mariage, Thomas m'a incitée à présenter un de mes essais à la Société philosophique.

Hugh n'en revenait pas. Daphné eut tôt fait d'interpréter son silence.

— Vous trouvez inconvenant qu'une femme étudie la philosophie ?

Il secoua négativement la tête.

— Je n'ai que faire qu'une femme étudie la construction navale ou la chapellerie, assura-t-il. C'est votre... passion pour les livres qui me fascine.

Elle posa sur lui un regard d'un bleu si intense qu'il redouta un instant qu'elle ne lui jette son vin au visage. Il n'avait en rien cherché à l'offenser, mais une jeune fille de dix-sept ans épousait-elle un septuagénaire uniquement parce qu'ils partageaient l'amour de la lecture ? Loin d'éclaircir le mystère, les explications de Daphné rendaient Hugh encore plus perplexe vis-à-vis de ce couple si mal assorti.

Il soutint son regard furibond. Pourquoi rougissait-elle de la sorte ? Se sentait-elle coupable de quelque méfait ? Cela dit, elle avait un teint de porcelaine et s'empourprait pour un rien.

Ramsay aborda un autre sujet :

— Vous ne souhaitiez pas agrandir davantage votre famille ?

Il savait que sa question était cruelle et inconvenante aux yeux de la bonne société. Au lieu de le remettre à sa place vertement, elle lui répondit :

— D'autres enfants auraient été les bienvenus. Thomas était satisfait d'avoir deux fils... même s'ils n'ont pas effacé votre souvenir, bien sûr.

Hugh s'esclaffa.

— Ne cherchez pas à me ménager, milady. Je sais mieux que quiconque ce que mon oncle pensait de moi et ce que j'ai fait pour mériter sa réprobation. Le comte m'a recueilli à l'âge de trois ans, quand j'ai perdu mes parents. Il m'a élevé comme son propre fils lorsque son épouse est morte en couches, avec leur enfant. Et moi, au lieu de lui être reconnaissant, j'étais dissipé, ingérable. Je n'ai rien fait pour le remercier de sa bonté.

D'où ma présence ici, pour protéger sa veuve sans coucher avec elle, songea-t-il amèrement.

Elle le dévisagea longuement derrière ses lunettes, au point de le mettre mal à l'aise, ce dont il n'avait pas l'habitude.

Il chassa vite cette sensation et conclut :

— J'ai toujours été persuadé que l'annonce de ma mort avait été une délivrance pour lui.

Elle ne s'empressa pas de le démentir, honnêteté qu'il apprécia.

— Je n'en sais rien, mais en tout cas cela l'a changé. Il a ouvert sa porte et son cœur à une jeune fille qui n'avait guère de relations, personne pour l'aider à trouver un mari et qui n'était guère pressée de convoler.

Je vais être très franche, milord. La vie que j'ai menée avec ma mère à Whitton Park n'était pas plaisante. Mon beau-père, sir Walter, a vite dilapidé l'argent de ma mère. Il ne masquait pas son mépris pour elle. Il ne manquait pas une occasion de répéter qu'il avait épousé une riche héritière uniquement pour son argent.

Elle s'interrompit et haussa les épaules.

— Après sa mort, notre situation a empiré, reprit-elle. Mon beau-père n'ayant aucun fils – un malheur dont il rendait ma mère responsable – c'est son neveu Malcolm qui a hérité, et qui tenait les cordons de la bourse. Ma mère était démunie et je ne devais toucher mon modeste héritage qu'à l'âge de vingt et un ans.

Dans la cheminée, une bûche s'écroula, projetant des étincelles. Daphné sursauta.

— Vivre aux crochets de Malcolm était déjà gênant du vivant de ma mère, mais quand elle est décédée...

Elle riva sur Hugh ses yeux bleus empreints de tristesse.

— J'avais dix-sept ans, et je ne me sentais pas la force de patienter jusqu'à ma majorité pour toucher mon héritage.

Son oncle Thomas avait donc secouru une demoiselle en détresse... Une situation trop fréquente. Une jeune fille bien née contrainte au mariage. Mais n'y avait-il eu vraiment aucun autre homme qu'elle puisse épouser que son voisin septuagénaire ? Il avait peine à le croire. Thomas Redvers était riche et puissant. Sa sœur, lady Letitia Thornhill, personnage très influent dans la bonne société, était une entremetteuse notoire. Le comte et sa sœur auraient pu trouver un mari plus adapté pour Daphné.

— Vous rappelez-vous votre cousin John ?

Cette question fit émerger Hugh de ses pensées. Il fit la moue et opina.

— John a dilapidé le domaine et les terres de son père en moins de cinq ans. Vous savez combien de personnes dépendent du comte de Davenport, milord. Thomas ne pouvait placer leur destin entre les mains d'un vaurien tel que John. Il avait besoin d'un héritier.

La jeune femme avait les joues écarlates, mais elle se tenait bien droite. Hugh était persuadé qu'elle ne lui disait pas tout. Au lieu de l'interroger davantage sur sa vie de couple, il aborda un autre sujet intéressant :

— Puis-je vous demander quelle est la nature de vos rapports avec votre cousin Malcolm ? D'après la scène que j'ai interrompue, j'ai l'impression que ce n'est pas le grand amour entre vous. À moins que...

Avait-il assisté à une querelle d'amoureux ? Cette idée le frappa de plein fouet. Mais l'air de dégoût qui apparut sur le visage de Daphné à la mention de Malcolm Hastings attestait du contraire. La jeune femme pinça les lèvres.

— Malcolm et moi ne sommes pas en bons termes.

Doux euphémisme, songea Hugh avec un sourire.

Daphné crispa les doigts sur sa cuillère.

— Mon cousin semble convaincu que j'ai besoin de la protection d'un homme, maintenant que je suis veuve. De la sienne, plus précisément.

Une fois encore, Ramsay sentit qu'elle lui cachait quelque chose.

— Et il n'accepte pas votre refus ?

— C'est ça.

Elle fixa son verre de vin, puis releva les yeux pour soutenir le regard de Hugh.

— Je crois que j'ai réagi un peu trop violemment, admit-elle.

Elle semblait fière de sa réaction, au contraire. Et à juste titre.

— Peut-être devrais-je lui dire un mot afin qu'il ne vous importune plus ? proposa Hugh.

La terreur réapparut dans le regard de Daphné, qui posa sa main sur ses genoux pour masquer son tremblement.

— Non, je vous en prie, ce ne sera pas nécessaire ! Je suis sûre qu'il a compris. Je vous en conjure, n'intervenez pas !

Il allait lui demander si c'était la première fois que Hastings l'importunait quand tante Amelia surgit dans la salle à manger, ses chiens dans son sillage, ainsi que le majordome et trois valets. Gates connaissait bien les habitudes de lady Amelia. Il orchestra à merveille le service en veillant à ce que la vieille dame ne manque de rien.

Amelia vivait à Lessing Hall depuis l'enfance de Hugh, qui n'avait pas souvenir de l'avoir vue autrement qu'entourée de petits chiens exubérants.

— Bonsoir Hugh, Daphné, fit-elle de sa voix stridente, qui couvrait à peine les aboiements de ses compagnons.

Elle dégusta tranquillement son potage, sans se soucier le moins du monde d'être la seule à manger.

— Je me réjouis de ton retour, Hugh. Combien de temps comptes-tu rester avec nous, cette fois ?

Elle prit un morceau de viande sur un plat et le lança en direction de ses roquets dans l'espoir de les faire taire, sans grand succès. Les carlins grognaient et rayaient le parquet de leurs petites griffes en se disputant la proie.

— Je suis flatté que vous ayez remarqué mon absence, ma tante ! hurla Ramsay dans le vacarme ambiant.

Amelia ne releva pas le sarcasme.

— Klemp m'a dit que tu avais rapporté deux chiens assez singuliers.

Klemp n'était autre que la femme de chambre de lady Amelia, une femme aussi vive que sa maîtresse était distraite.

— En effet. Deux shar-peis, une race d'origine chinoise réputée pour son intelligence et sa loyauté.

Lady Amelia prit un air pincé.

— J'espère qu'ils ne contrarieront pas mes carlins ! Rebelle vient seulement d'apprendre à respecter leurs nerfs fragiles.

Elle posa son assiette à soupe par terre, près de sa chaise. Aussitôt, les chiens se déchaînèrent.

— Rebelle ? répéta Hugh en criant.

Sa tante l'ignora une fois de plus.

— Rebelle est un cadeau de votre oncle pour notre mariage, expliqua Daphné.

Elle avait visiblement l'habitude de moduler sa voix pour couvrir les aboiements sans avoir à hurler.

— Il est assez vieux, à présent, poursuivit-elle. Cependant, il a gardé l'habitude déconcertante de hurler à la mort, ce qui le rend impopulaire lors des parties de chasse.

— Attendez... fit Hugh, déconcerté. Mon oncle vous a offert un chien ?

Daphné le gratifia de ce regard froid qui avait le don de susciter en lui une réaction charnelle. Que penserait-elle si elle savait que son regard provoquait l'effet inverse de celui qu'elle escomptait ? Le mettait-elle au défi ? Hugh en doutait. Elle ne semblait pas femme à badiner.

— C'est vrai, Rebelle est un piètre chasseur, renchérit Amelia, même si Daphné n'avait rien dit de tel. Ses hurlements contrarient mes carlins. Ils sont très sensibles.

Il observa les roquets, qui n'avaient plus rien à manger et se chamaillaient bruyamment. Sans se soucier du vacarme, lady Amelia poursuivit :

— Je me demande ce que Thomas avait en tête le jour où il vous a donné cette bête. S'il m'avait consultée au préalable... je lui aurais conseillé de choisir un carlin.

Daphné parut un instant amusée, mais elle retrouva vite son sérieux. Hugh demeura fasciné.

— Oui ? fit-elle face à son regard insistant.

— Mon oncle a considéré que vous aimeriez avoir un limier comme animal de compagnie ?

— Peu avant notre mariage, je l'ai taquiné sur le sujet.

— Vous avez taquiné mon oncle ? répéta Hugh, abasourdi.

La jeune femme fronça les sourcils. Ramsay préféra en rester là. Le vieux comte de Davenport avait été un homme bougon, froid, qui pleurait son épouse décédée, cultivait ses orchidées et tentait de manipuler son neveu pour lui imposer sa volonté. Il n'avait jamais vu quiconque le « taquiner ».

Daphné se tourna vers lady Amelia pour lui parler. Hugh l'observa en essayant d'assimiler ses propos. Son oncle avait donc surmonté sa tristesse pour secourir la jeune fille... Certes, elle possédait des atouts qui auraient séduit n'importe quel homme, même un vieux comte. Elle était envoûtante, tour à tour sophistiquée et intimidée.

C'est la veuve de ton oncle, lui murmura sa conscience.

Hugh remplit son verre et se réfugia dans le mutisme.

Le repas se termina dans un vacarme canin peu compatible avec une conversation suivie.

— Voulez-vous que nous nous retirions pour vous laisser boire votre porto ? demanda Daphné quand Amelia eut terminé de donner son repas à ses chiens.

— Je n'ai aucune envie de bavarder avec moi-même dans cette pièce immense.

Il redoutait surtout de rester seul face à ses pensées.

— J'ai remarqué un superbe piano dans le salon de musique. En jouez-vous ? ajouta-t-il.

— Oui.

— Accepteriez-vous de jouer pour moi, milady ?

Ramsay s'en voulut de la faire rougir, mais il ne pouvait s'en empêcher.

— Si vous voulez.

Il sourit.

— Parfait ! Cela fait longtemps que je n'ai pas eu le plaisir d'écouter de la musique. Vous joindrez-vous à nous, ma tante ?

Lady Amelia posa sa fourchette à poisson.

— Le bruit perturbe mes carlins. J'espère que vous fermerez la porte du salon de musique. Sur ce, je vous souhaite une bonne soirée.

Sans un mot de plus, elle se leva et quitta la pièce, ses chiens dans son sillage.

— Dieu soit loué, marmonna Hugh dès que la porte se fut refermée. Ma tante constitue-t-elle votre unique compagnie à Lessing Hall ?

Il lui offrit son bras pour gagner le salon de musique, dans une autre aile du bâtiment.

— On ne peut parler de compagnie, répliqua la jeune femme, qui se reprit aussitôt. Hem. Ce n'est pas ce que je voulais dire...

Ramsay s'esclaffa.

— Vous avez fait preuve d'une réserve remarquable, je trouve. À quoi pensait mon oncle ? Pourquoi vous a-t-il laissée ici, seule avec tante Amelia et ses affreux roquets ? N'avez-vous pas de famille ou d'amis qui puissent vous soutenir ?

Il ouvrit la porte du salon de musique et s'effaça pour la laisser entrer. Elle ne répondit pas immédiatement à sa question. Hugh la connaissait peu, mais il avait compris qu'elle ne parlait pas à la légère – une qualité qu'il appréciait presque autant que l'arrondi de sa nuque, qu'il brûlait de dévorer de baisers, de mordiller, de...

Hugh soupira. Il aurait du mal à se contenir. Son caractère impulsif était l'un des défauts qui irritaient autrefois son oncle. En revanche, il lui avait sauvé la mise plus d'une fois.

— Ma mère était ma seule famille, et je crains que le comportement de mon beau-père ne l'ait empêchée de se faire des amis.

Elle souleva le couvercle du piano.

— Je suis aussi responsable que Thomas de cette absence de vie sociale, voire davantage, admit-elle en rougissant. La plupart de nos voisins réprouvaient notre différence d'âge, même s'ils cherchaient à n'en rien laisser paraître.

Il l'imaginait sans peine.

— Quant à ma famille... nous n'avons jamais été très unis. Ma tante et mes cousins venaient nous voir de temps à autre. Thomas affirmait qu'Amelia lui suffisait et que lady Letitia le fatiguait, de sorte qu'il l'invitait rarement.

— Je le comprends ! commenta Hugh.

La jeune femme s'assit au piano.

— Nous allions à Londres de temps en temps. Je n'apprécie guère les divertissements en vogue et je préfère m'occuper de mes fils, lire, gérer le domaine. J'ai des journées bien remplies. Avez-vous une préférence, pour la musique ?

— Beethoven compte parmi mes compositeurs préférés, mais je vous laisse choisir.

Elle feuilleta quelques partitions et sélectionna un livret.

— Voulez-vous que je tourne les pages ?

— S'il vous plaît.

Elle avait opté pour la *Sonate au clair de lune*. Hugh ne fut pas étonné par son talent. Elle était de ceux qui s'investissent corps et âme dans une activité.

Il profita de sa proximité pour l'observer, admirer son teint de porcelaine, sa peau laiteuse, ses boucles blondes et ses yeux d'un bleu pâle. Sa lèvre inférieure, sensuelle et charnue, contrastait avec ses expressions parfois pincées. Elle était grande, élancée, et ne mentait pas en affirmant ne pas suivre la mode. Ses lunettes, sa posture, son sérieux ne prêtaient pas à la frivolité. Mais cette beauté froide jouait avec passion. Ses doigts souples volaient sur les touches avec une maîtrise qu'il trouvait érotique. Il brûlait d'envie de sentir ces mains sur son corps.

Quelques mèches blondes s'étaient échappées de sa coiffure. Certaines captaient la lumière du soleil déclinant qui filtrait par la fenêtre, d'autres étaient plaquées dans son cou. Chaque fois qu'il tournait une page, Hugh se penchait plus qu'il n'était nécessaire pour inhaler le parfum de sa peau, qu'il trouvait enivrant.

Lorsque les dernières notes se turent, il dut se retenir pour ne pas trahir son désir. Le silence se fit dans la pièce, où la tension était palpable. Hugh n'avait aucune envie de s'interroger davantage sur les sentiments qui se bousculaient dans son esprit.

Il vit les mains de la jeune femme trembler et un frisson la parcourir, comme si elle émergeait d'une transe. Elle posa les yeux sur la main de Ramsay, puis remonta vers son visage. Elle parut étonnée de ne pas être seule.

Plus que jamais, il éprouva un besoin irrépressible de l'enlacer. Au prix d'un gros effort, il recula d'un pas.

— Vous êtes sublime, déclara-t-il d'une voix brisée.

Il prit sa main et la garda dans la sienne.

— Je vous remercie pour cette soirée merveilleuse, Daphné. Néanmoins, la journée a été longue et je sens la fatigue l'emporter, mentit-il.

Il déposa un baiser sur sa main. Mille raisons de s'attarder en sa compagnie venaient à l'esprit de Hugh, qui se voyait déjà lui ôter cette affreuse robe pour la faire sienne avec une ardeur sauvage. Face à son regard interrogateur et ses lèvres entrouvertes, il la relâcha et s'inclina, un peu tendu, avant de s'éloigner.

En regagnant ses appartements, il maugréa une bordée de jurons. Pas étonnant que son oncle ait décidé de convoler. La sensualité qui émanait de cette femme aurait réveillé un mort ! Avait-elle aimé le vieux comte ? Ou bien l'avait-elle épousé pour son titre et la sécurité financière qu'il lui procurait ? Hugh avait peine à y croire. Il ne la voyait pas partager le lit de Thomas Redvers, quelle que soit leur passion commune pour la lecture.

Cela n'avait aucune importance. Cette situation était dangereuse. Au bout d'une journée à peine en sa présence, il était proche de l'obsession et il n'avait pas coutume de réprimer ses pulsions. Il ne se refusait rien. Depuis son évasion des geôles infâmes de Baba Hassan, il vivait pleinement chaque instant. Il s'était juré de toujours agir ainsi. Hugh aimait les femmes et multipliait les conquêtes. Il était insatiable.

Ce soir, il avait réussi à canaliser sa fougue, mais il n'aurait pas toujours cette volonté de fer. Une union entre une tante et son neveu était inacceptable au sein de la société anglaise, même s'il n'existait aucun lien de sang.

— Nom de Dieu…

Il se retrouvait contraint par les convenances et les attentes liées à son rang. C'était précisément pour cela qu'il avait fui son pays natal !

Kemal l'attendait dans ses appartements, prêt à le réprimander avant même qu'il n'ait refermé la porte.

— Pas ce soir, Kemal ! prévint-il. À moins qu'il ne s'agisse d'une urgence, nous discuterons demain.

— Il n'y a rien d'urgent, grommela son aîné.

En silence, il l'aida à se dévêtir et à enfiler un peignoir.

— Tu dois être fatigué, dit Hugh en repoussant son valet. Laisse-moi ! Je me débrouillerai seul. Va plutôt te reposer. Bonne nuit !

Il le chassa de sa chambre et s'enferma. La seule personne qu'il avait envie de voir, ce soir-là, était Daphné... dans le plus simple appareil.

Il se servit un cognac et s'étendit sur son lit pour réfléchir à la femme mystérieuse qu'il avait laissée dans le salon de musique. Sans se vanter, il pouvait affirmer que les femmes lui tombaient généralement dans les bras. Or Daphné ne semblait voir en lui qu'un importun, ce qui ne faisait qu'attiser sa curiosité. Cette froideur était plus attrayante que des dessous frivoles ou un regard enflammé.

Son visage lui revint, son expression, lors du dîner, lorsqu'il y avait décelé une note d'humour.

Hugh soupira et vida son verre d'une traite.

La situation était explosive, car il était incapable de résister à ses impulsions et obtenait toujours ce qu'il voulait, qu'il lui faille une journée ou une année pour arriver à ses fins.

Hugh se leva pour remplir son verre. Agacé, il ôta son bandeau et le jeta sur la table de toilette. En voyant son visage mutilé dans le miroir, il se rappela qui il était et se calma. Il n'avait rien d'un gentleman. Il était un homme ivre de vengeance qui demandait justice depuis quinze ans et qui continuerait le reste de sa vie s'il le fallait. Il était venu à Lessing Hall pour une raison très simple : protéger Daphné, et non la séduire pour l'entraîner dans une liaison scandaleuse.

Dès le lendemain, il parlerait à William et chercherait à percer le mystère de ces menaces anonymes. Dès que la *Revenante* serait de retour, il quitterait ce pays

67

et la jeune veuve pour reprendre ses activités et viser son objectif premier : la vengeance.

Daphné effleura les touches du piano en songeant au départ brutal de Hugh. Il avait sans doute passé une soirée assommante et était impatient de se retirer dans sa chambre. Elle revint au troisième mouvement de la *Sonate au clair de lune,* dont le rythme vif et tendu ne fit qu'attiser son agitation.

Il était de ces hommes qui fréquentaient des femmes brillantes et sophistiquées et ne comptait plus les conquêtes. D'après Rowena, il avait toujours été un coureur de jupons. Pourquoi en serait-il autrement à présent ? À n'en pas douter, il s'installerait bientôt à Londres où les occasions étaient légion. Pourquoi diable était-il venu à Lessing Hall ?

Consciente de frapper un peu trop vivement les touches, elle cessa de jouer et baissa le couvercle sur le clavier. Elle se leva et s'approcha du grand miroir, à l'autre extrémité du salon.

Elle croisa un visage terne. En dehors de ses cheveux, qu'elle savait magnifiques, elle ne décelait rien de remarquable dans ses traits. Ses yeux bleu pâle manquaient autant d'intensité que son teint clair. Sans ses lunettes, elle n'y voyait rien, et elle était plus grande que la moyenne, à l'image de sa mère. Assurément, elle n'avait rien qui puisse éveiller les ardeurs d'un homme.

On ne pouvait en dire autant de Hugh Redvers, qui l'avait littéralement envoûtée. Cette attirance ne la dérangeait en rien, en tout cas pas pour des raisons morales. Pourquoi, alors ? Mieux valait ne pas se poser trop de questions.

Comment rendre à Hugh ce dont elle l'avait privé sans révéler la vérité ? Quelles seraient les conséquences ?

Daphné frémit à l'idée de consulter un avocat. Et quand elle lui avouerait tout, si elle le faisait un jour, comment le persuader qu'elle n'avait pas contraint le comte à l'épouser grâce à quelque duperie ? Croirait-il que son oncle ait pu concevoir une telle machination ?

Personne n'y croirait…

6

Peu avant l'aube, Hugh fut réveillé par des chuchotements animés dans le couloir, juste devant la porte de
sa chambre. Il passa une main sur son visage ensommeillé et enfila son peignoir, puis il mit vivement son
bandeau noir en place. Sur le seuil, il trouva Lucien
et Richard assis par terre, en train de jouer avec leurs
soldats de plomb.

— Cousin Hugh ! Vous êtes levé ! s'exclama Lucien
avec un large sourire. Maman nous a interdit de vous
déranger tant que vous dormiez encore.

— Vous êtes en pleine bataille ? s'enquit Hugh en
observant la disposition des figurines.

— C'est la bataille du Douro et...

— M. Philbin l'appelle la *seconde* bataille de Porto,
corrigea Richard avec sérieux.

Lucien leva les yeux au ciel.

— C'est parce qu'il est vicaire et qu'il se doit d'être
tatillon. N'est-ce pas, cousin ?

— Dans quel camp es-tu ? lui demanda Hugh en
ignorant son commentaire sur les hommes d'Église.

— Je suis le duc de Wellington et Richard est le
maréchal Soult, répondit l'aîné des jumeaux, très fier
d'être du côté des vainqueurs.

Ce qui ne devait pas être la première fois.
Heureusement, Richard ne semblait guère perturbé de

70

jouer le rôle du perdant. Sans doute le plus effacé des deux frères avait-il quelques atouts dans sa manche.

— N'est-ce pas vrai, cousin Hugh ?

— Quoi donc, cousin Lucien ?

— Caswell affirme que votre navire est la *Revenante*, qui a sauvé l'*Agamemnon* et capturé plus de vaisseaux ennemis que tout autre. Si c'est bien le vôtre...

— Vous êtes le capitaine Standish le Borgne ! s'exclama Richard.

Il ressemblait à sa mère, dans son enthousiasme.

— C'est la vérité, Richard. La *Revenante* est bien mon navire.

— Standish le Borgne... souffla Lucien, plein d'admiration.

— Il faut m'appeler Hugh, les enfants.

Les garçons ne parurent pas l'entendre, tant ils étaient fascinés par la légende vivante qui se tenait devant eux. Lucien fut le premier à retrouver ses esprits.

— D'après Rowena, la *Revenante* est amarrée à Eastbourne.

— En effet.

— Parfois, papa nous emmenait voir les bateaux dans le port d'Eastbourne. On peut les observer depuis l'auberge du Cochon qui siffle en buvant de la citronnade.

— Vraiment ? Je suis grand amateur de citronnade.

Hugh fit mine de réfléchir, puis d'avoir une idée.

— Cela vous plairait-il d'aller voir mon navire aujourd'hui, et boire une citronnade, peut-être ? suggéra-t-il.

— Oh oui ! s'écrièrent-ils en chœur en se levant d'un bond.

Fous de joie, ils oublièrent leurs soldats de plomb.

— Lucien ! Richard !

Le capitaine se retourna vivement.

— Je vous ai interdit d'importuner lord Ramsay et...

En apercevant l'échancrure du peignoir en soie de Hugh, la jeune femme s'empourpra violemment. Pour sa part, elle portait une robe grise ordinaire et peu flatteuse.

— Bonjour, Daphné.

Il appréciait énormément sa façon de le regarder... et éprouvait un plaisir certain à prononcer son prénom au petit matin.

Elle leva vivement les yeux, mal à l'aise, le regard glacial.

— Les enfants, ramassez vos soldats et filez prendre votre petit déjeuner.

— Mais, maman...

Daphné arqua les sourcils, affichant une expression qui incita Lucien à obéir à contrecœur. Elle évita avec soin le regard de Hugh, ce qui, naturellement, ne fit qu'attiser son désir, qui commençait à être flagrant, sous le fin tissu de son peignoir. Il croisa les bras et s'appuya contre le chambranle de la porte.

— J'ai proposé aux garçons de les emmener voir mon bateau, dans la journée.

Elle garda les yeux rivés sur son torse.

— C'est très aimable à vous, répondit-elle d'une voix mal assurée.

— Si vous avez le temps, vous êtes la bienvenue.

— Peut-être, répliqua-t-elle en se détournant. Nous en parlerons au cours du petit déjeuner... quand vous aurez enfilé une tenue correcte.

Amusé par ce ton sentencieux qu'elle réservait généralement à ses fils, Hugh éclata de rire. Daphné l'ignora et entraîna les jumeaux dans le couloir.

Daphné emmena les enfants dans la salle à manger. Elle était furieuse d'avoir perdu ses moyens face à Ramsay. Il ne portait visiblement rien sous ce peignoir en soie ridicule... Quel genre d'homme s'affublait de tenues aussi scandaleuses ?

Irritée par le cheminement de ses pensées, elle secoua la tête.

Le plus troublant n'était pas le peignoir, mais ce qu'il dissimulait. Si elle était ignorante des relations physiques au sein d'un couple, elle était capable de reconnaître l'excitation sexuelle chez un homme. Comment Ramsay osait-il se pavaner tel un étalon en rut ? Quant à elle, elle aurait dû maîtriser sa stupeur et sa gêne au lieu d'afficher cet air médusé.

Elle chassa vite de son esprit l'image de la soie tendue sur son entrejambe pour réfléchir à la proposition de promenade de Hugh. Elle esquissa un sourire. Cet arrogant n'avait peut-être aucun mal à troubler une campagnarde un peu gauche. En revanche, il n'avait pas idée de ce qui l'attendait lors d'une sortie en compagnie de deux garnements turbulents débordant d'énergie.

Une journée avec Lucien et Richard ne manquerait pas de l'épuiser, et il l'aurait bien mérité ! Elle aurait dû le laisser se débrouiller seul avec eux.

Au lieu de cela, elle avait proposé d'en parler lors du petit déjeuner ! En apercevant son torse, elle avait d'abord eu envie de s'enfuir, mais elle était restée plantée là, dans l'espoir et la crainte de voir les pans de ce peignoir s'écarter davantage. Heureusement, il ne l'avait sans doute pas vue rougir, dans ce couloir mal éclairé.

Elle était une veuve respectable, que diable, et non une débutante timorée ! Il était temps qu'elle se conduise en adulte.

Hugh, Daphné, les jumeaux, Kemal et Rowena se mirent en route peu après le petit déjeuner. Rowena comptait-elle surveiller les garçons, sa maîtresse ou Hugh ? Difficile à dire.

Ramsay était aussi détendu que de coutume. Il accordait toute son attention aux enfants et ignorait royalement les regards courroucés de Rowena. Très à l'aise, il répondit aux questions incessantes des jumeaux avec précision et compétence.

Assise face au capitaine dans la voiture, Rowena semblait s'attendre à le voir sortir un poignard de son élégant manteau en laine pour les massacrer sans pitié.

Ils n'eurent aucun mal à identifier le navire du redoutable Standish le Borgne : la *Revenante* était le plus imposant. C'était aussi le plus exotique en apparence, à l'image de son capitaine.

Dès qu'ils montèrent à bord, l'équipage s'aligna sur le pont pour subir un passage en revue. Daphné comprit qu'elle était sur le point d'être présentée à une soixantaine de colosses plus patibulaires les uns que les autres.

Les jumeaux serrèrent la main – ou le crochet – des marins, ravis de voir en chair et en os les célèbres corsaires.

Daphné sourit poliment, heurtée par les mutilations subies par certains. Le dernier de la file l'impressionna particulièrement par sa carrure. Il était encore plus grand que Hugh et portait ses longs cheveux noirs en catogan. Son nez était percé d'un anneau en argent et ses poignets étaient ornés de bracelets métalliques, de même que son énorme biceps. Pour tout vêtement, il arborait un gilet en fourrure, une culotte en peau à franges et des chaussons en cuir.

— Voici Deux Canoës, déclara Hugh. Un Indien de la tribu des Shawnees. Il porte ce nom, car il fallait déjà deux embarcations pour le transporter quand il était enfant.

Daphné salua le géant, qui se détourna d'un air de dédain. Laissant Rowena s'occuper des garçons, Hugh entraîna la jeune femme vers sa cabine.

— N'oubliez pas que la plupart de mes hommes… sauf Martin… n'ont pas souvent eu l'occasion de… sympathiser avec des femmes.

Daphné demeura sceptique. Les marins n'avaient-ils pas une femme dans chaque port ? Hugh secoua la tête comme s'il lisait dans ses pensées.

— Ils ont tous été esclaves à une période de leur vie. Certains sont même nés esclaves.

Touchée, Daphné eut honte de ses soupçons.

— Je suis désolée, je ne savais pas…

— Comment auriez-vous pu le savoir ? Quoi qu'il en soit, Deux Canoës ne cherchait en rien à vous offenser. Dans sa tribu, hommes et femmes ont un rôle bien défini, régi par des règles strictes.

Daphné crut déceler une note approbatrice dans sa voix.

— Ils prennent même leurs repas séparément, poursuivit Hugh. Chez eux, les relations de couple et la sexualité n'ont rien à voir avec ce que nous connaissons.

Elle rougit de plus belle. Enfin, ils émergèrent d'une coursive sombre dans une cabine lumineuse. Lorsqu'elle osa un regard à la dérobée en direction du capitaine, il affichait un sourire narquois. Elle eut envie de le frapper. Pourquoi l'écoutait-elle ? Il la provoquait en permanence.

— Deux Canoës n'est pas le seul à s'accrocher à des croyances d'un autre âge sur les rapports entre hommes et femmes, n'est-ce pas ? railla-t-elle en lui tournant le dos.

Le capitaine fit découvrir son espace de vie aux garçons, qui les avaient rejoints. Il regorgeait d'objets exotiques, de souvenirs de voyage, sans oublier un lit de belle taille couvert d'une courtepointe en velours vert et de nombreux coussins. Daphné n'osait imaginer ce qu'un fringant corsaire pouvait faire en ce lieu.

Les jumeaux étaient captivés par une collection de dents de requins exposée dans une vitrine.

— Elles sont grandes, mais celle-ci est hors catégorie, dit Hugh en leur montrant celle qui ornait le gousset de sa montre, sertie d'or et surmontée d'un gros rubis. J'ai croisé un immense requin blanc au large du cap de Bonne-Espérance. Nous avions harponné un gros poisson, qui a attiré le requin dans son sillage. Nous avons fini par le remonter et, le croyant affaibli, nous nous sommes approchés. Je m'en suis sorti à bon compte. Je n'ai perdu que ceci.

Il ôta son gant gauche pour révéler une main soignée, aux ongles manucurés... et dépourvue de majeur. Ses phalanges étaient lacérées de cicatrices.

— Dans ses entrailles, nous avons découvert un superbe collier de rubis. Nous avons partagé ce butin, fait quelques bons repas et soigné nos blessures. Voilà, mes chers cousins. Telle est l'histoire de mon doigt manquant.

— Vous avez eu mal ? demanda Lucien.

— Un mal de chien !

— C'est comme ça que vous avez perdu votre œil également ? s'enquit Richard avec un regard hésitant vers sa mère.

Hugh se mit à rire.

— Non ! Le requin s'est contenté d'un doigt. Et si nous visitions le reste du navire pendant que votre mère et Rowena se reposent ici quelques instants ? Deux Canoës et Martin vont vous apprendre à charger un canon.

La perspective de déambuler sans être surveillé par leur mère ou sa femme de chambre fit oublier aux enfants leur curiosité quant à l'œil manquant de Hugh. Ils entraînèrent le capitaine hors de sa cabine.

— Si vous voulez bien nous excuser, mesdames... fit Hugh avant de refermer la porte.

Rowena était plus crispée que jamais.

— Quelle bande de malfrats !

— Les marins sont des personnages hauts en couleur, répondit Daphné en examinant les livres alignés dans une bibliothèque installée dans une niche.

— Des marins ? Des pirates, vous voulez dire !

— Hmm...

Daphné n'était pas d'humeur à discuter. La capitaine possédait des ouvrages de Jonathan Swift, Alexander Pope, Daniel Defoe, Tobias Smollett et Thomas Paine, ainsi que des auteurs que la jeune femme ne connaissait pas. *Fanny Hill, mémoires d'une fille de joie*, de John Cleland, attira son attention. Elle le feuilleta et en parcourut un passage. Stupéfiée, elle le relut avant de refermer vivement l'ouvrage. Seigneur ! Le souffle court, elle fixa la couverture avec effroi, puis regarda autour d'elle. Naturellement, il n'y avait que Rowena, affairée à sa sempiternelle broderie. Incapable de s'en empêcher, Daphné rouvrit le roman et tourna quelques pages, puis le referma encore et le serra sur sa poitrine comme s'il risquait de s'échapper. La bibliothèque de son mari contenait des milliers de volumes. C'était même l'une des plus réputées de la région. Pourtant, on n'y trouvait rien de tel...

L'esprit en émoi, Daphné examina la couverture reliée de cuir. Elle voulait absolument ce livre ! Jamais elle n'avait autant convoité un objet. Malgré elle, elle ouvrit son réticule et y glissa son larcin. Et voilà ! Elle venait une fois de plus de voler quelque chose à Hugh Redvers.

Chassant son sentiment de culpabilité, elle s'intéressa de plus près à l'étagère et, pour ne pas laisser un espace vide, prit un autre ouvrage.

— Un problème, milady ? demanda Rowena en levant les yeux de son ouvrage.

— Pardon ?

— Vous êtes écarlate.

— J'ai un peu chaud…

Daphné s'éventa avec le livre en pensant à celui qu'elle dissimulait dans son réticule. C'était du vol ! Pour elle, il n'y avait rien de plus précieux qu'un livre. Prise de remords, elle faillit rouvrir son réticule, puis se ravisa. Ce volume semblait receler des informations utiles. Or elle ne perdait jamais une occasion de s'instruire. Un simple coup d'œil lui avait suffi pour élargir son horizon… et la troubler plus que de raison. Ces mémoires d'une jeune provinciale contrainte de vendre ses charmes lui permettraient peut-être de comprendre des choses qu'elle ne pouvait évoquer avec personne, et qu'une femme de son âge aurait dû savoir si elle avait connu une vie de couple normale. De plus, il s'agissait d'un emprunt, non d'un vol.

Elle imaginait l'expression de Hugh si elle lui demandait de lui prêter un ouvrage manifestement érotique. Il la tourmenterait à la rendre folle. Elle sentit la colère monter en elle. Elle était veuve, mère de deux enfants et, à vingt-huit ans, elle ignorait tout de la sexualité ! C'était insensé. Elle ouvrit le livre qu'elle avait dans la main – une œuvre de Pope –, mais elle était trop agitée pour se concentrer sur sa lecture.

Comment supporter le tumulte intolérable qu'il provoquait en elle ?

Daphné n'était pas dupe. La lecture de ce roman interdit ne résoudrait aucun problème. Sans doute en créerait-elle de nouveaux. La seule solution était de prendre ses distances avec Hugh Redvers. Ou alors il devait partir. Hélas, elle ne pouvait le chasser de chez lui. Il ne lui restait donc qu'à s'éclipser elle-même.

Et si elle s'installait à Londres ? Telle était son intention à la fin de son deuil, car les garçons avaient besoin d'un précepteur et elle… elle ignorait de quoi elle avait besoin. Il devait bien y avoir quelque chose, non ?

Dans la capitale, elle serait à l'abri de la présence troublante de Hugh et pourrait réfléchir à la meilleure façon de lui avouer la vérité, se préparer au jour où elle devrait emmener ses fils très loin.

Soulagée d'avoir pris une décision, elle allait remettre le livre de Pope en place quand la porte de la cabine s'ouvrit. Hugh s'approcha et se pencha pour ramasser un autre ouvrage à terre.

— Vous le voulez, milady ? demanda-t-il.

— Il a dû tomber au moment où je prenais celui-ci.

Elle le lui tendit afin qu'il remette les deux ouvrages en place. Le capitaine ne parut pas se rendre compte de l'espace resté vide.

— Lucien et Richard ont inspecté mon navire de long en large et sont affamés, car ils n'ont rien avalé depuis trois heures, les pauvres petits. Si vous l'acceptez, milady, Kemal va vous accompagner au Cochon qui siffle pendant que je m'entretiens avec M. Delacroix, mon bras droit.

Daphné fut soulagée de quitter la cabine, obnubilée par l'ouvrage qu'elle avait dérobé et par ce que le capitaine faisait dans ce lit qui occupait la moitié de l'espace.

Hugh regarda Kemal entraîner Daphné et les enfants vers l'auberge. Quelque chose l'avait perturbée, mais quoi ? Il s'en soucierait plus tard. Il se tourna vers le seul autre évadé de la prison de Baba Hassan qui soit encore en vie.

— On sera prêts à lever l'ancre à la prochaine marée, capitaine. Je dois peut-être t'appeler « milord » ou « mon seigneur », à présent ?

Si le visage buriné du vieux marin était impassible, ses yeux pétillaient de malice. Ramsay fit la moue. Ses hommes trouvaient très amusant d'avoir un capitaine issu de la noblesse anglaise.

— Très drôle. Tu sais qui tu vas chercher et je te conjure de redoubler de prudence. Comme tu le sais, elle ne manque pas d'ennemis.

— Bien, capitaine, fit Delacroix sans trahir le moindre sentiment.

Il devait le prendre pour un fou de mettre son navire et son équipage en péril pour sauver l'une des épouses du sultan.

— Ne risque pas ta peau et ne jouez pas aux héros, tous autant que vous êtes, c'est compris ?

— Compris, capitaine.

— Je suis désolé de vous renvoyer en mer si vite.

Delacroix haussa les épaules.

— Il est préférable pour l'équipage et moi-même de ne pas rester trop longtemps dans ce petit port. Il n'y a ni prostituées ni tavernes dignes de ce nom, et aucun divertissement. Les habitants sont hostiles, et l'un des hommes finirait par faire une bêtise et être pendu.

— Tu as raison.

Hugh n'eut pas à lui rappeler les dangers d'Oran. Ils étaient ensemble depuis qu'ils avaient cassé des pierres aux environs du palais du sultan.

— Je veux que tu emmènes Martin. J'ai peur qu'il ne sème le trouble ici.

— Je le garderai à l'œil, promit Delacroix.

Le capitaine n'en doutait pas. Son ami était l'un des seuls à maîtriser le jeune homme fougueux et arrogant originaire de La Nouvelle-Orléans.

Hugh lui tendit la main :

— Au revoir et à bientôt, mon ami !

— Oui, capitaine, répondit Delacroix en se tournant vers l'auberge, sur le quai. Je te souhaite bon vent, à toi aussi.

Son air entendu embarrassa légèrement Hugh.

— Imbécile ! s'esclaffa-t-il.

Pourvu que son obsession pour Daphné ne soit pas aussi évidente...

Lady Davenport venait de commander du thé quand Hugh entra dans le salon privé du Cochon qui siffle. Il s'assit en face d'elle, entre les deux garçons, et subit avec patience un véritable interrogatoire de leur part : où partait la *Revenante* ? quand levait-elle l'ancre ? pourquoi ?

S'il se prêta au jeu, Daphné trouva ses réponses quelque peu évasives. Elle profita d'un instant de silence pour prendre la parole :

— J'ai un projet de voyage, moi aussi, mais bien moins exotique que celui de M. Delacroix. Il est temps que nous partions pour Londres.

— Londres ? répétèrent les jumeaux en chœur, bientôt imité par Ramsay, aussi intrigué que ses cousins.

— Maman, pourquoi nous en aller alors que le cousin Hugh vient juste de rentrer ?

Daphné eut envie de bâillonner son fils aîné, et Hugh arqua les sourcils en écho à la question de Lucien.

— Le cousin Hugh pourrait venir avec nous, maman ? s'enquit Richard.

Daphné dévisagea son fils, d'ordinaire si réservé qu'elle n'entendait pas le son de sa voix pendant des journées entières.

— Lord Ramsay doit avoir des choses importantes à faire, maintenant qu'il est rentré de... enfin, maintenant qu'il est de retour.

Les garçons semblaient abasourdis par cette nouvelle, et elle les comprenait. Seul Ramsay demeurait impassible, comme s'il avait compris qu'elle cherchait à fuir.

— Il se trouve que je dois me rendre à Londres, Richard. Je suis sûr que nous nous verrons là-bas, déclara Hugh.

Rassurés, les enfants gardaient néanmoins les yeux rivés sur leur mère.

— Nous ne partirons pas dans l'immédiat.

Puisque personne ne disait rien, Daphné soupira et ajouta :

— Pas avant la fin du mois prochain, en tout cas.

Les jumeaux semblèrent soulagés, mais Hugh était visiblement impatient d'entendre la suite.

— Puisque vous êtes de retour, vous aurez peut-être envie de vous intéresser aux domaines de votre oncle, lui dit-elle.

Daphné s'en voulut aussitôt de sa franchise. Le silence se fit. Quelques murmures leur parvenaient de la salle principale de la taverne. Rowena était renfrognée, les garçons avaient la tête baissée et Hugh semblait perplexe.

— Cela me permettrait de me consacrer davantage à mes études, expliqua-t-elle.

Il semblait de plus en plus intrigué.

— Je n'ai pas que Lessing Hall à gérer. Les autres domaines également, qui sont au nombre de cinq.

Pourquoi ce ton désespéré ? songea-t-elle.

— Randall est un excellent régisseur. Hélas, il est débordé et m'a plusieurs fois demandé de l'aide. Naturellement, je prendrais le temps de vous familiariser avec le fonctionnement de Lessing Hall. Vous seriez d'un grand secours... surtout si je décide de passer une partie de l'année à Londres. Ou ailleurs.

Elle se força à interrompre ce flot de paroles. Hugh paraissait soudain soucieux.

— Vos désirs sont des ordres, madame.

Daphné se promit de garder désormais le silence, jusqu'à la fin de la journée. Elle avait d'abord pris des mesures pour s'éloigner de cet homme troublant, puis elle lui avait proposé de l'initier à la gestion du domaine !

Mieux valait se taire. Qui savait ce qu'elle risquait de raconter, si elle persistait à parler ?

7

La présence de Hugh se révéla moins perturbante que Daphné ne l'avait redouté. Elle passait en général une partie de la matinée en compagnie de Ramsay et Randall, son régisseur, qui était ravi à la perspective d'être déchargé de certaines responsabilités. Le temps se dégrada soudain, obligeant le trio à rester enfermé pour étudier les registres en attendant une éclaircie qui leur permettrait d'inspecter les terres.

La présence de Randall empêchait Ramsay de la provoquer, ce qui évitait à Daphné de se ridiculiser. L'après-midi, ils partaient chacun de leur côté. Pendant que Ramsay gérait ses affaires, Daphné travaillait sur son dernier article philosophique en plus de ses tâches habituelles.

Le soir, elle risquait de le côtoyer, mais lady Amelia semblait déterminée à se joindre à eux pour le dîner. Hugh ne lui proposait pas de l'accompagner au salon de musique. En réalité, ils se croisaient si peu que la jeune femme en venait à se demander s'il ne l'évitait pas, lui aussi.

Les journées s'écoulèrent tranquillement pendant trois semaines.

Un midi, dans un petit salon, lady Davenport travaillait sur son article. Au lieu de rédiger sa conclusion, elle relisait la *Critique de la raison pure*. La logique du propos apaisait ses tourments. En levant les yeux, elle découvrit Hugh sur le seuil.

— Oh !

— Désolé de vous faire sursauter. J'ai frappé à la porte plusieurs fois, en vain.

Il avait les bras croisés, comme pour bloquer l'issue de sa large carrure.

— Je dois avouer que je suis très déçu...

Daphné se figea, l'esprit en ébullition. Seigneur ! Aurait-il découvert la vérité ?

Il sourit de son trouble. La jeune femme ressentit un soulagement teinté d'agacement. Elle referma vivement son livre.

— Déçu ? De quoi, milord ? De voir une femme plongée dans un livre ?

— Pour commencer.

Il se mit à errer dans la pièce, avant de s'arrêter devant le divan sur lequel elle s'était installée. Il tendit doucement la main et se pencha pour lire le titre de l'ouvrage.

— Hum... fit-il. Un peu de frivolité, je vois.

Daphné crispa les doigts sur le volume relié de cuir et afficha un air hautain.

— Oui, je crains d'avoir terminé le dernier numéro de *The Lady's Magazine*.

Il esquissa un sourire sensuel.

— Vraiment ?

Son regard intense fit naître en elle une onde de chaleur. Elle poussa un soupir exaspéré pour masquer cette réaction indésirable.

— Puis-je faire quelque chose pour vous, milord ? Seriez-vous venu discuter de la mode féminine ?

Il prit place à côté d'elle sur le divan, qui parut soudain trop petit. Lorsqu'il se tourna légèrement pour être plus à l'aise, elle sentit sa hanche frôler la sienne, à travers leurs vêtements. Daphné voulut s'écarter de lui, mais tout recul était impossible, faute de place.

Elle décela une lueur amusée dans son regard.

— Chère lady Davenport, susurra-t-il d'une voix qui rendait son titre encore plus intime de son prénom. J'aimerais beaucoup parler chiffons avec vous, discuter de la longueur des ourlets... ou de philosophie.

Daphné se contenta de le fixer. Elle ne s'attendait pas à ce qu'il connaisse Kant. Son cœur s'emballa. L'érudition de Ramsay avait quelque chose... d'érotique. Elle se tourna pour l'effleurer de sa hanche et ressentit un tel choc qu'elle se leva d'un bond. Il en fit autant, privant la jeune femme d'une éventuelle échappatoire. D'un air plein de sollicitude, il lui prit la main. Le contact de sa peau chaude sur la sienne lui coupa le souffle.

— Je suis désolé, je n'aurais pas dû évoquer la mode féminine.

Malgré son air contrit, il avait le regard pétillant de malice. Du bout des doigts, il caressa sa paume et l'intérieur de son poignet.

Affolée, Daphné dégagea sa main et lissa sa robe.

— J'ai à faire ! Je manque à tous mes devoirs.

Mortifiée d'être aussi vulnérable face à son charme, elle le foudroya du regard, comme si c'était de sa faute.

— Vraiment ?

Daphné ignora son invitation au badinage.

— Puis-je faire quelque chose pour vous ? demanda-t-elle.

— Il se trouve que oui.

Il s'approcha, un peu trop à son goût.

— De quoi s'agit-il ? lança-t-elle, agacée.

Il sourit de plus belle. Pourquoi mordait-elle à l'hameçon ? Les bras croisés, elle attendit sans un mot de plus.

— Je viens de croiser Randall. Il vous cherchait.

— Ah oui ?

— Il semblait très agité. Il doit partir pour des raisons familiales, je crois.

— Sa fille aînée est enceinte et doit bientôt accoucher.

— C'est ça. Bref, il sera absent pour l'inspection de la maison du douaire. Nous devrons nous en charger sans lui.

— Si vous voulez repousser cette visite, nous pouvons…

— Non.

Daphné poussa un long soupir. Une matinée entière en tête à tête avec Ramsay ?

— Très bien, concéda-t-elle, les lèvres pincées. Autre chose ?

— Oui. Pourquoi m'avez-vous abandonné dans la bibliothèque ?

— La bibliothèque ? répéta-t-elle bêtement.

— Vous savez, cette pièce remplie de livres… Aurais-je fait quelque chose pour vous en chasser ?

Daphné réfléchit. Lui avouer qu'elle était incapable de se concentrer en sa présence était impensable. Elle opta donc pour un mensonge :

— Je pensais que vous vouliez un peu de tranquillité.

— Ah oui ? fit-il, perplexe. Et du vivant de mon oncle ? Vous aviez coutume de travailler dans cette pièce ?

Il balaya le salon du regard.

— Non. Je travaillais dans la bibliothèque.

— Et vous l'avez abandonnée pour me la céder ?

Pourquoi ne la laissait-il pas tranquille ? Où diable voulait-il en venir ?

— J'ai agi par considération… par courtoisie, ajouta-t-elle.

Croyait-elle vraiment qu'il ne connaissait pas le sens de ce mot ?

La jeune femme avait honte de lui cacher la vérité, d'être aussi vulnérable à son charme, de ne plus penser qu'à lui, son visage, son corps musclé, ses regards intenses. Et surtout, elle brûlait de faire avec lui ce qu'elle avait découvert dans ce livre scandaleux qu'elle ne pouvait s'empêcher de lire et de relire.

Étonnée par son silence, elle leva les yeux vers lui. Il souriait comme s'il lisait ses moindres pensées, ses fantasmes, les idées lubriques qui se bousculaient dans son esprit.

— De la considération ? répéta-t-il. Je m'en voudrais, Daphné ! Ne renoncez à aucune pièce de Lessing Hall à cause de moi ! Je vous assure, ma chère tantine, que ma tranquillité ne souffrira pas face à une femme entourée de centaines de livres et... en pleine lecture !

Si ses paroles étaient désinvoltes, son expression ne l'était pas.

— Si vous continuez à fuir dès que j'entre dans une pièce, je vais croire que je ne suis pas le bienvenu dans cette maison.

— Pas du tout, bredouilla-t-elle. Je... serai ravie de travailler dans la bibliothèque.

— À la bonne heure ! Avez-vous besoin d'aide pour déplacer vos affaires ?

— Non merci. Il n'y a pas grand-chose.

Hugh sourit et s'inclina, avant de quitter le petit salon sans un mot de plus.

Daphné poussa un long soupir. Elle n'avait plus aucun prétexte pour éviter Ramsay ! Elle avait de plus en plus de mal à se retenir de l'interroger sur son passé, d'autant que les journaux ne parlaient plus que de Standish le Borgne. Hélas, ce serait ouvrir la boîte de Pandore, et elle n'avait aucune envie de lui confier son propre passé. La moindre indiscrétion remettrait en cause leur entente si fragile.

Au bout de ces quelques semaines, elle n'était pas plus décidée à lui avouer la terrible vérité qu'elle ne l'était le premier jour, dans la clairière. Elle l'était même encore moins. Grâce aux moments passés avec lui, elle appréciait cet homme séduisant, dont la désinvolture masquait une intelligence vive et une personnalité fascinante. De plus, il était bienveillant avec les enfants, qui lui vouaient un véritable culte.

Daphné avait envie de le suivre comme un petit chien uniquement pour être près de lui. Et voilà qu'elle allait se rendre à la maison du douaire avec lui, de bon matin…

Elle ferma les yeux et pria pour qu'il pleuve.

Hugh ferma la porte de la petite pièce sombre où la jeune femme s'était réfugiée. Ses lectures n'étaient accessibles qu'aux esprits éclairés, et Daphné lisait ces traités dans leur langue originale ! La jeune femme maîtrisait non seulement l'anglais, le français et l'italien, mais aussi l'allemand, le grec et le latin…

— Bon sang, maugréa-t-il en se dirigeant vers le grand salon.

Il devait cesser de la provoquer, une attitude à la fois discourtoise et dangereuse pour sa tranquillité d'esprit. Il émit un rire teinté d'amertume. Quelle tranquillité ? Chaque jour qui passait, il désirait davantage la jeune femme.

En constatant qu'elle avait ôté ses affaires de la bibliothèque, une pièce qu'elle appréciait plus que toute autre, il avait d'abord été soulagé, puis malheureux, et enfin furieux. Soulagé de la tentation qu'elle représentait, malheureux de ne plus pouvoir l'observer, et furieux de l'avoir chassée de sa bibliothèque par sa simple présence. Il s'était juré de ne plus importuner

Daphné et de se réjouir qu'elle l'évite. L'un d'eux se montrait raisonnable, au moins !

Ces bonnes résolutions n'avaient pas duré plus d'une journée. Il était incapable de l'ignorer. Elle l'avait ensorcelé ! Et que lui cachait-elle ? Car il était persuadé depuis le départ qu'elle gardait un lourd secret dont elle se sentait terriblement coupable.

Cela ne le regardait en rien. Pourtant, au lieu de la laisser partir pour Londres, il n'avait cessé de lui mettre des bâtons dans les roues. Dans l'intérêt de tous, elle devait s'éloigner, surtout si les lettres anonymes disaient vrai. La veille, ils en avaient reçu une autre.

Dans l'entrée, Ramsay croisa un valet posté devant la porte :

— Dites à William Standish de me rejoindre à la bibliothèque, ordonna-t-il avec l'autorité d'un capitaine.

Le domestique détala sans demander son reste. Hugh s'en voulut d'avoir été brutal. Ce malheureux n'y était pour rien s'il était transi d'amour ! L'imposante horloge de la bibliothèque indiquait cinq heures quinze. L'heure de boire un cognac. Il se servit un verre et alla inspecter les livres en langues étrangères, histoire d'en savoir plus sur la jeune femme.

Il frémit à cette pensée. Quel imbécile il était !

Cette attirance irrépressible constituait-elle un châtiment pour ses fautes passées ? Pendant des années, il avait vécu au jour le jour et fréquenté des filles de joie. Le moment était-il venu pour lui de rendre des comptes ? Cette frustration sexuelle était un sentiment nouveau qu'il n'appréciait pas.

Il imagina Daphné, son corps svelte, ses yeux saphir, ses lèvres pulpeuses... Il brûlait de les embrasser. Il voyait la jeune femme sur le bureau tandis qu'il relevait ses jupons de ses mains fébriles pour caresser ses longues jambes. Il rêvait de la faire sienne, lentement, d'explorer ses replis les plus intimes. Il la tourmenterait de ses doigts, de ses mains, de ses lèvres et de la langue, jusqu'à ce qu'elle l'implore. Ensuite, il la pénétrerait avec force et ils ne feraient qu'un.

— Tu voulais me voir, baron ?

Hugh sursauta et fit volte-face. Contrarié par son érection trop manifeste, il s'emporta :

— Nom de Dieu, Will ! Pourquoi faut-il que tu te déplaces comme une fouine !

— Désolé de t'avoir surpris, *milord*, railla Will avec un sourire narquois.

— Assieds-toi.

Ramsay prit place derrière l'imposant bureau et riva les yeux sur la surface lisse de cette œuvre d'ébénisterie qui lui rappelait son oncle, de même que le reste de ce manoir.

Ou plutôt sa veuve.

— Nom de Dieu, maugréa-t-il, si excité qu'il en souffrait physiquement.

— Milord ?

Hugh vida son verre d'un trait et chercha une position plus confortable sur son siège.

— Donne-moi les détails de cette maudite lettre.

Will perdit de sa superbe.

— Je l'ai trouvée hier soir, juste avant de rentrer chez moi. J'ai interrogé tout le monde. Personne n'a rien vu d'anormal ou remarqué le moindre intrus ces derniers jours. La lettre était par terre, dans la sellerie. J'ignore depuis combien de temps. Désolé, milord, mais mes sources d'information sont taries.

— Quelles sources ?

Will s'empourpra :

— Ce n'est peut-être pas le terme approprié. Outre les domestiques, j'ai parlé à une tisserande qui travaille avec ma sœur. Elle a une cousine qui...

Face à l'exaspération manifeste de Hugh, il se ressaisit :

— En vérité, je ne sais plus que faire, milord. Cette lettre semble apparue par enchantement.

— Et ce type que tu connais à Tunbridge Wells ? La piste a donné quelque chose ?

— Il dit que la situation est tendue à Whitton Park, car les domestiques ne sont plus payés depuis un moment. À part ça... il n'a rien appris qui puisse attribuer les lettres à Hastings.

— Tu connais un autre informateur ?

— Personne de confiance. Je suppose que tu ne veux pas que l'affaire s'ébruite.

— Surtout pas, confirma Hugh en martelant nerveusement le bureau de ses doigts.

Devait-il parler à Daphné des lettres anonymes ? Était-elle au courant ? Il chassa vite cette pensée. Pourquoi s'inquiéter alors qu'ils n'étaient pas encore certains que les menaces étaient fondées ? Il commençait à croire à quelque vengeance puérile d'un domestique congédié. À quel danger Daphné pouvait-elle être exposée à Lessing Hall ? Cela n'avait pas de sens.

— Nous accorderons quelques jours de plus à ton ami. J'hésite à me lancer dans une enquête aussi sensible, de peur d'attirer l'attention en posant trop de questions.

La nouvelle du retour du capitaine s'était répandue comme une traînée de poudre. Les journaux relataient ses exploits, qu'ils soient réels ou imaginaires, à grand renfort de détails sordides. Lorsqu'il se rendait à Eastbourne, il sentait les regards curieux rivés sur lui, épiant ses moindres gestes. Il n'osait imaginer la réaction des Londoniens.

Hugh avait déjà engagé cinq villageois chargés de patrouiller sur le domaine. Ils avaient chassé une dizaine de journalistes. Combien d'autres rôdaient aux alentours ? Il devait rester discret dans ses recherches.

Il prit une plume, qu'il se mit à caresser distraitement.

— Je voudrais infiltrer quelqu'un à Whitton Park. Pour l'heure, notre seul indice est l'hostilité entre lady Davenport et Hastings.

— Je suis d'accord, admit Will. Hélas, ton oncle a coupé les ponts avec Hastings en épousant lady Davenport. Nous n'avons pratiquement aucun contact à Whitton Park au sein du personnel.

— C'est inhabituel pour une communauté aussi restreinte, non ? Connais-tu l'origine du différend entre mon oncle et Hastings ?

— Aucune idée, milord. Ton oncle se rendait régulièrement à Whitton Park quand la mère de la comtesse était encore en vie.

— Ah oui ! La passion des orchidées, railla Hugh.

Will posa sur lui un regard perplexe.

— J'ai toujours pensé que les visites du comte avaient cessé à cause de son décès. Mais y avait-il autre chose ? Hastings aurait-il fait quelque chose de mal ? Il a mauvais caractère, et tu connaissais ton oncle...

Hugh ne le connaissait que trop bien. Le comte était la respectabilité incarnée. Très attaché aux convenances, il ne voulait rien avoir à faire avec un personnage tel que Hastings... ou tel que lui-même.

Will ajouta :

— Le défunt comte a semble-t-il veillé à ce qu'aucun membre du personnel ne connaisse Whitton Park – à part Rowena Claxton, qui servait lady Davenport là-bas.

Hugh sourit à la mention de la domestique acariâtre. Elle le détestait et ne s'en cachait pas. Elle était suffisamment âgée pour l'avoir connu très jeune. Sans doute s'inquiétait-elle...

— Crois-tu qu'un domestique de Hastings puisse être l'auteur de ces lettres ? s'enquit Will.

Ramsay songea à la scène violente qu'il avait interrompue le premier jour. Tel était peut-être le danger évoqué dans les lettres : Hastings cherchait à contraindre Daphné à l'épouser. C'était difficile à croire. Hastings pouvait lui faire des avances, mais de là à lui imposer un mariage dont elle ne voulait pas...

Il haussa les épaules.

— Je ne sais pas... Il faut infiltrer quelqu'un chez lui. Hastings recrute peut-être, en ce moment. C'est une priorité. En attendant, veille à ce que lady Davenport ne sorte pas seule.

— En général, elle emmène Caswell, qui est parfaitement capable de la protéger contre Hastings.

— Elle a démontré qu'elle savait se défendre face à ce vaurien, commenta Hugh.

Si Will se mit à rire, Hugh n'était pas d'humeur à s'amuser.

Certes, elle savait se défendre contre Hastings... mais qui la protégerait de lui ?

8

Trois jours plus tard, il ne pleuvait pas. C'était au contraire une belle journée de printemps. Comme convenu, Daphné et Hugh se mirent en route pour la maison du douaire après le petit déjeuner.

La vieille demeure délabrée se dressait à l'ouest de Lessing Hall, au-delà du parc. En longeant l'allée verdoyante, Daphné se rendit compte qu'elle ne s'était pas approchée de cette habitation depuis plus d'un an, avant l'accident de Thomas.

— Les rosiers sont dans un triste état, nota-t-elle lorsque Hugh l'aida à mettre pied à terre.

Il attacha les deux montures à un arbre.

— Ils ne sont pas les seuls à avoir besoin d'attention, constata-t-il en découvrant la pelouse et les mauvaises herbes. Je me rappelle être venu quand j'étais enfant.

Il dut se pencher pour éviter les ronces et enchaîna :

— Les sœurs célibataires de mon grand-père, mes grands-tantes Matilda et Mary, ont longtemps vécu ici. Autrefois, elles me faisaient une peur bleue et je détestais les visites que mon oncle m'imposait. Je voyais en elles deux ogresses qui dévoraient les enfants.

Il adressa à Daphné un sourire qui fit naître une onde de chaleur dans son ventre.

— J'étais un vilain garnement, admit-il.

Ils gravirent les marches couvertes de mousse du perron et actionnèrent le heurtoir.

— Qui habite ici, à présent ? s'enquit Hugh.

— Le vieux Kenwick, répondit Daphné distraitement.

Un simple frôlement du bras de Ramsay suffisait à l'embraser. Ce béguin ridicule ne cesserait donc jamais ?

— Kenwick ? répéta Hugh. Ah oui ! Il était déjà d'un âge avancé quand j'étais petit. Qu'est-ce qu'il fait là, d'ailleurs ?

Pourvu que l'ancien majordome soit trop dur d'oreille pour entendre ces propos désobligeants...

— Thomas lui a proposé un cottage douillet et un valet qui s'occuperait de lui, mais Kenwick tenait à la maison du douaire pour la maintenir en état. Il rencontre certaines difficultés, apparemment, ajouta la jeune femme en balayant les lieux du regard.

Ramsay frappa à la porte.

— Kenwick est encore plus sourd qu'autrefois... Il vit seul ? Cela paraît impossible.

Son air réprobateur mit Daphné sur la défensive.

— Une jeune fille vient faire la cuisine et le ménage. Il n'est pas très...

Daphné cherchait un terme diplomate pour décrire le vieux grigou quand la porte s'entrebâilla.

Kenwick ressemblait à un oisillon déplumé, tant il était décharné. En revanche, il arborait un costume impeccable. Il toisa ses visiteurs d'un œil soupçonneux.

— Qu'est-ce que c'est que ce raffut ? gronda-t-il d'une voix chevrotante.

— Kenwick, vieille canaille ! s'écria Hugh. Vous ne me reconnaissez pas ?

Visiblement désorienté, le vieil homme cligna les paupières.

— Vous devriez vous rappeler mon visage, pourtant, après la correction que vous m'avez infligée le jour où j'ai brisé une fenêtre de la salle à manger avec une batte de cricket.

— Monsieur Hugh ?

Sa main noueuse se crispa sur le chambranle.

— En personne !

Ramsay regarda derrière le majordome.

— Dites-moi, Kenwick, ne laissons pas lady Davenport sur le pas de la porte ! Ce n'est pas très galant.

— Euh... oui, monsieur... enfin, milord.

Kenwick les dévisagea tour à tour, puis s'effaça pour les laisser entrer. La carrure imposante de Hugh envahit l'espace. Sa chevelure blonde frôla le lustre couvert de toiles d'araignées.

— Par ici, milord, milady...

Le vieil homme avança péniblement vers le petit salon sombre et humide. Les rideaux de velours étaient tirés. En essayant de les ouvrir, il ne fit que soulever un nuage de poussière. Seul un rai de lumière filtra par la vitre crasseuse. Le majordome n'insista pas.

— Du thé, milord ? proposa-t-il en chancelant.

Ramsay réprima un rire en imaginant la frêle carcasse du majordome portant un plateau chargé de tasses en porcelaine.

— Nous ne prendrons pas de thé, Kenwick. Nous sommes venus inspecter la maison, expliqua-t-il en posant une main bienveillante sur l'épaule du vieil homme. Nous ne voulons pas vous déranger. Nous jetterons un coup d'œil, rien de plus.

— Un coup d'œil ? répéta le vieil homme. Ce n'était pas la peine de me déranger, monsieur Hugh. Prenez garde à ne rien casser.

Sur ces mots, il tourna les talons.

— Je n'ai pas fini mon thé. Il va refroidir.

Il s'éloigna à petits pas en maugréant, et claqua la porte derrière lui.

— Bon sang ! s'exclama Hugh. Estimons-nous heureux qu'il n'ait pas mis le feu ici.

— Je n'étais pas consciente de cet état de délabrement, admit Daphné, gênée.

Il ouvrit les rideaux pour laisser entrer un peu de lumière. Ils découvrirent une énorme tache au plafond, sans doute provoquée par une infiltration d'eau de pluie.

— Seigneur, murmura Daphné, qui se sentait de plus en plus coupable.

Thomas lui avait confié la responsabilité de cet aspect du domaine.

— Montons inspecter l'étage, suggéra Hugh en observant la tache.

Ils empruntèrent un escalier sombre et étroit. Très vite, l'origine du problème devint évidente. La fenêtre de la pièce située au-dessus du salon était brisée.

— Attention, prévint Ramsay sur le seuil, en désignant les rideaux moisis. Je pense que le plancher est pourri. D'importants travaux s'imposent pour remettre les lieux en état.

Daphné sentait la chaleur de son corps, tout près d'elle. D'autant qu'ils étaient seuls... Mais elle s'en voulait d'avoir négligé ce logement. Elle se détourna pour chasser ces émotions.

À peine avait-elle fait quelques pas que le sol céda sous ses pieds. Ramsay la rattrapa de justesse. Il la prit par les épaules et la fit pivoter vers lui.

— Qu'est-ce qui vous prend, nom d'un chien ? Vous auriez pu vous briser la nuque ! Je viens de vous mettre en garde.

La jeune femme se libéra de son emprise, le souffle coupé : il ne restait plus qu'un trou béant devant eux. La main de Hugh se posa sur son épaule – plus douce, cette fois. Elle se sentait ridicule, une émotion désagréable qui ne lui était pas familière. Elle n'osait pas le regarder, mais il la prit par le menton pour l'y obliger. S'il semblait tendu, il n'était plus en colère.

— Daphné…

Il s'interrompit et secoua la tête. Fascinée par les éclats dorés qu'elle décelait dans sa prunelle émeraude, elle le vit crisper le poing tandis qu'il scrutait sa bouche et ses yeux. Soudain, il émit un grommellement.

— Bon sang…

Puis, sans crier gare, il s'empara de ses lèvres.

Daphné ferma les yeux.

Enfin. Ce mot résonna si fort dans sa tête qu'elle redouta un instant de l'avoir prononcé à voix haute. Si tel était le cas, il ne semblait pas s'en être rendu compte.

Il posa une main gantée sur sa nuque pour l'attirer vers lui. Sa bouche était exigeante, brûlante. Daphné mourait d'envie de lui donner ce qu'il voulait. Comment s'y prendre ? Percevant son tourment, il se radoucit.

— Daphné…

Il se mit à la dévorer de baisers furtifs sur les lèvres, puis le menton, les joues, avant de revenir vers sa bouche frémissante, dont il titilla la lèvre inférieure.

Elle se rendit compte que, d'instinct, elle s'était hissée sur la pointe des pieds pour se plaquer contre lui.

— J'aime votre saveur, souffla-t-il.

Daphné frémit et dut s'agripper à lui pour ne pas perdre l'équilibre. Les muscles de son torse étaient fermes. Elle glissa les mains sur le tissu de laine de son manteau, le long de ses épaules, vers son cou. Elle effleura sa cravate, puis enfouit les doigts dans ses boucles blondes.

Réprimant un gémissement, il se pencha davantage et insinua le bout de sa langue entre ses lèvres comme pour… la pénétrer.

Daphné retint son souffle. Il profita de son trouble pour saisir son visage à deux mains. Il prit possession de sa bouche pour se livrer à une exploration sensuelle. Dans certains romans, elle avait lu des descriptions de baisers en imaginant ce que l'on pouvait ressentir dans ces moments-là. Mais cela n'avait rien à voir. À chaque assaut de sa langue, elle succombait et oubliait tout pour se laisser consumer par ce baiser torride.

Elle sentit une main descendre le long de sa poitrine pour effleurer un sein, puis son flanc et sa taille, et se poser sur sa hanche. Daphné crispa les doigts dans les cheveux de Hugh, l'invitant à continuer. Presque malgré elle, elle s'offrait à lui.

Il est expérimenté, voilà tout, songea-t-elle, pragmatique. Je ne suis qu'une conquête de plus à ses yeux.

Mais non, ce baiser était différent... Il était parfait. Ils étaient faits l'un pour l'autre.

Meg Standish avait dû ressentir la même chose juste avant d'écarter les cuisses pour lui...

Cette pensée lui fit l'effet d'une douche froide.

— Non ! gémit-elle contre sa bouche.

— Daphné ?

Il s'interrompit dans son exploration et posa les lèvres sur son oreille.

— Quelque chose ne va pas ?

Son souffle tiède caressa sa peau sensible. Jamais elle n'avait rien connu d'aussi divin. D'instinct, elle glissa les mains sur les revers de son manteau. Au moment où elle allait l'attirer vers lui...

Il te méprisera en apprenant la vérité, songea-t-elle.

La jeune femme s'écarta comme si elle s'était brûlée.

— Daphné ?

Elle se détourna pour éviter son regard intense, le cœur battant à tout rompre. Qu'avait-elle fait ? Comment pouvait-elle se comporter de la sorte, avec le secret qui se dressait entre eux ?

Le souffle court, elle tenta de maîtriser sa respiration. Elle avait l'impression d'être une pauvre fille de la campagne assoiffée de caresses, une conquête de plus sur son tableau de chasse. Et même s'il tenait sincèrement à elle en cet instant, il se lasserait vite.

Elle leur en voulait à tous les deux d'avoir cédé à une impulsion. Ravalant ses larmes, elle se réjouit au moins d'avoir eu la volonté d'interrompre ces ébats. Rassurée, elle retrouva un peu de dignité. Lorsqu'elle se retourna, il guettait sa réaction, déconcerté.

— Daphné, je…

Elle le fit taire d'une main.

— Non, ne vous excusez pas, milord, dit-elle froidement. Nous sommes tous deux responsables. Je vous demande simplement de ne pas évoquer cet incident regrettable, que j'ai déjà chassé de mon esprit.

— À votre guise, concéda-t-il après réflexion.

Il lui prit la main et déposa un baiser sur sa paume. Une fois encore, son souffle tiède l'embrasa. Mortifiée, elle se figea et tenta de sauvegarder cette dignité qui lui était si chère. Son instinct de survie l'incita à se libérer de son emprise pour descendre vivement les marches.

Hugh rejoignit Pacha juste au moment où Daphné disparaissait dans l'allée. Comment diable avait-elle réussi à monter en selle aussi vite ? C'était un mystère. Son membre palpitant de désir le tourmentait encore. Repoussant son chapeau, il massa nerveusement sa balafre. C'était à n'y rien comprendre ! Daphné lui en voulait, c'était manifeste, mais pour quelle raison ? Il avait pris l'initiative de ce baiser et s'était montré audacieux, certes. Elle avait dû prendre soudain conscience de l'inconvenance de leur attitude, surtout entre une tante et un neveu par alliance…

Il ne pouvait lui en vouloir. Bien des gens seraient horrifiés. Et pourtant, son instinct lui disait que sa réaction cachait autre chose. Au départ, elle avait été très réceptive. Elle s'était pratiquement jetée dans ses bras ! Et en une fraction de seconde...

Ramsay songea à ce baiser en observant l'allée envahie par la végétation. La jeune femme lui avait paru un peu... hésitante, à croire qu'elle n'avait jamais embrassé un homme.

C'était impossible ! Elle avait des enfants.

Mais cet argument n'était pas probant. De nombreux hommes mariés prenaient leurs épouses dans le noir, furtivement, dans l'unique but de procréer. Était-ce le cas de son oncle ?

Imaginer ce vieillard en train de déflorer la jeune fille sans même un baiser ou une caresse lui fit l'effet d'une gifle. En un éclair, l'érection qui le torturait disparut.

Hugh s'efforça en vain de chasser ces pensées. Pas étonnant que Daphné n'ait pas encore été embrassée. Elle n'avait que dix-sept ans en épousant le vieux comte. Tant d'hommes se moquaient éperdument des envies de leur partenaire ! Ils considéraient les épouses comme une espèce à part qui, au contraire des maîtresses et des prostituées, n'avaient d'autres besoins que le gîte, le couvert et une garde-robe.

Pensif, Hugh se mordilla la lèvre. Daphné avait-elle offert sa virginité à un homme qui ne l'avait jamais embrassée ?

C'était insupportable. D'ordinaire, cette innocence aurait anéanti son désir pour elle. Elle l'aurait au moins rendu méfiant. C'était hélas le contraire qui se produisait. Il la désirait autant, sinon davantage.

9

Après cette mésaventure, Daphné aurait dû s'enfuir à Londres. Naturellement, elle n'en fit rien. Le soir même, lors du souper, Hugh se comporta comme si rien ne s'était passé. N'était-ce pas ce qu'elle souhaitait ? Loin de lui faire plaisir, ce comportement l'irrita au plus haut point.

Daphné s'arma de courage et suivit son exemple. Ils bavardèrent de la gestion du domaine, du temps, des récoltes, de l'actualité en Europe. Après le repas, elle se força même à passer une heure dans la bibliothèque, à faire semblant de travailler sur son article. En réalité, elle observait Ramsay du coin de l'œil en fulminant. Pas question de lui montrer à quel point leur interlude sensuel l'avait bouleversée alors que, pour lui, ce n'était apparemment rien du tout.

Elle avait beau être naïve, ignorante, terriblement inexpérimentée dans le domaine des relations entre hommes et femmes, elle savait ce qui s'était passé. Il s'était amouraché d'elle parce qu'il n'avait personne d'autre sous la main. Seule une imbécile accorderait la moindre valeur à ce genre d'attitude. Or Daphné était tout sauf stupide... du moins, dans des circonstances normales.

Ramsay avait le don de lui faire perdre le sens commun. Il fallait qu'elle se ressaisisse. La première étape consistait à prétendre que rien ne s'était rien passé entre eux. Comment se comporter en sa présence ? Elle s'interrogeait encore quand se produisit un événement qui prit le pas sur le reste.

Elle gagnait la salle à manger pour prendre son petit déjeuner, le lendemain matin, lorsque Gates lui tendit une lettre.

— Elle est arrivée hier très tard, milady. Je crains de ne pas l'avoir remarquée.

Daphné reconnut l'écriture de Malcolm, qu'elle n'avait pourtant pas vue depuis plus de dix ans. Elle n'avait aucune envie de prendre cette missive, mais...

— Merci, Gates.

L'appétit coupé, elle gagna la bibliothèque et s'adossa à la porte pour déchirer l'enveloppe.

Je n'ai pas oublié notre petite conversation dans les bois, contrairement à vous, sans doute. Si vous ne versez pas mille livres sur mon compte avant la fin de la semaine, je viendrai en personne. Et j'aurai ma preuve avec moi. Votre neveu sera ravi de ce que j'ai à lui montrer. J'irai voir tous les membres de la famille. Et les journalistes. En vous dénonçant, je ne ferai pas avancer mon projet. Pourtant, je n'hésiterai pas si vous ne me donnez pas ce que je veux. Votre période de deuil est terminée et je veux vous épouser sans tarder. Vous voyez, je respecte les conventions. Ne m'obligez pas à me montrer moins conciliant...

Daphné pencha la tête en arrière, sur le battant de bois. Cette lettre ne contenait rien de nouveau. Elle ignorait encore quelle était cette « preuve » qu'il détenait concernant les jumeaux, mais sa menace devait être fondée. Quel que soit l'élément qu'il possédait, Malcolm avait attendu son heure pendant des années, jusqu'à ce que Thomas ne soit plus là pour la protéger.

La jeune femme s'approcha du bureau et observa les feuilles de parchemin et les plumes éparpillées sur la surface en acajou ciré.

Il faut dire la vérité à Hugh, songea-t-elle. Elle y pensait chaque soir en se couchant et chaque matin à son réveil. Mais dès qu'elle décidait de lui révéler que les jumeaux étaient les fils de Malcolm, elle butait sur un obstacle : Ramsay ne croirait jamais que le comte avait été au courant. Il croirait que Daphné avait fait passer ses bâtards pour ceux d'un veuf âgé, un homme droit et digne qui n'aurait pas toléré une telle supercherie.

Elle imaginait le dégoût de Hugh, son mépris, celui de sa famille, ses domestiques, ses voisins, quiconque connaîtrait la vérité. Les enfants affronteraient les critiques, les insultes. Leur vie serait entachée par la honte. Tous trois deviendraient des parias de la société.

Daphné refusait de leur imposer ce calvaire... tant qu'elle pouvait les épargner.

En baissant les yeux sur la lettre froissée, elle sentit monter en elle un sentiment de fureur qui s'ajouta à la peur. Pourquoi payer mille livres sterling pour garder un secret qu'elle devrait avouer de toute façon ? Cette somme ne ferait qu'augmenter sa dette envers Hugh. Qu'avait-elle à gagner à céder au chantage ?

La réponse était d'une simplicité cruelle : du temps. Elle avait besoin de gagner du temps pour anéantir le plus tard possible la vie de ses fils. C'était un peu irrationnel, mais n'avait-elle pas le droit de prendre une décision irrationnelle, pour une fois ? Non ! Après l'agression de Malcolm et la grossesse qui en avait découlé, au lieu de s'enfuir comme une bête traquée, elle avait opté pour le pragmatisme et épousé un homme bien plus âgé qu'elle.

Le souvenir de Thomas lui fit monter les larmes aux yeux. Elle l'aimait et lui était reconnaissante de ce qu'il avait fait pour elle. La triste vérité, c'était que Malcolm l'avait spoliée. Par son acte de violence, il avait fait d'elle une mère et l'avait privée de la possibilité d'être une amante ou une épouse. Avant la réapparition de Hugh, elle n'avait jamais réfléchi à cette injustice.

Ses sentiments pathétiques et scandaleux pour Hugh n'aboutiraient pas à un mariage d'amour mais, au moins, elle se sentait femme avec lui, elle se sentait vivante. Elle avait presque honte de l'admettre.

Il lui fallait encore un peu de temps.

Elle observa la lettre chargée de haine. Malcolm était un flambeur invétéré avant même sa majorité. Sans doute avait-il perdu le peu d'argent qu'il avait tiré d'un mariage avec une jeune héritière des Midlands.

La perspective d'être l'épouse de Malcolm lui soulevait le cœur. Il ne pouvait être assez stupide pour croire qu'elle céderait au chantage. Quelle femme épouserait son violeur ?

Daphné aimait ses fils et ne regrettait pour rien au monde leur existence. Elle n'imaginait pas la vie sans eux. Cela ne l'empêchait pas de vouer à Malcolm une haine farouche. Au moins, il l'avait assommée avant de la violer. Aucune image douloureuse ne hantait ses nuits. Cependant, il n'avait cessé de la tourmenter.

Un craquement la fit sursauter. Sans s'en rendre compte, elle venait de briser une plume en deux. Elle ne devait pas s'émouvoir à ce point. Elle n'était plus une adolescente de dix-sept ans. Elle avait le choix, même si ses options n'étaient pas reluisantes, et elle n'était plus impuissante et désargentée.

Forte d'une détermination nouvelle, elle prit une autre plume.

Daphné s'arrêta sur le seuil de la salle à manger. Hugh était à table, alors qu'il se faisait généralement servir le petit déjeuner dans sa chambre.

En constatant sa présence, il se leva vivement, un sourire de bienvenue au coin des lèvres.

— Bonjour, ma chère.

Avec sa veste vert foncé, sa culotte en peau et ses bottes de cuir noir étincelantes, il ressemblait à un gentleman de province... à l'exception de son bandeau et de son air canaille, naturellement.

— Bonjour, répondit-elle en lissant nerveusement sa robe grise. Je prendrai du thé, ajouta-t-elle à l'intention du valet.

Elle prit place sur la chaise que lui proposait le baron, à côté de lui.

— Puis-je vous servir quelque chose, milady ?

— Non merci.

Elle aurait déjà du mal à avaler une tranche de pain grillé...

Fascinée et écœurée à la fois, Daphné le regarda dévorer une généreuse assiette garnie de lard fumé et d'œufs brouillés accompagnés de tartines, le tout arrosé de café noir, sans oublier une chope de bière.

— J'ai besoin de prendre des forces, expliqua-t-il face à son air médusé. Je me rends à Tunbridge Wells, aujourd'hui.

— Vous comptez y aller en courant ?

Il se mit à rire.

— Avez-vous des courses à me confier pendant que je serai en ville ?

Daphné songea à l'ordre de virement qu'elle venait de rédiger au profit de Malcolm. Cela lui éviterait un déplacement...

— Pourriez-vous passer à la banque Barings ? C'est un dénommé Pickard qui gère mon compte.

Hugh avala une gorgée de bière.

— Avec plaisir. Autre chose ? Voulez-vous des rubans ? De la dentelle ? Des fanfreluches ? Le dernier traité de philosophie ?

Daphné ignora ce badinage.

— Gates a trouvé deux journalistes cachés dans la laiterie.

— Je sais, répondit Hugh en reprenant son sérieux. J'en suis désolé.

— Vous n'y êtes pour rien. Néanmoins, je refuse qu'ils s'approchent des garçons.

— J'ai engagé des hommes à Eastbourne, qui patrouilleront jusqu'à ce que le calme revienne. Malheureusement, il y a autre chose.

— Quoi ?

— Il ne vous a sans doute pas échappé que j'ai reçu une quantité impressionnante de courrier.

Il semblait en effet que tous les aristocrates du royaume avaient écrit au baron, ces dernières semaines. La redoutable tante Letitia lui avait adressé plusieurs lettres dont Daphné imaginait sans peine le contenu.

— Ah oui ? railla-t-elle. Je n'avais pas remarqué...

— Très drôle, répliqua-t-il. Bref, je passe un temps fou à empêcher tous les membres de la famille de converger vers Lessing Hall et...

— Ne les repoussez pas à cause de moi. Les garçons seraient ravis de rencontrer ces parents éloignés, et même la tante Letitia. Des voisins sont passés vous voir. Il est de votre devoir de leur répondre.

— Bref, répéta-t-il, je n'ai réussi à retarder tante Letitia qu'en lui promettant de venir bientôt à Londres. Je serai ravi de vous y accompagner si vous êtes disposée à repousser votre départ jusqu'au retour de la *Revenante*.

Daphné ignora les battements effrénés de son cœur pour demander posément :

— Pour quand est-il prévu ?

En réalité, cela n'avait aucune importance, car elle n'avait encore pris aucune disposition.

— Dans presque un mois, hélas.

Un mois ! Elle allait endurer sa présence pendant encore un mois !

— Je vais voir si cela convient à mes projets.

— Que demander de plus ? Je n'aurai pas mieux, je suppose, plaisanta-t-il avec un clin d'œil complice.

La jeune femme mordit dans son pain grillé pour ne pas rétorquer.

Le repas se poursuivit en silence, puis Hugh se tapota le ventre, visiblement repu.

— Pauvre Pacha ! s'exclama-t-il. Il va me falloir une échelle pour monter en selle, après ce festin.

— Vous êtes insatiable, dit-elle, les yeux rivés sur son assiette vide.

— Je le suis dans tous les domaines...

Il s'étira nonchalamment, le regard voilé d'un désir non dissimulé.

La jeune femme faillit s'étrangler. Elle eut toutes les peines du monde à avaler sa bouchée de pain.

— Qu'avez-vous à faire en ville ? demanda-t-elle d'un ton qui se voulait détendu, sous son regard intense.

— Je dois me rendre à la banque, moi aussi. Il n'est pas très commode de se déplacer avec des malles pleines de pièces d'or.

Il rit de la stupeur de Daphné :

— Ne croyez pas systématiquement ce que je vous raconte, ma chère. Je n'ignore pas l'existence des traites bancaires et autres chèques, figurez-vous.

Vexée, elle eut envie de lui jeter son thé au visage. Il sourit. Sans doute ne devinait-il pas les pensées de la jeune femme.

— D'après Will, on trouve du bétail correct et même un attelage digne de ce nom à Tunbridge.

Il but une longue rasade de bière et s'essuya les lèvres du dos de la main. Daphné posa sa tasse sur sa soucoupe un peu brutalement.

— Pardon ! s'exclama-t-il face à son air outré.

Il tapota délicatement sa bouche avec sa serviette, pour faire comprendre que ses mauvaises manières étaient un comportement délibéré. Il ne pouvait s'empêcher de la provoquer et elle tombait systématiquement dans le panneau.

Enfin, Hugh se leva avec grâce. Rien n'indiquait qu'il venait de manger comme quatre.

— Je ferais mieux de filer si je veux être de retour à temps pour le souper. À ce soir, Daphné.

Lorsqu'il eut quitté la pièce, elle s'approcha de la fenêtre donnant sur l'allée. Bientôt, elle le vit descendre les marches du perron, drapé dans une grande cape et coiffé d'une toque en fourrure. Kemal l'attendait avec deux chevaux. Hugh lui adressa quelques mots en enfilant ses gants.

Alors qu'ils allaient monter en selle, William Standish et sa sœur, Meg, arrivèrent dans une voiture attelée. Ramsay remit son chapeau et sa cravache à son domestique, avant d'aller à la rencontre de Meg. Il la prit dans ses bras et la souleva de terre avec enthousiasme.

En les voyant rire de joie, Daphné se sentit rongée par un sentiment d'envie. Hugh embrassa Meg sur les joues, puis ils se mirent à bavarder tels de vieux amis. Avaient-ils été amants ? Rowena avait-elle raison de croire que Hugh était le père de l'enfant de Meg ? L'adolescent blond d'environ seize ou dix-sept ans n'avait pas de géniteur officiel.

Un peu en retrait, la mine impassible, William observait les retrouvailles de sa sœur et de son ancien maître. Au bout de quelques minutes, Hugh aida la frêle jeune femme à remonter en voiture et lui fit signe tandis qu'elle s'éloignait. Enfin, il se retourna et sourit à Daphné en s'inclinant d'un air moqueur.

Mortifiée, la jeune femme s'écarta vivement de la fenêtre.

— Le gredin, maugréa-t-elle.

Dès qu'ils eurent disparu au bout de l'allée, elle se remit à table. Son thé avait refroidi et elle n'avait pas faim.

Quelques jours plus tard, Daphné reçut une lettre de Randall, qui lui écrivait de chez sa fille, à West Riding, non loin d'une propriété des Davenport. Il lui annonçait qu'il profiterait de son passage dans la région pour inspecter le domaine et que, par conséquent, il ne serait pas de retour pour la visite prévue à Elm Cottage.

Daphné aurait volontiers repoussé cette sortie. Malheureusement, un jeune couple attendait la fin des travaux pour se marier. De plus, elle ne pouvait éviter toute entrevue avec Hugh jusqu'au retour de Randall. Une dizaine d'autres cottages de métayers devaient faire l'objet d'une inspection, sans parler d'un problème d'évacuation des eaux.

Elm Cottage se trouvait à la limite du domaine de Malcolm. Daphné ne s'était pas rendue dans cette ferme depuis longtemps. Elle gagna l'écurie quelques minutes avant l'heure prévue. Pacha et Carmel étaient sellés, mais il n'y avait personne en vue. Au moment où Daphné allait partir à la recherche de Hugh, Rowena émergea de la sellerie.

En apercevant Daphné, la domestique sursauta.

— J'ignorais que vous sortiez à cheval, milady. J'aurais dû être présente pour vous habiller.

Daphné ne prit pas la peine de rappeler à la vieille femme qu'elle lui avait parlé de cette sortie deux heures plus tôt.

— Grace m'a aidée à enfiler ma tenue. Qu'est-ce que vous faites ici, Rowena ?

— J'avais une recette pour la sœur de Will Standish.

Soudain, elle regarda derrière la jeune femme et fronça les sourcils. Ramsay se tenait sur le seuil.

— Désolé d'être en retard, Daphné... Ah, bonjour, miss Claxton, ajouta-t-il à l'adresse de Rowena.

Elle répondit d'un grommellement vague.

— Je ferais bien d'y aller, dit-elle. Soyez prudente, milady.

— Aurais-je commis un impair ? demanda Hugh en la regardant s'éloigner.

Daphné ne trouva aucune excuse pour expliquer l'attitude grossière de sa servante.

— Partons, milord, voulez-vous ?

Il faisait un temps superbe, le ciel était limpide. Daphné décrivit longuement les plans et les projets qu'elle avait élaborés avec Randall pour plusieurs maisons. À l'approche du cottage où logeaient William Standish, sa sœur et son neveu, elle se tut.

Will était en train de tailler les arbres de son verger. À leur arrivée, il s'interrompit, mais Hugh se contenta de lui faire signe sans s'arrêter.

Étrange...

— Le premier soir, vous m'avez confié que William Standish et vous avez été très proches, hasarda Daphné, incapable de s'en empêcher.

— En effet. Will et moi avons le même âge, et Meg un an de moins. Nous traînions tous les trois comme une meute de chiots fougueux. Leur père a été le régisseur du comte pendant longtemps, un poste qu'il destinait à son fils après lui.

— Je sais. Thomas le lui a proposé plus d'une fois.

— Will aimait trop les chevaux pour être régisseur. C'était un sujet de dispute entre lui et son père. Nous ne sommes plus aussi proches, à présent. Il a été furieux quand je l'ai renvoyé en Angleterre.

— Furieux ? Pourquoi ?

— Il a l'impression que je l'ai privé d'une grande aventure lorsque nous avons échangé nos identités et qu'il a été rapatrié à ma place.

— Vous lui avez sauvé la vie, au contraire !

— Certainement.

— Il devrait vous en être reconnaissant.

— Vous croyez ? fit Hugh avec un regard de biais.

— Bien sûr. Il n'est pas stupide.

— Stupide, non. Nostalgique, peut-être. En lisant les exploits de Standish le Borgne dans les journaux, il a dû avoir des regrets. Il pense qu'il aurait pu mener la vie d'un corsaire, lui aussi.

Que répondre à cet argument ? Les hommes étaient vraiment bizarres, parfois.

— En vérité, les pirates du sultan l'auraient achevé avant d'atteindre Oran au lieu de le soigner. Un esclave incapable de travailler ne vaut rien.

— Un esclave ? Ne m'avez-vous pas dit que vous aviez évité le marché aux esclaves ?

Ramsay sourit tristement.

— Ma chère Daphné, je n'ai peut-être pas été vendu au marché, mais qu'ai-je été pour le sultan, d'après vous ?

Il n'attendit pas qu'elle lui réponde.

— Dans un sens, Will est en droit de m'envier. J'ai vu tant de merveilles, dans le monde entier : un volcan en éruption, la Grande Muraille de Chine, des oiseaux aux mille couleurs chatoyantes, des couchers de soleil enflammés… J'ai privé Will de ces expériences uniques. En revanche, je lui ai épargné d'être enchaîné dans la cale d'une galère, à ramer pendant des heures au rythme des coups de fouet, avec les camarades qui meurent de leurs blessures, les privations, et aussi les journées passées à creuser sous un soleil de plomb, en plein désert.

Soudain, il s'interrompit et éclata d'un rire amer.

— Je vous ennuie avec mes histoires…

Daphné avait envie de le faire parler, de l'inciter à partager les merveilles et les horreurs de son passé. Hélas, sa réserve naturelle l'en empêcha.

— Vous ne m'ennuyez nullement, Hugh.

Elle ne l'appelait pas souvent par son prénom. Il la dévisagea comme s'il décelait autre chose derrière ses paroles.

— Au lieu d'envier mon existence, Will aurait dû vivre pleinement la sienne. C'est la leçon la plus importante que j'aie apprise. La vie est courte et précieuse. Un homme... ou une femme doit saisir toutes les occasions d'en profiter. Rien n'est acquis. Chaque journée est une bénédiction. Voilà, Daphné, conclut-il avec un sourire teinté de regret. Telle est la philosophie profonde de Hugh Redvers, un homme qui fut tour à tour un jeune rebelle, un esclave et un corsaire.

— Quel métier visez-vous, à l'heure actuelle ?

Si la question le surprit, il se ressaisit vite.

— Oh... je suis en vacances.

— Comment cela ?

— Je ne compte pas rester. Je suis revenu pour faire la paix avec mon passé. J'aurais dû le faire du vivant de mon oncle, je sais. Je l'avoue, j'ai manqué de volonté... Je n'ai pas réussi à franchir le pas.

Daphné n'y croyait pas.

— Repartirez-vous à bord de la *Revenante* quand elle sera là ?

— Pardon ? fit-il, émergeant de ses pensées.

— Quitterez-vous bientôt l'Angleterre ?

Il afficha un sourire taquin, suggérant que ce moment de confidences était terminé.

— Allons, Daphné ! Vous cherchez déjà à vous débarrasser de moi ?

Ils mirent un peu plus d'une heure à inspecter le cottage et ses deux dépendances. Au moment de se remettre en route, ils entendirent des éclats de voix provenant d'un bosquet, derrière le cottage.

Hugh plaça un index sur ses lèvres et lui fit signe de rester avec les chevaux. La jeune femme hocha la tête et le regarda disparaître derrière la maison à pas de loup. Quelques secondes plus tard, une femme poussa un cri strident, puis Daphné reconnut la voix de Hugh, et ce fut le silence. Alors qu'elle allait s'approcher à son tour, deux personnes apparurent, Ramsay sur leurs talons.

— Fowler ?

Daphné se rappela, un peu tard, que son ancienne femme de chambre avait épousé l'homme qui la suivait, Owen Blake. Daphné avait été surprise et un peu déçue d'apprendre que Fowler avait décidé de rester à Whitton Park pour épouser Blake. Pour beaucoup, la ravissante Mary Fowler avait de la chance d'avoir mis le grappin sur ce beau valet. Pour sa part, Daphné s'était toujours méfiée de Blake, qui avait tendance à se pavaner. Elle le soupçonnait en outre de transmettre des ragots à Malcolm.

Elle n'avait pas revu le couple depuis qu'elle avait quitté cette maudite demeure, dix ans plus tôt. Ils avaient vieilli. Mary avait le teint cireux et le nez rubicond. Son mari était rougeaud et avait les yeux injectés de sang. Tous deux semblaient gênés, comme s'ils avaient été surpris dans une posture embarrassante.

— Quelque chose ne va pas ? s'enquit Daphné en les dévisageant.

Hugh haussa les épaules.

Mary esquissa une révérence un peu chancelante.

— Tout va bien, milady. Nous recherchions Spite, la chienne de mon mari. Il a laissé la porte du hangar ouverte et elle a filé.

Daphné n'était pas dupe de ses mensonges.

— Lord Ramsay et moi sommes là depuis plus d'une heure, et nous ne l'avons pas vue.

Blake lui adressa un regard hostile.

— Je suis sûr que la chienne rentrera d'elle-même quand elle aura faim.

Il se tourna vers sa femme.

— On ferait mieux de regagner Whitton Park, reprit-il. Milord...

Il adressa un signe de tête à Hugh et prit son épouse par le bras. Mary lança un regard contrit à Daphné tandis que Blake l'entraînait sans ménagement.

— Que s'est-il passé ? demanda la jeune femme dès qu'ils eurent disparu.

Hugh l'aida à monter en selle et lui tendit ses rênes.

— Ils se disputaient, mais je n'ai pas entendu à quel sujet. Ils n'habitent pas loin d'ici, je suppose.

— Oui, dans l'un des plus grands cottages du domaine de Malcolm.

— Je doute qu'il s'agissait de la chienne. Enfin, peu importe... Si je me souviens bien, il y a un raccourci vers une jolie prairie. Une course au galop, ça vous dit ?

Il affichait un air de défi. Daphné devina que la perspective de la battre l'amusait.

— Vous parlez de South Meadow, sans doute ? Effectivement, le sentier se trouve là.

Elle désignait un endroit situé derrière lui. Mais, dès qu'il se retourna, elle mit Carmel au galop en direction du véritable chemin.

Hugh éclata de rire.

— Elle nous a eus, Pacha !

Daphné sourit et engagea Carmel sur le sentier envahi par la végétation, à travers bois. Elle entendit un bruit de sabots et des jurons, dans son sillage. Sans doute les branchages fouettaient-ils le visage de son poursuivant.

Soudain, elle déboucha dans la prairie inondée de lumière. Elle avait parcouru ces terres des centaines de fois.

116

Le puissant Pacha était capable de dépasser aisément Carmel. Pourtant, quand elle atteignit l'extrémité de la prairie, au sommet d'une pente douce, Hugh ne l'avait toujours pas rattrapée. Elle arrêta sa monture. Sans doute lui tendait-il un piège. Hélas, quand elle fit volter Carmel, elle ne vit que Pacha qui s'agitait à la sortie du sentier, sans cavalier.

— Seigneur !

Elle mit son cheval au galop. Hugh gisait dans l'herbe, non loin de sa selle. Daphné mit pied à terre avant même que Carmel ne s'immobilise. Elle s'agenouilla près de lui et posa une joue sur son visage pour vérifier qu'il respirait bien. En sentant son souffle tiède, elle réprima un sanglot et l'embrassa sur les lèvres avec passion, ivre de soulagement.

Il choisit ce moment pour ouvrir son œil unique et remuer les lèvres.

— Qu'est-ce que vous dites ? fit Daphné en se penchant davantage.

— Qu'est-ce qu'il ne faut pas faire pour obtenir un baiser... murmura-t-il en riant.

Aussitôt, il fit une grimace de douleur.

— Nom de Dieu ! jura-t-il.

Daphné remarqua alors que sa tête reposait sur une pierre maculée de sang. Elle réprima un frisson d'effroi.

— Pouvez-vous remuer les mains et les pieds ?

Il obéit, le visage déformé par la douleur.

Le soulagement remplaça la peur. Dieu merci, Hugh n'était pas paralysé comme Thomas après sa chute.

— Vous êtes blessé à la tête. Ne bougez pas. Je vais regarder.

Elle enleva ses gants et glissa les doigts dans les cheveux du baron. Elle sentit une bosse. Par chance, la plaie ne saignait pas abondamment.

— Où avez-vous mal ?

Il leva une main pour protéger son œil du soleil, puis la baissa vivement.

— Je crois que je me suis brisé la clavicule, ce qui m'est déjà arrivé.

Il tenta d'afficher un sourire taquin. Hélas, il souffrait trop pour être convaincant.

— J'ai du mal à respirer...

Plusieurs côtes cassées, sans doute, songea la jeune femme.

— Il faut regagner la maison au plus vite. Une voiture serait préférable.

Pour la première fois, Daphné lut de l'embarras sur ses traits.

— Ma virilité en prend un coup, admit-il péniblement, mais vous avez raison. Je suis incapable de monter dans cet état.

— Je vais ramasser votre selle pour la glisser sous votre tête. Vous serez plus à l'aise.

Celle-ci gisait à quelques mètres de Pacha, qui broutait tranquillement. En la soulevant, elle se rendit compte que la sangle était bien trop courte. Une lanière de cuir semblait déchirée... Mais, bizarrement, les bords étaient nets. La sangle avait été coupée ! La jeune femme se figea. Ce n'était pas un accident !

Ravalant son angoisse, elle porta la selle vers lui. Puis il la regarda enlever son manteau et le plier avec soin pour lui façonner un oreiller.

— Vous vous sentez mieux ? demanda-t-elle en le voyant se détendre un peu.

Machinalement, elle repoussa les cheveux de son front.

— Bien mieux, merci, souffla-t-il avec un sourire.

— Vous avez subi un choc. Il ne faut pas vous endormir. Faites ce que vous voulez, comptez les moutons, vos batailles ou vos conquêtes, mais ne perdez pas connaissance.

— Je compterai les Daphné...

La jeune femme sentit son cœur se serrer.

— Je reviens dès que possible, promit-elle en se levant.

Il lui agrippa la main.

— Soyez très prudente, surtout...

Elle fut parcourue d'un frisson d'effroi. Il ne pouvait savoir que la sangle de sa selle avait été coupée.

— Et vous, restez éveillé, conclut-elle avant de presser sa main dans la sienne.

Daphné monta en selle en se perchant sur une souche et mit le cap sur Lessing Hall comme si elle avait le diable aux trousses.

10

Le trajet en voiture vers Lessing Hall ne prit pas plus d'une demi-heure. Hugh était livide et ses traits crispés trahissaient sa douleur.

Daphné confia le blessé aux soins experts de Kemal et se précipita dans sa chambre pour se changer, sans appeler sa femme de chambre. Une fois seule, elle prit le temps de se ressaisir, de réfléchir à la selle sabotée. Pourvu que Hugh ne souffre d'aucune séquelle...

Vêtue d'une robe sombre, elle redescendit au bout de trois quarts d'heure. Gates la retrouva dans le grand salon.

— Le Dr Nichols est arrivé peu après votre retour, milady.

— Il n'a pas tardé !

— Par chance, il se trouvait chez lui.

Le majordome ouvrit la porte du petit salon jaune et la suivit à l'intérieur.

— Dois-je vous faire servir du thé, milady ?

— Oui. Attendez que le docteur ait terminé et faites-le entrer. A-t-il précisé pour combien de temps il en avait ?

— Il...

Un coup frappé à la porte interrompit le domestique. Le médecin apparut, portant sa sacoche en cuir noir.

— Merci d'être venu si vite, docteur, déclara Daphné en lui souriant.

Elle chassa les souvenirs douloureux que ravivait la présence du vieil homme grisonnant, le souvenir de Thomas sur son lit de mort.

— Je suis désolé de vous revoir dans ces circonstances, milady, répondit-il en s'inclinant.

— Restez donc pour le thé.

— Volontiers.

Gates se retira. Daphné invita le médecin à s'asseoir.

— Comment se porte lord Ramsay ?

— Monsieur le baron a au moins deux côtes fêlées, ainsi que des contusions, expliqua-t-il sans préambule. Il souffre d'une fracture de la clavicule et une vilaine ecchymose sur une cuisse. Ces blessures ne se soignent qu'avec du repos et de la patience. Je m'inquiète surtout pour sa tête. Il ne présente aucun signe de commotion cérébrale, mais j'aimerais qu'il reste en observation pendant quarante-huit heures.

— Bien sûr, docteur.

— Je veux que vous guettiez le moindre signe de confusion, de perte de mémoire, de difficulté d'élocution, ou encore un mal de tête persistant.

Le Dr Nichols hésita un instant avant de reprendre :

— C'est un homme déterminé, et je crains qu'il ne reste pas alité.

Daphné songea à Kemal, qui était aussi déterminé que son maître, et très avisé.

— Son valet veillera sur lui.

— Oui, je me suis entretenu avec lui. Un homme raisonnable.

La porte du salon s'ouvrit. Gates avait sans doute deviné que le médecin accepterait l'invitation, car une domestique apparut avec un plateau. Daphné la renvoya vite. Elle laissa le thé infuser et garnit une assiette pour le médecin, qui sembla impressionné par la sélection de sandwichs et de pâtisseries qu'elle lui tendit.

— Vous êtes trop aimable, milady.

Il dévora un petit sandwich en deux bouchées, puis une tartelette au citron avec un soupir d'aise.

— Je lui ai administré un sédatif léger. Je tiens avant tout à ce qu'il garde le lit et se repose. Je lui ai bandé les côtes. Il faudra resserrer le bandage de temps en temps. À part cela, je préconise du repos.

Il but une gorgée de thé avant de reprendre :

— Le fait qu'il reste en observation peut sembler excessif, alors qu'il n'a pas perdu connaissance, mais j'ai décelé des signes de traumatismes anciens à la tête, assez graves.

Il crispa les doigts sur l'anse de sa tasse.

— Pour être honnête, milady, lord Ramsay a subi des violences extrêmes.

Daphné reposa sa tasse, de peur de la lâcher. Le médecin se détourna.

— Il a... un grand nombre de cicatrices, dont certaines...

Il s'interrompit et poussa un long soupir.

— J'irais jusqu'à dire qu'il a été torturé.

Un silence pesant s'installa dans la pièce.

— Torturé, dites-vous ? murmura Daphné.

— Outre des signes évidents de plusieurs fractures du crâne, j'ai dénombré des centaines de cicatrices sur son torse, son dos et ses bras... Oui, il a été torturé.

Ils se murèrent dans un silence gêné. Enfin, le médecin posa sa tasse et s'éclaircit la voix :

— Je regrette de devoir filer si vite. Kitty Fenwick est sur le point d'accoucher, et c'est son premier.

Daphné hocha distraitement la tête.

— Je reviendrai demain matin, reprit Nichols en se levant. Si je n'ai aucune nouvelle de vous entre-temps, bien sûr. Je connais le chemin, lady Davenport.

Il quitta discrètement la pièce.

Daphné s'en voulut d'avoir cru un instant que la vie d'esclave ne laissait aucune trace. Mais comment aurait-elle pu deviner qu'il avait subi des tortures ? Elle pensait que la balafre sur son visage avait été provoquée par quelque combat à l'épée.

En songeant à la selle sabotée, elle ferma les yeux. Si la sangle avait cédé quelques secondes plus tôt, dans le sous-bois…

Il ne servait à rien d'échafauder des hypothèses. Elle devait se concentrer sur le concret. Qui tirerait bénéfice de la mort de Hugh Redvers ?

Personne.

À part elle-même et ses fils.

Kemal se trouvait dans la pièce adjacente quand Daphné entra dans la chambre rose, celle que son mari avait occupée pendant les six derniers mois de sa vie. Ravalant son émotion et les souvenirs qui l'assaillaient, elle porta son attention sur Hugh.

Son corps endormi occupait tout le lit à baldaquin. Son souffle était régulier. Son torse nu était entouré d'un bandage. Il ne portait pas son bandeau noir. La paupière était intacte, soulignée d'un trait blanc. Elle frémit en songeant qu'il avait eu l'œil ouvert au moment de sa blessure. Il connaissait celui qui lui avait infligé cette mutilation.

Daphné observa ensuite les cicatrices qui sillonnaient ses larges épaules et sa poitrine massive. Le médecin n'avait pas menti : elles étaient innombrables. Elle tendit la main pour effleurer les marques, en partie dissimulées par une toison blonde. Elle n'en croyait pas ses yeux. Comment un être humain pouvait-il survivre à tant de sévices ?

Ce n'est qu'en remarquant ses larmes tombées sur le bandage qu'elle se rendit compte qu'elle pleurait. Elle leva les yeux vers Kemal, qui se tenait en face d'elle, la mine impassible. Remontant la couverture, elle désigna l'antichambre. Elle referma la porte afin qu'ils puissent parler sans réveiller Hugh.

— Le Dr Nichols m'a parlé de blessures à la tête que lord Ramsay aurait subies par le passé.

— C'était avant que je sois à son service, milady.

Daphné fut tentée de lui tirer les vers du nez, mais elle le savait trop loyal pour trahir les secrets de son capitaine.

— Le médecin veut que quelqu'un veille à son chevet en permanence. Vous commencerez, et je vous relèverai à minuit.

— Je suis capable de rester éveillé très longtemps, milady. Je n'ai pas besoin d'aide.

— Kemal, nous sommes deux pour nous occuper de lui. Il n'y a aucune raison que l'un d'entre nous s'épuise à la tâche.

— À votre guise, milady, conclut-il en s'inclinant.

Daphné laissa Kemal pour rejoindre les jumeaux, qui l'attendaient fébrilement dans la salle d'étude.

— Maman ! Que s'est-il passé ? demanda Lucien, la mine soucieuse.

La jeune femme se tourna vers Rowena, qui prenait souvent le relais de la nurse, débordée par l'énergie des deux garnements.

— Je voudrais m'entretenir en privé avec les enfants, dit-elle.

Elle les entraîna vers la table qui avait vu des générations de Redvers se pencher sur leurs devoirs avec plus ou moins d'assiduité.

— Lord Ramsay a eu un accident alors qu'il montait Pacha. Il va bien et se repose actuellement dans la chambre rose.

Un silence pesant s'installa. Daphné croisa les regards sombres des jumeaux.

— Vous devez avoir des questions à me poser. N'hésitez pas.

Richard se leva d'un bond, les yeux embués de larmes.

— Est-ce qu'il va mourir comme papa ?

Daphné lui prit la main pour l'attirer vers elle.

— Bien sûr que non, chéri. Il s'est fracturé une clavicule et a quelques côtes fêlées. Rien à voir avec la chute de papa.

Elle n'osa évoquer la blessure à la tête.

— Quand papa est tombé de cheval, on l'a installé dans la chambre rose et il est mort, gémit Richard.

Elle prit ses enfants dans ses bras.

— Tu as raison, Richard, mais la blessure de papa était bien plus grave, et il était moins jeune et vigoureux que votre cousin Hugh. Il est dans la chambre rose uniquement parce que c'est la plus confortable. Ce n'est qu'une chambre, rien de plus, conclut-elle en l'embrassant sur le front.

— Peut-on le voir ? s'enquit l'enfant en se dégageant de son étreinte.

— Il se repose, pour l'instant. Demain, peut-être, ou après-demain.

Richard semblait sceptique.

— Pourquoi est-il tombé ? intervint Lucien, qui ne croyait pas son idole capable de chuter de cheval.

— Cela arrive même aux meilleurs cavaliers.

Profitant de ce moment de calme, elle les incita à se débarbouiller avant le dîner. Une heure plus tard, ils bavardaient tranquillement, toujours sous le choc. Daphné se retira.

Rowena patientait sur une chaise, dans le couloir.

— Comment va-t-il ? demanda-t-elle en posant sa broderie.

— Il dort.

— Cela va-t-il retarder le départ pour Londres, milady ?

— Vous êtes bien impudente de dire ça, Rowena ! gronda Daphné. Il est hors de question de l'abandonner ici pour filer vers la capitale !

Elle se demandait parfois si la domestique avait toute sa tête.

— Naturellement...

Rowena baissa les yeux vers son ouvrage.

— Pendant combien de temps, milady ?

Daphné se retint de la tancer vertement. Rowena était âgée, prisonnière de ses petites habitudes, et elle détestait Hugh. À quoi bon la réprimander ?

— Je ne daignerai même pas répondre à cette question. Le Dr Nichols lui recommande le repos pendant plusieurs jours. Je le veillerai cette nuit. Si vous souhaitez vous rendre utile, vous resterez à son chevet demain.

Sur ces mots, elle tourna les talons et s'éloigna.

— Je ferais mieux de le veiller cette nuit, milady ! lança la domestique d'un ton à la fois ferme et anxieux. Ce serait plus convenable...

— Convenable ? répéta Daphné. Alors qu'il est souffrant ?

Elle revint sur ses pas.

— Rowena, auriez-vous oublié ce que nous devons à cet homme ? Vous relèverez Kemal demain après-midi. L'affaire est close.

Elle s'en alla sans attendre de réponse, impatiente de chasser la domestique et son aversion pour Hugh de son esprit. En vérité, elle s'inquiétait surtout de ce qu'elle-même ressentait depuis l'arrivée de Ramsay. Et voilà qu'on en voulait à sa vie...

Elle avait envie de s'enfermer dans la bibliothèque et de ne plus en sortir.

Daphné se réveilla juste avant minuit. Tourmentée à la perspective de passer la nuit dans la chambre de Hugh, même s'il était endormi, elle ne s'était guère reposée. Elle se brossa les cheveux et enfila un peignoir bleu lavande, l'élément le plus flatteur de sa garde-robe. Ce serait la première fois qu'elle ne serait pas vêtue de gris ou de noir en sa présence. Elle avait un peu honte de cette vanité soudaine. Elle noua les rubans fermant le vêtement et prit le livre qu'elle était en train de lire.

Kemal attendait la jeune femme sur le pas de la porte. Il lui fit un bref compte rendu dans le couloir.

— Il a bien dormi, même s'il s'est un peu agité. Il faut resserrer son bandage. Cette tâche peut attendre demain matin, si vous voulez, milady.

Daphné sourit.

— Allez vous reposer, Kemal. Je m'occuperai bien de votre capitaine.

Le domestique s'inclina et s'éloigna dans le couloir.

Hugh avait repris des couleurs et son front était emperlé de sueur. Lorsque Daphné prit place à son chevet et déplaça le chandelier pour qu'il ne soit pas ébloui, il ne réagit pas.

Elle lisait depuis un certain temps quand le blessé se mit à bouger et à marmonner. Elle se pencha vers lui. Hélas, ses paroles étaient incompréhensibles. Au moment où elle allait reprendre sa lecture, Hugh se tourna vivement sur le côté et poussa un cri de douleur.

Daphné fut tentée de le remettre sur le dos, mais autant essayer de déplacer une montagne. Alors qu'elle exerçait une pression sur son épaule, il tendit le bras et saisit son poignet pour l'attirer vers lui.

Ses deux yeux étaient grands ouverts.

— Je te tuerai avant que tu ne poses la main sur moi, dit-il d'un ton mauvais.

— Hugh, c'est Daphné, murmura-t-elle.

Il resserra son emprise et la fixa de ses yeux différents – l'un d'un vert émeraude brillant, l'autre d'un gris clair, comme s'il avait déteint.

— Je vous en prie, rallongez-vous…

De sa main libre, elle lui prit le bras et se plaqua contre lui en évitant ses côtes et sa clavicule.

— Salaud ! Tu les as tués ! Tu les as tous tués ! cria-t-il d'une voix brisée par la douleur.

Il s'agita de plus belle et finit par attirer la jeune femme contre ses côtes. Il hurla alors de douleur et la relâcha vivement. Il retomba sur le dos, les bras croisés sur son torse, les paupières closes.

Aussi vite qu'il s'était emporté, il se calma et son souffle ralentit. Son visage était inondé de sueur.

Daphné trempa un linge dans une cuvette d'eau fraîche et épongea son front. Il était brûlant. Elle écarta doucement quelques mèches collant à ses tempes. Au bout de quelques minutes, il s'apaisa. Daphné poursuivit ses caresses, effleurant sa balafre.

Il avait un visage tout en contrastes, avec une mâchoire anguleuse adoucie par des lèvres pulpeuses. Son nez droit présentait une cicatrice claire sur l'arête.

Elle mourait d'envie de l'embrasser, de goûter sa saveur, sa chaleur. Le souvenir de leur baiser la troublait tant qu'elle sentit une onde de plaisir enfler entre ses cuisses. Elle détourna les yeux de sa bouche tentante.

Il avait toujours les bras croisés sur son torse, dans une posture de protection, les poings crispés, les biceps saillants. Elle lui déplia doucement les doigts et massa ses avant-bras pour détendre ses muscles. Elle posa sa paume contre la sienne.

Thomas était grand, mais il avait de petites mains d'aristocrate qui ne faisaient rien d'autre que tenir les rênes de son cheval ou soigner ses orchidées.

Si Hugh avait les ongles impeccablement coupés, ses doigts étaient noueux et marqués. Ses bras étaient bronzés, bien dessinés. Sans doute était-il souvent torse nu. Cette pensée l'émoustilla. La proximité de cet homme si viril lui titillait les sens. Le souvenir de leur baiser revint à la charge.

Les mains tremblantes, elle éprouva le besoin de prendre un peu de distance. À son contact, elle devenait une autre et perdait le sens des convenances et son esprit rationnel.

Relevant les yeux, elle retint son souffle : Hugh l'observait, l'air fébrile. Avec une vivacité étonnante, il la prit par la nuque et l'attira vers lui pour l'embrasser. Ce baiser était différent du premier, plus brutal, plus impérieux, sans retenue. Prisonnière de son étreinte, elle céda sans résister.

Loin de la contraindre, son emprise la libérait, au contraire. Elle se laissa aller à savourer cette joute sensuelle dont elle avait tant rêvé. Cette fois, elle fit ce qu'elle n'avait pas osé faire : elle pencha la tête et prit le pouvoir en explorant à son tour sa bouche. Très vite, elle se mit à frissonner.

Il émit un grondement rauque et sa main erra dans le cou de la jeune femme, puis son épaule, avant de se nicher sur son sein. Il explora les contours de son corps, avec légèreté d'abord, puis de façon plus appuyée.

Il enroula la langue autour de la sienne pour l'entraîner dans une danse érotique. De son pouce, il titilla son mamelon dressé sous la soie, de plus en plus fort.

Surprise, elle s'écarta, mais il l'embrassa sur le menton et la joue pour se frayer un chemin vers ses lèvres.

Daphné ouvrit les yeux, croisa son regard. De près, son œil mutilé avait quelque chose de fascinant, anneau gris pâle entourant une pupille dilatée qui semblait figée au point qu'elle avait envie de s'y perdre. Elle voulait découvrir qui se cachait derrière cette désinvolture, ce charme détaché, cette sensualité triomphante.

Soudain, le bras sur lequel elle s'appuyait céda sous son poids, et elle bascula sur le torse de Hugh.

— Aïe !

Il la repoussa comme s'il venait de se brûler. Daphné se redressa et remonta ses lunettes sur son nez.

— Désolée !

Il retint son souffle.

— Vous devriez peut-être retourner sur votre chaise, suggéra-t-il en se tenant les côtes.

— Certainement...

Mortifiée, elle se leva un peu maladroitement et remit de l'ordre dans sa tenue.

— Daphné ?

Elle renoua la ceinture de son peignoir.

— Daphné, regardez-moi, mon ange...

La douceur de sa voix lui fit lever la tête. Il sourit, amusé malgré la douleur.

— Je regrette de vous avoir repoussée de la sorte, mais si vous restez à portée de main, je n'arriverai pas à contrôler mes ardeurs.

Il désigna le renflement manifeste de son entre-jambe, sous les couvertures. Daphné se mordit la lèvre.

— Oh ! souffla-t-elle en se détournant.

Le désir, la honte et la curiosité se mêlaient dans son esprit.

— C'est à moi de m'excuser de vous avoir réveillé, dit-elle en évitant son regard.

— Certes.

Elle fit volte-face vers lui.

Il afficha un sourire taquin.

— Je savais que cela vous ferait réagir...

Il s'esclaffa, et le regretta aussitôt.

— Enfer et damnation ! Vous êtes cruelle ! Cessez de me frapper ou de me faire rire. Que faites-vous donc ici à cette heure de la nuit ? Dans cette tenue ?

Il la toisait d'un regard brûlant.

Submergée par un désir irrépressible, elle sentit sa gorge se nouer. Il avait le pouvoir de la désarçonner d'un regard. Les yeux rivés sur le tapis, elle se mit à réciter dans sa tête une conjugaison latine, comme chaque fois qu'elle avait besoin de reprendre le contrôle de ses pensées.

Amo, amas, amat...

— Daphné ?

Amamus, amatis, amant...

— Dois-je sonner Kemal pour obtenir une réponse ? Elle releva enfin la tête.

— Le Dr Nichols veut que vous restiez en observation.

— Pourquoi diable ? Et où est Kemal ? Ce serait à lui de *m'observer,* non ?

— Il l'a fait pendant une grande partie de la journée et de la soirée. Vous regarder ronfler est un plaisir de chaque instant, mais je lui ai ordonné de se reposer.

Étonné par ce sarcasme, Hugh arqua les sourcils, puis il porta la main gauche à sa tempe. Soudain, son regard se durcit.

— Où est mon bandeau ? gronda-t-il sur le ton qu'il avait adopté en s'adressant à Malcolm dans la clairière, le premier jour.

— Je l'ignore. Vous ne le portiez pas quand je suis arrivée.

— Voulez-vous me le trouver, je vous prie ?

Il semblait particulièrement contrarié.

— Volontiers, répondit-elle avec un calme délibéré.

Elle s'approcha de la coiffeuse d'un pas mal assuré. Dès qu'elle se trouva hors de sa vue, elle s'adossa à une armoire et poussa un long soupir. Que lui arrivait-il donc ? En l'espace d'une seconde, l'amant adorable avait fait place à un étranger glacial. Qui était cet homme ?

Elle se regarda dans la glace et s'efforça d'afficher une mine impassible, puis elle prit le bandeau noir et retourna au chevet du blessé.

— Tenez, dit-elle en lui lançant la pièce de cuir sans le regarder.

— Merci, Daphné.

En se retournant, elle constata qu'il avait retrouvé le sourire.

— Puis-je avoir un verre d'eau ?

Daphné hésita. Comment pouvait changer ainsi du tout au tout ?

— Désolé d'avoir été grossier.

Il semblait sincère et ne se moquait pas d'elle, pour une fois.

Elle se contenta d'un hochement de tête. Ses excuses ne l'étonnaient guère, car il semblait homme à reconnaître ses torts. Mais ces sautes d'humeur l'intriguaient. Son amabilité n'était-elle qu'un masque ?

Elle lui tendit un verre d'eau.

— Merci, répéta-t-il. Je suis un peu sensible sur ce point, hélas. Je n'aime pas exposer ma difformité aux yeux du monde entier.

— Je ne suis pas le monde entier.

Pour une fois, elle n'eut aucun mal à se montrer froide.

— Vous avez raison, Daphné. Comme toujours. Cela fait si longtemps que je n'ai pas eu d'ange gardien, j'ai oublié...

Il se mit à bâiller.

— Pardon. Je ne sais pas ce qui m'arrive...

— Le Dr Nichols vous a administré un calmant. Il veut que vous vous reposiez. Dormez un peu.

— Et si je ne suis pas fatigué ?

Elle parut sceptique.

— D'accord, admit-il, je suis un peu las. Mais j'ai l'impression que mon bandage a besoin d'être resserré.

Elle prit son livre, déterminée à l'ignorer, qu'il dorme ou non.

— Daphné ?

Elle tourna la page.

— Daphné !

Cette fois, elle leva les yeux.

— Quoi ?

— Voulez-vous me faire la lecture ? Je vous en prie !

Il ressemblait à un enfant épuisé après avoir joué au pirate. Elle le trouva... adorable.

La jeune femme céda. Elle était prête à lui faire la lecture, à chanter un air d'opéra ou à déclamer une tirade de Shakespeare, si cela l'aidait à s'endormir.

Il s'assoupit au bout de cinq minutes de lecture. Elle ferma son livre et s'installa confortablement dans son fauteuil. Hugh était encore plus beau dans son sommeil, avec ses cheveux blonds en bataille et sa barbe naissante.

Daphné s'était entichée de lui. À quoi bon le nier ? Elle aurait dû s'offusquer de ses caresses. Au contraire, elle regrettait qu'il ait arrêté. Et elle brûlait de lui effleurer le visage, le cou... et certaines parties de son corps qu'elle ne pouvait qu'imaginer. Sa lèvre inférieure, si pulpeuse, lui donnait des frissons et ses baisers experts la laissaient pantelante.

Elle pencha la tête en arrière et soupira. Qu'allait-elle devenir ? Devait-elle attendre que cette fièvre guérisse d'elle-même ?

Ses pensées vagabondèrent vers *Fanny Hill*, le roman érotique qu'elle cachait dans sa table de chevet. Désormais, elle savait au moins ce qui se passait entre un homme et une femme. Elle l'avait lu et relu. En dépit d'une intrigue un peu faible, les descriptions détaillées des ébats constituaient une source d'information précieuse.

Son esprit analytique, qu'elle jugeait très développé, était fasciné par la variété de positions sexuelles et d'actes possibles entre deux amants. Une autre partie d'elle-même, jusqu'alors inconnue, était émoustillée par ce nouveau savoir. Jamais elle n'aurait cru que l'amour physique pouvait susciter de telles sensations.

Soudain, elle voyait les hommes, et surtout Hugh, sous un jour nouveau. Elle s'imaginait qu'il lui faisait toutes ces choses… Serait-elle aussi curieuse à propos de tous les hommes séduisants qu'elle rencontrerait ? Était-ce ainsi que les hommes la considéraient ?

Quel univers palpitant ! Heureusement, Malcolm n'avait pas détruit sa soif de vie. Elle comprenait à présent ce qu'il lui avait fait. Qu'est-ce qui poussait un homme à pénétrer une femme inconsciente ? Elle n'en était que plus déterminée à rester à distance de lui.

Daphné soupira. Elle ne voulait pas penser à Malcolm. Elle s'intéressa à l'homme allongé sur le lit. Hugh était tellement plus qu'une fripouille désinvolte. Il avait un côté sombre dont elle avait eu un aperçu. Mais quoi de plus normal, après les sévices qu'il avait endurés ?

Et comment réagirait-il quand elle lui avouerait ce qu'elle avait fait ?

Soudain, l'image de la sangle coupée lui revint en mémoire.

— Seigneur, souffla-t-elle.

Will Standish découvrirait bientôt la selle endommagée, si ce n'était déjà fait. Il ne manquerait pas de se demander qui avait fait cela, et pourquoi. Ensuite, il en ferait part à Ramsay, qui se poserait les mêmes questions.

Des questions qui n'avaient qu'une seule réponse, selon Daphné.

11

À son réveil, Hugh vit un rayon de soleil filtrer entre les rideaux tirés. Dans la chambre, il n'y avait que Kemal, assis près de la fenêtre, en train de raccommoder un vêtement.

Des souvenirs de la nuit passée lui revinrent. Il ferma les yeux en se rappelant son manque de retenue. Ce n'était pas son état de torpeur qui l'avait incité à embrasser Daphné de la sorte. Mais elle avait affiché une expression d'une telle tendresse... il ne s'y attendait pas.

— Vous êtes réveillé, milord.

Kemal s'était approché en silence et l'observait depuis le pied du lit.

— Oui, admit-il en grimaçant.

Il se redressa péniblement, le temps que Kemal mette ses oreillers en place. Confortablement installé, Hugh se vit servir une tasse de thé et des tartines beurrées.

— Quel est le diagnostic, Kemal ?

Il huma le parfum du thé à la bergamote dont son valet avait le secret.

— Nous guettons les signes éventuels de trous de mémoire, de désorientation ou de nausées.

— Qui êtes-vous, monsieur ? Où suis-je ? J'ai mal au cœur... railla Hugh avec un sourire taquin.

— Bien, milord.

Kemal n'avait décidément aucun sens de l'humour. Daphné lui manquait.

— Combien de temps vais-je endurer cette situation ?

— Deux jours, milord.

Hugh mordit dans une tranche de pain.

— Pas question, dit-il.

Lorsque son visage avait été entaillé, il n'avait pas gardé le lit aussi longtemps. Même la promesse de la compagnie de Daphné n'aurait pu l'inciter à se reposer pendant quarante-huit heures. Sauf si elle partageait son lit, naturellement.

— Il n'y a rien de meilleur que du pain frais et du beurre, commenta-t-il en mangeant avec appétit.

Kemal se contenta d'arquer les sourcils.

Hugh but une gorgée de thé en repensant à sa chute de cheval. Ce genre de mésaventure ne lui était pas arrivé depuis l'enfance. Il se rappelait s'être envolé, les pieds encore dans les étriers. C'était étrange...

Il finit son thé et ses tartines, décidé à s'habiller pour aller voir William. Ensuite, il s'entretiendrait avec Gates. Soudain, il eut les paupières lourdes... Pourquoi était-il aussi fatigué ? Il leva la main... Sa tasse avait disparu.

— Qu'est-ce... ?

Son valet remonta les couvertures sur lui.

— Kemal ?

— Oui, milord ?

Hugh ouvrit la bouche et oublia aussitôt ce qu'il allait dire.

Kemal était penché vers lui, très proche. Le capitaine voulut s'écarter, mais il en fut incapable.

— Euh...

— Vous devez vous reposer, milord.

— Non, je...

Le nez de son valet lui semblait énorme... et flou.

— Je... Je vais faire un somme. Réveille-moi dans... une demi-heure.

— Bien, milord.

Le valet, si sérieux d'ordinaire, souriait. Sa voix se fit de plus en plus lointaine.

À son réveil, Hugh trouva Kemal à son chevet.

— Bonjour, milord. L'aube vient de se lever, dit-il avant de reprendre sa lecture.

— Comment ça, l'aube ?

En levant la main pour écarter ses cheveux de son front, il grimaça de douleur.

— Nom de...

Il foudroya son valet du regard.

— Tu as versé un somnifère dans mon thé, n'est-ce pas ?

— Effectivement, milord.

— Enfer et damnation ! maugréa le blessé. Ne t'avise pas de recommencer, c'est compris ?

— Bien, milord. Plus de somnifère, concéda Kemal, les yeux rivés sur son livre, comme si son maître l'ennuyait à mourir.

— Que lis-tu de si passionnant ?

Sans s'interrompre, Kemal brandit son exemplaire des *Voyages de Gulliver*, de Jonathan Swift.

— Pose ce roman, donne-moi mon peignoir et fais-moi couler un bain ! J'en ai assez d'être alité.

À cause de ce maudit valet et de son somnifère, Hugh avait manqué la visite de Daphné.

Son regard déterminé indiqua au domestique qu'il n'avait pas son mot à dire.

Kemal réprima un sourire et prépara le bain du capitaine grognon. Ce n'était pas la première fois qu'il soignait ses blessures, et jamais ce colosse ne s'était soumis d'aussi bonne grâce aux recommandations d'un médecin.

Naturellement, il avait veillé à ce qu'il dorme, et lady Davenport lui avait rapporté que le capitaine avait passé une bonne nuit.

Kemal appréciait beaucoup la comtesse. Il aurait préféré être le seul à s'occuper de son maître, mais la jolie jeune femme semblait fascinée par le baron.

L'Oriental sourit en disposant le nécessaire à raser sur la table de toilette. Cela faisait quinze ans qu'il était au service de Standish le Borgne, depuis son évasion de chez le sultan Baba Hassan. Il avait vu son maître séduire de nombreuses femmes... et se laisser séduire, aussi. Certaines avaient presque réussi à le dompter tandis que d'autres s'étaient couvertes de ridicule, telle cette duchesse italienne qu'ils avaient sauvée d'un navire corsaire. La fougueuse aristocrate en avait voulu au capitaine lorsqu'il l'avait rendue à sa famille sans lui demander sa main. À la stupeur de ses frères, elle avait amusé tout l'équipage de la *Revenante* en jetant ses vêtements, ses souliers et même un poisson provenant d'un étal, à la tête de Ramsay tandis qu'il filait.

Oui, bien des femmes avaient essayé de prendre le corsaire du roi dans leurs filets, sans jamais y parvenir. Or Kemal commençait à se demander si le baron n'avait pas enfin trouvé une adversaire à sa taille en la personne de cette comtesse à la fois belle et réservée.

Il secoua la tête et rit sous cape. Si seulement Delacroix était là pour s'amuser avec lui ! En pensant à Delacroix et à la *Revenante*, le valet retrouva son sérieux. Il aurait aimé embarquer avec les autres dans le port d'Eastbourne. Il n'avait jamais quitté le navire aussi longtemps.

Conscient du manque que ressentirait son valet, le capitaine lui avait accordé le choix :

— Tu peux partir avec la *Revenante*. Je ne t'obligerai pas à rester à terre.

Il avait même proposé d'engager un autre domestique afin que Kemal puisse prendre la mer, son unique maîtresse. Tiraillé, Kemal avait vite compris que sa place était auprès du corsaire qu'il servait loyalement. Sans Standish le Borgne, il aurait passé le reste de ses jours enchaîné à une rame au fond du navire de Fayçal Barbarossa, condamné à mourir d'épuisement.

Tel aurait été son funeste destin. Il n'avait pas de famille fortunée qui puisse payer une rançon pour le libérer. Il n'avait même pas de famille, puisque des corsaires avaient enlevé tous les habitants de son petit village lorsqu'il avait onze ans. Il avait passé neuf ans à bord du navire de Barbarossa, avant que Standish le Borgne ne décapite le cruel corsaire pour prendre les commandes du vaisseau.

L'équipage de la *Revenante* était la seule famille dont il ait besoin. Il avait eu de la chance le jour où le baron était entré dans sa vie. Ce jour-là, Kemal avait vu Standish le Borgne céder à ses démons et en devenir un lui-même.

Kemal était bien placé pour savoir que la légende du redoutable corsaire n'était en rien exagérée. Les démons du capitaine étaient insatiables. Sa haine des esclavagistes était si dévorante qu'il tuait tous ceux qui croisaient son chemin.

Si Standish le Borgne était aussi redouté qu'énigmatique, il avait toujours été apprécié par son équipage. Il n'y avait pas de capitaine plus proche de ses hommes. Il partageait chaque butin en parts égales. Pourtant, ceux qui le connaissaient bien savaient qu'il avait sa part d'ombre. La rage qui grondait en lui était palpable.

Le valet devinait qu'il lui était arrivé quelque chose de terrible quand il était l'esclave du sultan, de si terrible que même la décapitation de Barbarossa n'avait pas réussi à apaiser sa soif de vengeance. Le capitaine avait traqué les hommes qui l'avaient trahi avec une détermination proche de l'obsession. Kemal savait qu'il ne restait qu'un seul nom sur sa liste : Émile Calitain.

Kemal n'avait jamais vu cet homme, que la *Revenante* pourchassait sans relâche. Il avait été le meilleur ami du capitaine, avant de le trahir. Delacroix accompagnait Standish depuis son évasion de la prison du sultan et, selon lui, tuer Émile Calitain était le seul moyen de libérer le capitaine de ses démons.

Pour Kemal, tuer un homme n'était pas une solution. L'Oriental espérait que cette jolie femme et cette campagne anglaise si douce constitueraient le remède dont le capitaine avait tant besoin.

Hugh venait de prendre son bain quand le Dr Nichols se présenta. Il examina brièvement son patient et l'autorisa à reprendre des activités modérées. Hugh ne se le fit pas dire deux fois. Alors que Kemal nouait sa cravate pour épargner ses côtes endolories, quelqu'un se mit à marteler la porte de la chambre.

— Va voir, ordonna-t-il en boutonnant son gilet.

Dès que la porte s'ouvrit, les jumeaux surgirent, laissant Rowena Claxton sur le seuil, l'air pincé.

— Hugh ! Hugh !

Les enfants se jetèrent dans ses bras, sans se douter de la souffrance qu'ils lui infligeaient.

— Mes petits cousins ! fit-il d'une voix brisée en se retenant de jurer comme un charretier.

— Maman ne voulait pas qu'on vienne vous voir ! expliqua Richard. Elle nous a dit que vous dormiez.

Il parvenait désormais à distinguer les deux frères, fasciné par leurs différences alors qu'ils partageaient les mêmes traits.

— Il paraît que vous êtes tombé de Pacha, ajouta Lucien d'un ton incrédule qui flatta le capitaine.

— Eh bien, fit celui-ci en se dégageant gentiment de leur étreinte, on ne vous a pas menti, hélas. Pacha est furieux. Il refuse de me porter jusqu'à ce que je me montre à nouveau digne de lui.

Richard foudroya son frère du regard.

— D'après maman, même les meilleurs cavaliers ne sont pas à l'abri d'une chute. C'est arrivé à papa.

Cet argument était indiscutable à ses yeux.

— Tu as raison, admit Hugh pour ne pas ternir l'image du vieux comte. Votre père était un cavalier hors pair.

Richard rosit de plaisir. À l'exception de ses yeux marron, il était le portrait de sa mère.

En entendant quelqu'un se racler la gorge, il se retourna.

— Lucien, Richard, vous avez vu lord Ramsay. Il faut retourner à vos leçons, maintenant, décréta Rowena sans croiser le regard de Hugh.

— Balivernes ! objecta-t-il avec un malin plaisir. Les garçons sont les bienvenus dans mes appartements, le temps que je me prépare. Je veillerai à ce qu'ils rejoignent la salle d'étude dès qu'ils m'auront informé des dernières nouvelles qui m'auraient échappé pendant que je lézardais au lit.

— Le précepteur arrive dans une demi-heure pour leurs leçons, milord...

Elle mourait visiblement d'envie de le défier, mais n'osait pas.

— Ils seront à l'heure.

Elle esquissa une révérence et tourna les talons.

— Vous avez beaucoup manqué à M. Boswell, ces derniers jours, dit Hugh avec un sourire.

C'était faux. Cependant, il n'y avait pas de raison que cette sale bête échappe à leurs caresses maladroites.

En entendant prononcer son nom, l'intéressé émergea de son boudoir et s'étira avec une langueur majestueuse. Il posa sur les enfants un regard plein de dédain et mit son fez en feutre rouge, avant de s'admirer dans la glace. Ravis, les jumeaux s'approchèrent du singe et inspectèrent sa maisonnette.

Kemal tendit son manteau à Hugh.

Il enfila le vêtement en serrant les dents, puis permit à Kemal de lui mettre le bras gauche en écharpe grâce à une pièce de tissu.

— Très élégant, Kemal...

Le valet sourit et lui donna sa chevalière et sa montre de gousset.

— Les enfants, si nous faisions un saut aux écuries pour voir si Pacha n'a pas souffert de ma chute ?

— Oh oui ! s'écria Lucien.

Ils trouvèrent Will en grande conversation avec un palefrenier.

— Milord, dit-il avec un sourire sincère, le premier depuis son retour en Angleterre.

Il lui avait donc suffi de se fêler quelques os pour retrouver l'amitié de William.

— Nous venons voir Pacha. Il va bien, j'espère ?

— Il se porte comme un charme.

Will les mena au box de Pacha, qui mangeait tranquillement du foin. Hugh l'appela d'un claquement de langue. Il lui flatta l'encolure en lui parlant à voix basse, puis lui ordonna de ne pas bouger.

— Vous pouvez entrer et le caresser, dit-il aux garçons.

Il se tourna vers Will, sans quitter les jumeaux des yeux.

— Alors ? Vas-y, crache le morceau. Je vois bien que quelque chose te turlupine.

— Lady Davenport t'a parlé de ta selle ?

— Ma selle ? Non. Pourquoi ?

— Quelqu'un a coupé la sangle.

— Quoi ?

— Quelqu'un a saboté ta selle.

— Qui diable a pu faire une chose pareille ?

Will haussa les épaules d'un air impuissant.

— Qui s'en est rendu compte le premier ?

— C'est moi, après qu'on t'a ramené à la maison.

Pensif, Hugh se demanda si Daphné était au courant. Elle avait ramassé la selle. En cavalière chevronnée, elle avait sans doute remarqué l'anomalie, sauf si elle était trop bouleversée.

— Quand cela a-t-il pu se produire ?

— Ta selle était rangée dans la sellerie avec le reste. N'importe qui a pu entrer, n'importe quand.

Hugh réfléchit au jour de l'accident, aux événements de la matinée. Un détail lui revint.

— Comment s'appelle l'ancienne femme de chambre de lady Davenport ? Celle qui est restée à Whitton Park ?

— Tu parles de Fowler ? Enfin, Mme Blake...

— C'est ça. Nous l'avons croisée avec son mari, un type assez bougon, devant Elm Cottage. Ils se disputaient. Ils ont pu saboter la selle pendant que nous inspections le cottage.

— Dans quel but ?

— Et si Malcolm Hastings les avait chargés de cette mission ?

— Tu crois qu'ils ont cru saboter la monture de lady Davenport, mais qu'ils se sont trompés de cible ?

Hugh pouffa.

— Seul un abruti confondrait Pacha et le cheval de lady Davenport... à moins qu'ils n'aient saboté les deux selles.

— J'ai déjà vérifié, répondit Will en secouant la tête. Sa selle est intacte, de même que toutes les autres.

Hugh fixa les jumeaux d'un regard absent.

— Je ne comprends pas, admit-il. Pourquoi Hastings ou ses domestiques voudraient-ils me voir mort ou blessé ? Qu'ont-ils à y gagner ?

— Ne l'as-tu pas frappé un jour, après ta deuxième année de pensionnat ?

Hugh bougea son bras et grimaça de douleur.

— J'ai fait ça ? s'enquit-il, fouillant sa mémoire.

Will opina.

— Le jour où on l'a trouvé derrière l'écurie avec la fille du pasteur, qui pleurait.

— Bon sang ! J'avais oublié cette histoire ! Tu as décidément une excellente mémoire. La fille du pasteur Hawthorne, celle qui... ?

— Celle-là même. Tu lui as demandé pourquoi elle pleurait, et elle t'a répondu que Hastings avait essayé de l'embrasser.

— C'était il y a bien longtemps. Nous avions à peine treize ans... c'est ridicule.

— Tu as humilié Hastings devant les autres.

— Non, persista Hugh. Ce serait stupide... même de la part de Hastings.

— Qui d'autre, alors ?

— Aucune idée, admit le capitaine en se massant la tempe. Je pense que ça a un rapport avec les lettres de menaces. Rien de nouveau de ce côté, je suppose ?

— Justement, je voulais t'en parler. Le jour de ta chute, j'ai vu notre agent. Selon lui, Hastings n'embauche personne. Il a même congédié plusieurs domestiques.

— Il est fauché ?

— Et comment ! Il fuit les créanciers.

— Je n'en suis pas étonné, admit Hugh. S'il n'embauche pas, nous devrons trouver un autre moyen d'entrer chez lui. Martin est peut-être la solution.

— Ton lieutenant ? répliqua Will. Que pourrait-il faire ?

— Quand je l'ai rencontré, il travaillait dans un bordel de La Nouvelle-Orléans. Les femmes se jettent à son cou.

William sembla offusqué par cette allusion à une maison close. Peut-être Ramsay aurait-il dû affirmer avoir rencontré Martin dans une église ou un dispensaire pour lépreux ?

— Et comment comptes-tu exploiter ses... compétences ? demanda Will.

— Il devra rencontrer une fille qui fait partie du personnel de Whitton.

— Autant lâcher le loup dans la bergerie.

— Tant que ce n'est pas ma bergerie, fit le baron en haussant les épaules. Il vaut mieux que Martin sévisse à Whitton Park qu'à Lessing Hall. Nous rendrons un fier service à lady Davenport en lui permettant de canaliser ses ardeurs.

Amusé par l'expression choquée de son ami, il sourit et ajouta :

— Tu as peut-être envie de séduire l'une de ces demoiselles toi-même ? reprit-il.

— Ton navire ne sera de retour que dans plusieurs semaines, voire plusieurs mois. Que faire, en attendant ? objecta Will.

— À cette période de l'année, les vents sont favorables. La *Revenante* ne tardera pas. En attendant, nous resterons vigilants. Nous savons désormais qu'il faut vérifier les selles, les voitures. De plus, les garçons ne doivent pas faire un pas dehors sans surveillance.

Toujours pensif, Will hocha la tête.

Les enfants caressaient toujours Pacha, qui affichait une expression de profond ennui.

— Très bien, les cousins. Votre précepteur vous attend !

Il se tourna vers Will :

— Pour l'heure, dis à notre agent de garder un œil sur Hastings en permanence. Dès son retour, je te confierai Martin. À toi d'en faire ce que tu voudras. Crois-moi, tu ne seras pas le seul à pâtir de son irrespect.

Il imaginait déjà ce collet monté de Will aux prises avec ce débauché de Martin.

— Je préfère te prévenir... conclut-il, avant de s'interrompre.

— De quoi, milord ?

— Si une femme te plaît, garde-la à distance de Martin. Il n'y a pas une femme sur terre qui lui résiste.

Will pinça les lèvres d'un air réprobateur.

Hugh éclata de rire, et fut immédiatement puni par une douleur fulgurante dans les côtes.

12

Assise derrière son bureau, Daphné était plongée dans la lecture de *Neue oder anthropologische Kritik der Vernunft,* du philosophe Jakob Friedrich Fries, un dictionnaire ouvert devant elle. Elle espérait terminer une première mouture de son article avant de partir pour Londres. Elle en avait déjà rédigé plusieurs sous le pseudonyme de Publius, mais n'avait pas envoyé le moindre texte à la London Philosophical Society depuis la mort de Thomas.

Au vu de la tournure des événements, ce n'était pas près d'arriver, à moins que ses correspondants n'acceptent un article consacré à Hugh Redvers...

La jeune femme regardait fixement la même page depuis une demi-heure quand la porte s'ouvrit. L'objet de ses ruminations apparut sur le seuil, si séduisant qu'elle en eut le souffle coupé.

— Je vous dérange, milady ?

Daphné eut envie de poser sa plume et de s'écrier « Bien sûr que oui ! » avant de lui jeter son dictionnaire à la tête.

Elle se contenta de lui désigner un fauteuil.

— Asseyez-vous donc. Comment vous sentez-vous, ce matin ?

— Un peu courbatu, mais je vais bien.

Hugh voulut croiser les jambes, puis se ravisa avec une grimace de douleur.

— Je n'ai pas encore eu l'occasion de vous remercier pour vos bons soins.

Le souvenir de leur baiser fébrile lui revint de plein fouet. Elle sentait encore sa main sur son sein. Aussitôt, ses mamelons se dressèrent de désir.

— Ce n'était pas grand-chose, assura-t-elle.

Pour se donner une contenance, elle déplaça une pile de feuilles de papier, puis la remit en place.

— Pour moi, si, Daphné.

Il ne souriait plus. Que signifiait cette expression tendue, soudain ? Presque aussitôt, il retrouva son attitude désinvolte.

— J'ai également quelques questions à vous poser.

— Des questions ? s'inquiéta-t-elle.

— William Standish pense que mon accident n'avait rien de fortuit.

Daphné poussa un soupir. L'espace d'un instant, elle avait redouté qu'il n'ait appris la vérité sur Malcolm.

— C'est aussi mon avis, répondit-elle. La sangle de votre selle a été coupée.

— Pourquoi ne me l'avez-vous pas dit ?

Décelait-elle une note de reproche dans sa voix ?

— Le moment était mal choisi. Vous étiez étourdi par le laudanum.

Convaincu par l'argument, il hocha la tête.

— D'après vous, qui pourrait être coupable de ce sabotage ?

— Comment le saurais-je ? rétorqua-t-elle.

— Je pose la question, Daphné, rien de plus.

— Je ne vois personne... à part...

— Oui ?

— Puis-je faire preuve de franchise, milord ?

— Je vous le demande !

— Il s'agit peut-être d'une personne de votre passé.

148

Il parut intrigué par cette hypothèse. La jeune femme se sentit rougir et reprit :

— Je ne sais pas... le frère, le père, le mari de... quelqu'un ?

Il la dévisagea longuement, puis éclata de rire. Il le regretta aussitôt, car une douleur lui transperça les côtes.

— Ma chère Daphné ! Votre imagination surpasse celle de Will, pour ce qui est des spéculations.

— Ravie que cela vous amuse autant, rétorqua-t-elle froidement.

— Selon vous, ce serait un mari cocu ayant bonne mémoire ? Ou un homme que j'aurais rendu cocu depuis mon retour, qui est pourtant récent ?

Elle ne daigna pas lui répondre. Étonnamment, il n'insista pas. Il se détendit et fixa le plafond comme pour y chercher l'inspiration. La jeune femme en profita pour balayer du regard son corps musclé, s'attardant sur son pantalon qui épousait ses formes suggestives.

— Euh...

Émergeant de sa rêverie, elle leva les yeux.

— Personne ne me vient à l'esprit, mais je vais y réfléchir, dit-il. Et vous ?

— Moi ? répéta-t-elle. Comment voulez-vous que je sache qui vous en veut ?

Il afficha un air malicieux.

— C'est vous qui avez abordé le sujet, ma chère. Je me suis dit que vous aviez peut-être des informations...

Que sous-entendait-il ?

— Je ne sais rien de vos exploits passés ou présents.

Il sourit et se leva en se tenant les côtes.

— On doit me livrer ma nouvelle voiture dans la journée. Aimeriez-vous faire un tour, disons demain ?

Ce changement de sujet prit la jeune femme de court.

— Avez-vous consulté le Dr Nichols ?

— Absolument. Il n'avait pas envie de se promener en voiture. Il m'a suggéré de vous emmener à sa place.

Il la dominait de toute sa hauteur.

— Vous êtes exaspérant, milord !

— On me l'a déjà dit. Souvent.

— Êtes-vous certain d'être suffisamment remis de vos blessures pour vous promener en voiture ?

— Si cela vous rassure, vous prendrez les rênes.

— Le spectacle d'une femme menant votre attelage risquerait de vous faire chuter de nouveau. Enfin... si vous jugez raisonnable de sortir, je me fie à votre appréciation.

— Vraiment, Daphné ?

Encore un sous-entendu mystérieux. Lorsqu'elle ouvrit la bouche pour exiger des explications, il avait déjà tourné les talons.

Il referma doucement la porte. Hugh se demandait qui pouvait lui vouloir du mal. Seigneur... Si seulement elle lui avait avoué la vérité dès le départ ! Comment allait-elle s'y prendre, à présent ?

Heureusement, il se garda d'aborder le sujet de sa blessure ou du responsable de sa chute. Ce n'était pas parce qu'il l'évitait, elle. Au contraire, il semblait rechercher sa compagnie. Ils partageaient des sorties avec les garçons. Par une belle journée, ils étaient allés à la pêche et, par deux fois, s'étaient rendus à Eastbourne.

Une semaine s'écoula. Un soir, après le souper, Hugh et Daphné se préparaient à une partie d'échecs quand un valet se présenta, porteur d'un message.

Dès qu'il aperçut le parchemin, il se tourna vers la jeune femme.

— Excusez-moi, milady, je reconnais l'écriture de Delacroix. La *Revenante* est de retour.

Il ne mit que quelques secondes à parcourir le message.

— Je regrette, mais je dois renoncer à l'occasion de vous battre aux échecs, ce soir.

Elle émit un rire narquois. Il ne brillait pas aux échecs et, jusqu'à présent, elle avait remporté toutes les parties. Il porta la main de la jeune femme à ses lèvres pour y déposer un baiser.

— Il faut que je réceptionne ce colis en personne, hélas, ajouta-t-il.

Daphné sentit son cœur s'emballer. Troublée, elle ôta sa main de la sienne.

— J'en profiterai pour régler le problème d'évacuation des eaux. Je crois avoir trouvé une solution.

Elle regretta aussitôt l'aspect prosaïque de ses propos, qui parut amuser le baron.

— Je suis impatient de discuter avec vous de l'évacuation des eaux... ou de tout autre thème de votre choix, et ce dès mon retour, Daphné.

Quelques heures plus tard, Daphné travaillait encore dans la bibliothèque. Absorbée par ses comptes et ses plans, elle faillit ne pas entendre le bruit des roues de la voiture dans la cour. Il était plus de minuit. Ce ne pouvait être que Hugh, de retour de son navire.

Au bout d'un quart d'heure, elle se rendit compte qu'il lui manquait une page de plans. Sans doute se trouvait-elle dans le bureau de Randall. Munie d'un chandelier, elle alla la chercher. Dans le couloir, elle remarqua la présence inhabituelle d'un bougeoir sur une console, devant le plus petit salon, où personne n'entrait jamais.

En ouvrant la porte, elle se figea. Seules les flammes de la cheminée éclairaient la pièce. Assis sur le divan, Hugh n'était pas seul : il tenait dans ses bras une femme agrippée à lui, le visage enfoui dans son cou. Il semblait lui murmurer à l'oreille. Il leva la tête et croisa le regard de Daphné. Pendant une fraction de seconde, ils ne bronchèrent pas, puis l'inconnue se retourna pour voir ce qui perturbait son compagnon.

Malgré la pénombre, Daphné remarqua sa chevelure flamboyante et ses grands yeux soulignés d'un trait de khôl. La femme était enveloppée d'une cape noire.

Ramsay se dégagea de son étreinte.

— Daphné...

Il semblait plus peiné que coupable d'être surpris au cœur de la nuit avec une femme. Celle-ci avait surmonté son étonnement. Ses lèvres purpurines exprimaient du regret, de la honte ou...

— Daphné ?

Celle-ci détacha son regard de la belle inconnue et recula pour quitter la pièce.

— Désolée de vous avoir dérangés. J'ignorais qu'il y avait quelqu'un. J'allais chercher des plans pour le cottage. Je travaillais sur les... J'ignorais qu'il y avait quelqu'un, répéta-t-elle, cherchant la poignée de la porte.

— Attendez ! lança Hugh en se levant d'un bond, les mains tendues.

Soudain, Daphné vit flou, mais heureusement sa main tremblante trouva la poignée. Elle gagna le couloir et referma la porte, puis s'enfuit en courant, non pas vers la bibliothèque mais vers sa chambre, où elle s'enferma à double tour. Ensuite, elle s'écroula sur le lit et enlaça l'oreiller pour laisser libre cours à ses larmes. Jamais elle ne parviendrait à chasser de son esprit l'image de Hugh et de cette femme enlacés sur le divan.

Cette femme était-elle le « colis » qu'il devait réceptionner en personne ? Cela lui ressemblait bien de traiter un être humain de colis ! Et il avait l'audace de l'amener à Lessing Hall ! Quel affront ! Daphné était chez elle, non ? Enfin, pas vraiment... Il était chez lui, même s'il n'en avait pas conscience. Ivre de douleur, elle revécut cette scène qui allait la hanter toute la nuit.

De quel droit imposait-il sa maîtresse à Lessing Hall ? Sous le toit de lady Amelia et des enfants ? Et qui diable était cette créature ? Sa maîtresse ? Sa femme, peut-être ? Cette perspective lui fit l'effet d'un coup de poignard en plein cœur.

Pourquoi pas ?

Daphné projeta son oreiller vers la cheminée. Une statuette tangua plusieurs fois, avant de s'écrouler sur le marbre dans un vacarme assourdissant. La jeune femme observa les débris avec effroi. C'était la première fois qu'elle se comportait de la sorte. Même dans les pires moments, quand elle vivait chez Malcolm, elle n'avait pas cédé à la colère.

L'arrivée de Hugh avait fait d'elle une personne différente. Auparavant, elle n'avait pas d'insomnies, aucun problème de concentration. Elle se consacrait à l'éducation de ses enfants, à la gestion de la maison. Une existence bien remplie.

Et voilà qu'elle passait ses journées à penser à *lui*, à chercher le moindre prétexte pour être avec *lui*... Elle ne put réprimer une plainte de douleur. Pour qui se prenait-il ? Un nabab en train de se constituer un harem ? Chez elle ? Elle imagina Hugh alangui sur des coussins de soie, nu, entouré de beautés aux yeux de braise soulignés de khôl, lascives et désireuses de le satisfaire. Il les caressait de ses grandes mains, explorait ces corps offerts et...

La tension qu'elle sentit entre ses cuisses lui donna le tournis. Elle serra les jambes, comme si cela pouvait calmer ces sensations. Cela ne fit que déclencher une onde de plaisir qui se propagea dans tout son corps.

— Assez !

Elle respira profondément, à plusieurs reprises. Au cours des mois ayant suivi l'agression de Malcolm, elle avait souvent utilisé cette technique pour surmonter les moments difficiles.

Cette inconnue à la crinière flamboyante et au teint pâle était sans doute une Européenne à qui il avait demandé de se vêtir telle une Orientale. Peut-être même était-ce une Anglaise ? Voire une prostituée de la région, qu'il avait ramenée après sa visite sur son navire... Quoi qu'il en soit, ils étaient enlacés comme des amants.

Comment avait-elle pu croire une seconde qu'il pouvait y avoir quelque chose entre elle et Hugh ? Il avait joué avec elle parce qu'elle était la seule femme disponible aux alentours, et elle avait une telle soif d'attention que...

La colère se mêla à sa mortification. Elle le détestait ! Jamais elle n'aurait dû retarder son départ pour Londres afin de trouver un moyen de lui avouer la vérité, lui rendre son héritage légitime.

— Non, souffla-t-elle en secouant la tête. Non ! Tu te leurres toi-même !

Il fallait qu'elle lui dise la vérité dès le lendemain, et tout serait réglé : son béguin ridicule et dix ans de tromperie.

Daphné soupira. Sa décision prise, elle s'apaisait. Au lieu d'en vouloir à Hugh, elle pouvait le remercier d'avoir ramené cette femme. Grâce à cela, elle venait de retrouver ses esprits avant d'avoir commis une bêtise irréparable : tomber amoureuse de lui, par exemple.

13

Hugh eut toutes les peines du monde à ne pas crier. Comment allait-il expliquer la situation à Daphné ? Il observa la femme assise sur le divan.

Euphemia Marlington – Mia pour les intimes – était visiblement perplexe.

— Vous êtes marié ? roucoula-t-elle d'une voix mélodieuse, avec une pointe d'accent indéfinissable.

— Non, je ne suis pas marié.

Il glissa une main nerveuse dans ses cheveux, furieux contre lui-même plus que contre Mia, qui n'avait rien fait de mal.

— C'est votre concubine, alors ?

— Seigneur, non !

Affligé, Hugh secoua la tête.

Outre sa crinière rousse et ses yeux verts, Mia Marlington ne ressemblait en rien à la jeune fille qu'il avait connue. Elle était plus belle que toutes les femmes qu'il avait pu croiser de par le monde, plus dangereuse qu'un nid de vipères et plus exotique que les orchidées de son oncle.

— Un gentleman anglais n'a pas de concubine, Mia, reprit-il d'un ton las.

— Pfft !

Face à son regard de braise, il se réfugia derrière l'imposant bureau.

L'enfant affolée d'autrefois avait disparu pour faire place à une femme ayant intégré le harem d'un tueur implacable à l'âge de quatorze ans. L'odalisque juvénile était devenue une concubine rusée. Hugh savait la rage qu'il fallait pour survivre à la cruauté de Baba Hassan. Pour être aussi épanouie, elle devait avoir une volonté de fer.

— Une Anglaise bien éduquée ne parle jamais de concubines, Mia. Et elle ne siffle pas, ne pouffe pas, ne persifle pas.

Lady Euphemia, unique fille du duc de Carlisle, le défia du regard.

— Qui qu'elle soit pour vous, elle est furieuse. Vous feriez mieux de vous excuser au plus vite, sinon il sera risqué de vous endormir sous son toit.

Mia afficha un sourire entendu.

Elle devait en savoir plus sur les hommes que n'importe qui, surtout sur leurs défauts et leurs faiblesses. Au sein d'un harem, il fallait être une stratège. Hugh frémit en imaginant ces malheureuses contraintes de lutter pour la vie de leurs fils.

— Vous allez m'accompagner chez mon père, ordonna-t-elle avant d'étouffer un bâillement.

Il soupira et se frotta la tempe. Depuis qu'il avait retrouvé cette femme pour laquelle il avait mis la vie de ses hommes en péril, il souffrait d'une douleur lancinante. Très vite, il avait compris qu'il ne pouvait confier l'indomptable Mia à personne.

Delacroix l'avait jetée dans les bras de Hugh dès que ce dernier était monté à bord de la *Revenante*.

— Elle est à vous, capitaine. Et si vous voulez le bien de votre navire, de vos hommes et de vous-même, débarrassez-vous d'elle au plus vite.

Le vieux marin n'avait pas semblé aussi éreinté depuis l'époque où il subissait le fouet du sultan.

— Quelque chose ne va pas ?

Delacroix avait levé les yeux au ciel et juré dans sa barbe.

— À cause d'elle, on a frôlé la mutinerie. Elle n'a cessé de se pavaner sous le nez des hommes pour les inciter à se rebeller et à retourner chercher son fils, que nous avons déposé là où il le souhaitait. Heureusement qu'il est parti, celui-là. Il a failli se battre en duel avec trois membres d'équipage pour sauver l'honneur de sa mère…

Pour l'heure, Mia posait sur Hugh un regard hostile. Au moins, elle ne menaçait plus de le mutiler, comme lorsqu'il l'avait fait débarquer de la *Revenante* en l'informant sans détour qu'il n'enverrait pas ses hommes récupérer son fils.

Le baron soupira à la perspective de l'accompagner chez son père. Durant quelques jours, elle aurait besoin de quelqu'un qui l'aide à se réadapter. En moins d'un an, elle pourrait sans doute retrouver les manières de la haute société.

Hugh avait pitié d'elle. Son père, le duc, était très attaché aux convenances. Certes, il lui procurerait ce dont elle avait besoin. En revanche, elle ne serait pas acceptée dans le beau monde. Quel homme bien né épouserait une femme ayant fait partie d'un harem, même si le duc avait beaucoup d'argent à verser en dot ?

Les parents chérissaient le souvenir d'un proche disparu. Hélas, la personne qui leur revenait n'était souvent plus celle qui était partie. Comment les Carlisle allaient-ils supporter la réalité de cette courtisane ayant vécu dans le péché ? Pendant que les amies d'enfance de Mia apprenaient le piano et l'aquarelle, elle peaufinait l'art de donner du plaisir à un homme, car sa vie en dépendait.

— Hugh ? Hugh ! Vous vous occupez de moi ?

La voix impérieuse de Mia le fit émerger de ses pensées.

— Hein ?

Elle parut faire un effort pour maîtriser son impatience, mais elle n'avait pas dit son dernier mot et mettrait tout en œuvre pour soumettre le baron à sa volonté.

— Je veux retourner chercher Jibril, répéta-t-elle pour la centième fois.

Hugh soupira.

— Jibril est presque un homme. Il a besoin de se battre pour le seul droit légitime qu'il connaisse. S'il échoue, il viendra jusqu'ici par ses propres moyens.

En son for intérieur, il était persuadé que ce serait un désastre. Mia, au moins, avait passé ses quatorze premières années en Angleterre. Jibril, lui, était le fils d'un sultan. Il avait grandi en Orient. Jamais il ne s'intégrerait ici.

— Venez, conclut-il, nous devons prendre un peu de repos pour partir demain à la première heure. J'entends des chevaux. Kemal arrive avec vos bagages. Il vous conduira à votre chambre où un bain chaud et un repas vous attendent.

Elle opina à contrecœur. Ses yeux cernés témoignaient de sa fatigue.

Kemal les attendait dans le couloir.

— Je l'installe dans la chambre rose, milord.

— Merci, Kemal. Bonne nuit, Mia. Essayez de vous reposer.

Le domestique s'inclina devant Mia et lui adressa quelques mots en arabe. Elle sourit et lui répondit dans la même langue.

Hugh gagna la bibliothèque, dans l'espoir d'y trouver Daphné. La pièce était éclairée et des plans jonchaient le bureau. La jeune femme, elle, était invisible.

Il en fut soulagé. Quel lâche ! Que lui dire pour arranger la situation ? Rien. Il se servit un whisky et chassa Daphné de ses pensées pour réfléchir aux propos inquiétants de Delacroix :

— D'après le capitaine du port de Gibraltar, le navire de Calitain est passé deux jours avant nous. Il se dirigeait vers l'ouest.

Delacroix était très contrarié.

— Tu ne pouvais pas pourchasser Calitain et être au rendez-vous prévu, lui avait dit Hugh. Tu as agi au mieux.

S'il était sincère, Hugh était tout aussi frustré que son ami. Calitain avait quitté sa tanière alors qu'il le traquait depuis des années. Il ne l'avait aperçu que trois fois.

Ramsay crispa les poings malgré lui. Calitain était responsable de la mort de six de ses amis les plus proches, sans parler de la perte de son œil et d'un grand nombre de cicatrices physiques et morales. Calitain était le plus vil des criminels. Hugh savait qu'il était mû par la haine.

Il enverrait un message dans les divers ports où il avait des alliés afin qu'ils guettent l'arrivée de la *Faucheuse*, le navire de Calitain. Celui-ci pratiquait la traite des esclaves depuis qu'il avait cessé d'en être un. Des Européens dénués de scrupules et âpres au gain finançaient ces expéditions, d'autant que les esclaves rapportaient beaucoup d'argent dans le sud de l'Amérique.

Delacroix localiserait Calitain, et Hugh lui réglerait son compte. À cette perspective, il esquissa un sourire et but une gorgée de whisky. Puis il pensa à Daphné.

Enfer et damnation ! Il ne pouvait lui parler de Mia – du moins, pas encore. Ce n'était pas à lui de dévoiler ce secret. Mia méritait de décider quand et comment son histoire serait révélée au grand jour. Il n'avait donc aucune explication à fournir à Daphné. Rien ne l'empêcherait de le considérer comme le dernier des goujats.

Furibond, il prit une feuille de papier. Dieu merci, il se trouverait à des kilomètres de Lessing Hall quand elle lirait sa piteuse lettre…

Le lendemain matin, Daphné se réveilla de bonne heure, ivre de rage et d'humiliation, mais pleine de détermination. D'un pas décidé, elle se rendit dans la salle à manger. Elle n'y trouva que lady Amelia et ses carlins. Habituellement, la vieille dame ne descendait pas pour le petit déjeuner. Comment parviendrait-elle à parler à Hugh en présence de cette meute bruyante ?

La réponse était simple : ce serait impossible. Au moment où la jeune femme tentait de s'éclipser discrètement, lady Amelia leva les yeux vers elle.

— Bonjour, Amelia, bredouilla Daphné avec un sourire forcé.

La vieille dame semblait particulièrement alerte, ce matin-là. Elle enfonça sa fourchette dans un hareng qu'elle brandit tel un trophée.

— La cuisinière n'a donc pas d'autres poissons que ceux-ci ? Mes chiens ne les apprécient pas du tout !

— Désolée, je l'ignore.

Une idée vint soudain à la jeune femme.

— Gates pourrait vous répondre ! Je vais aller lui...

Le majordome choisit cet instant pour apparaître, porteur d'une lettre.

— Lord Ramsay vous a laissé ceci, milady.

Saisie d'une sourde appréhension, Daphné fronça les sourcils.

— Où diable étiez-vous passé, Gates ? s'étonna lady Amelia.

Le majordome ouvrit la bouche pour lui répondre, mais elle le congédia d'un geste, oubliant que sa fourchette était toujours plantée dans un hareng. Le poisson fumé vola dans la pièce et heurta le buste en marbre d'un ancêtre Redvers, avant de tomber sur le parquet. Les chiens se précipitèrent sur cette proie, puis se détournèrent, dédaigneux.

Lady Amelia foudroya le majordome du regard.

— Qui est responsable des poissons ?

Effaré, Gates observa le buste taché de gras. Daphné vint à sa rescousse :

— Dites à la cuisine de servir autre chose que des harengs. Et du thé, je vous prie.

— Bien, milady.

Daphné observa la lettre un instant, avant de l'ouvrir :

Ma chère Daphné,

Quand vous lirez ceci, j'aurai quitté Lessing Hall. Je suis désolé de vous avoir imposé cette scène fâcheuse, la nuit dernière. Hélas, je ne puis vous en révéler davantage, mais soyez assurée que ce n'est pas ce que vous croyez. Je vous implore de me croire : je vous expliquerai tout dès que je serai libre de le faire.

J'espère ne pas m'absenter plus d'une semaine, voire deux, et je suis impatient de vous parler à mon retour.

Votre dévoué,

Hugh

Elle relut le texte : il ne lui apprenait rien.

— Des nouvelles de Hugh ?

Daphné leva les yeux vers Amelia.

— En effet.

Amelia jeta un morceau de bacon à terre, provoquant un concert d'aboiements. Daphné fit la moue.

— A-t-il emmené ses étranges chiens avec lui ? demanda la vieille dame.

— Il n'en fait pas mention.

— Explique-t-il ce qu'il fabrique avec la fille Marlington ?

— Avec qui ? s'exclama Daphné dans le vacarme ambiant.

— Cette rouquine qui est montée en voiture avec lui, ce matin, répondit Amelia en jetant un autre morceau de bacon à ses carlins.

— Vous avez vu Hugh partir ?

Daphné eut envie de lui hurler de cesser de nourrir ses roquets.

— Oui. Le bruit des roues de la voiture sur le gravier a réveillé les chiens. J'espère que cela ne deviendra pas une habitude.

— Vous parliez d'une femme...

— C'est sa fille, j'en suis certaine !

Amelia s'interrompit dans sa distribution de bacon et esquissa un sourire plein de mystère.

— Vous savez, il avait le béguin pour moi, reprit-elle.

À bout de patience, Daphné respira profondément.

— Qui avait le béguin pour vous, Amelia ?

— C'était l'ami de Thomas, et il a passé un été ici. Je reconnaîtrais un Marlington entre mille. Ils sont tous roux.

— Marlington ?

— Oui. Le duc de Carlisle. Il avait le béguin pour moi, répéta-t-elle. Je l'ai détesté quand il a tiré la queue d'un de mes carlins.

— Vous dites que cette femme est sa fille ?

— C'est sûr. Avec ces cheveux.

Un valet apporta des poissons, qu'il soumit à l'inspection de lady Amelia.

— Non, non, non ! J'en ai déjà eu beaucoup. Ce qu'il me faut, c'est du bacon !

Daphné n'entendit pas la suite de la conversation, trop absorbée par cette révélation.

La fille d'un duc ?

Daphné aurait dû se réjouir du départ de Hugh, qui lui épargnait une entrevue pénible. Il ne pourrait lui reprocher son silence s'il n'était pas là pour recueillir ses aveux. Une logique un peu douteuse, elle en convenait, mais peu importait.

162

De plus, elle ne risquait plus de faire des bêtises en l'absence du beau capitaine. Ce béguin la rendait stupide, ce qui l'agaçait au plus haut point. Enfin, c'était terminé ! Au lieu de ressasser sa rancœur à l'égard de ce gredin, elle se lança dans les préparatifs de son départ pour Londres, qu'elle n'avait que trop retardé. Elle devait aussi faire en sorte que sa maison du Yorkshire soit habitable.

En l'absence de toute distraction, elle parvint à achever le premier jet de son article en moins d'une semaine. Son travail lui avait manqué et elle se réjouissait d'avoir retrouvé une certaine tranquillité d'esprit.

Hélas, celle-ci fut de courte durée.

Au contraire de leur mère, les jumeaux étaient dévastés par le départ brutal de Hugh. Le fait que M. Boswell, le singe, le perroquet et les deux chiens soient restés à Lessing Hall les consolait un peu.

Hugh avait emmené Kemal et confié les animaux au séduisant Martin. Celui-ci n'était pas un exemple pour les enfants. D'après Rowena, Martin avait déjà provoqué plus d'un crêpage de chignon au sein du personnel. Si Daphné ne se fiait pas vraiment au jugement de Rowena, il était manifeste que Martin Bouchard était un coureur de jupons invétéré. Avec sa peau mate, ses yeux dorés et ses cheveux blondis par le soleil, il possédait un charme indéniable et prenait un malin plaisir à exhiber sa musculature. Ses culottes de cuir moulaient ses formes jusqu'à l'obscénité, ses bottes étincelaient et ses chemises soulignaient la puissance de son torse. Il avait aussi une fâcheuse tendance à ne pas porter de veste sur son gilet, ce que les domestiques de sexe masculin voyaient d'un mauvais œil. Les femmes, elles, se pâmaient devant lui.

Hugh l'avait prévenue : avec Bouchard, mieux valait choisir ses combats. Daphné ignorait donc ses tenues indécentes et son arrogance.

Jusqu'à ce jour-là.

Dans la bibliothèque, elle sélectionnait les livres qu'elle voulait emporter à Londres quand les garçons surgirent, brandissant des sabres, en plein combat.

— Ces sabres sont superbes, déclara-t-elle. D'où viennent-ils ? Montrez-moi ça.

Richard s'interrompit et tendit son arme à sa mère. L'objet en bois peint ressemblait étonnamment à un véritable sabre, jusqu'au manche incrusté de pierres.

— Très impressionnant, commenta-t-elle.

— C'est oncle Malcolm qui nous les a donnés, expliqua Lucien en profitant du fait que son frère était désarmé pour l'attaquer.

Richard poussa un petit cri.

Malcolm ? songea Daphné, dont la vision se troubla. Perturbée, elle rendit le jouet à son fils.

— On ne frappe pas un homme désarmé, Lucien, fit-elle d'une voix tendue.

Les garçons avaient vu Malcolm, leur père biologique. Comment était-ce possible ?

Elle maîtrisa son angoisse pour demander :

— Où donc avez-vous vu sir Malcolm ?

— À Whitton Park, maman, là où il habite, répondit Lucien comme s'il s'étonnait de cette question. Martin nous emmène quand il voit son amie. Elle nous donne des gâteaux dans la cuisine.

Daphné eut envie de se précipiter dehors et d'étrangler ce jeune imbécile.

— Ah, vous voici, les enfants ! s'exclama la nurse, sur le seuil. Je vous cherche partout. Vous n'avez pas fini vos devoirs.

Daphné attendit que les jumeaux se soient retirés pour sonner un valet.

— Trouvez-moi Martin Bouchard ! Qu'il me rejoigne immédiatement dans la bibliothèque.

Lorsque Gates introduisit un Bouchard en bras de chemise, une demi-heure plus tard, Daphné l'attendait de pied ferme.

D'ordinaire imperturbable, le majordome était en nage.

Seul Martin semblait détendu. Il affichait même un air de condescendance amusée. Le col de sa chemise était ouvert, révélant son torse musclé, qui ne manqua pas de troubler la jeune femme. Même Hugh n'exhalait pas une telle sensualité bestiale. À en juger par son sourire, il était conscient de l'effet qu'il produisait sur la gent féminine.

— Vous pouvez disposer, Gates.

Dès que le majordome eut refermé la porte derrière lui, elle lança l'offensive :

— Vous avez emmené mes fils à Whitton Park ?

Stupéfaite, elle le vit s'asseoir dans un fauteuil sans y avoir été invité, les jambes tendues, les bras croisés. Avec un sourire moqueur, il haussa les épaules.

Furieuse, Daphné s'appuya sur le bureau pour ne pas gifler l'insolent.

— Vous allez répondre à ma question tout de suite, ou vous ferez vos bagages et partirez de cette maison aujourd'hui même !

L'air alarmé, il se leva, comprenant enfin à qui il avait affaire : une louve protégeant ses petits.

— Oui, milady.

Il regarda en direction de la porte comme pour évaluer le temps qu'il lui faudrait pour l'atteindre.

— Pourquoi être allé à Whitton Park ?

— Je vais voir une fille qui travaille pour... Hastings. Excusez-moi, je ne parle pas très bien votre langue...

— Répondez à ma question !

— Je n'ai pas laissé les enfants seuls. Ils sont venus avec mon amie et moi à l'office et ont mangé des gâteaux. Leur café était mauvais. La deuxième fois, je lui en ai porté du bon.

Face à l'air furibond de la comtesse, il poursuivit :

— Je n'y suis allé que trois ou quatre fois, et nous n'avions pas vu ce... Hastings.

— Poursuivez !

— On ne l'a vu qu'hier. Il a affirmé que les garçons étaient ses neveux, raconta Martin en haussant les épaules. Je n'ai vu aucun mal. Il m'a dit de revenir aujourd'hui parce qu'il avait des cadeaux pour eux. Il leur a offert les sabres, et on a tous mangé du gâteau.

— Uniquement ces deux fois-là ?

— Oui.

Daphné soupira et s'assit en l'invitant à l'imiter. Il demeura tendu. Que dire ? songea-t-elle. Elle ne pouvait interdire à Malcolm de voir les garçons sans éveiller les soupçons. Ces rencontres lui donnaient toutefois la chair de poule. Raison de plus pour gagner Londres sans tarder.

— Mon cousin mène une existence un peu... débridée, déclara-t-elle. Je ne veux pas que Lucien et Richard le fréquentent. Naturellement, vous êtes libre d'aller où bon vous semble et de voir qui vous voulez.

Elle posa sur lui un regard appuyé en espérant qu'il comprendrait son point de vue.

— Oui, madame.

— J'apprécierais que vous n'en disiez rien aux enfants ou à sir Malcolm.

— Bien, madame...

Il esquissa un sourire à la fois nerveux et respectueux. Daphné s'amusa presque de la rapidité avec laquelle elle avait dompté le second de Hugh, rebelle notoire. Hélas, elle n'avait pas le cœur à rire.

— Vous pouvez disposer.

Il se retira sans un mot.

Daphné soupira, dégoûtée. Elle avait prévu d'attendre le retour de Ramsay pour se confesser à lui avant de gagner Londres, mais puisque Malcolm avait vu ses fils et leur avait même parlé... il fallait avancer son départ, voire quitter Lessing Hall sans perdre une minute.

Trois jours plus tard, Daphné se mit en route pour la capitale. Le trajet en compagnie de deux garnements se révéla aussi éprouvant qu'elle le redoutait. Au bout de quarante-huit heures jalonnées d'étapes, la voiture des Davenport atteignit l'imposant hôtel particulier familial.

Davenport House avait été construit après que la résidence d'origine avait été ravagée lors du grand incendie de Londres en 1666. Le septième comte de Davenport avait choisi un emplacement non loin de Burlington House.

Très fortuné, il s'était assuré les services de l'architecte Christopher Wren, le maître du baroque, qui avait dessiné une demeure somptueuse surmontée d'un dôme, à l'image de la cathédrale Saint-Paul.

Elle installa les garçons dans leurs quartiers et partagea leur dîner en se réjouissant de ne pas avoir indiqué la date exacte de son arrivée à lady Letitia, la redoutable sœur aînée de Thomas. Elle avait ainsi quelques jours pour s'accoutumer à la vie citadine avant de recevoir des hordes de visiteurs.

Le premier jour, elle régla diverses questions domestiques inévitables après une absence de quatre ans, puis elle dormit comme un loir.

Le deuxième jour, Daphné et Rowena emmenèrent les jumeaux dans une boutique merveilleuse qui vendait des cerfs-volants, des billes, des puzzles et un théâtre en carton à monter soi-même. Ensuite, ils passèrent quelques heures au cirque Astley.

Le troisième jour, leur première étape fut la librairie Hatchards, sur Piccadilly, où Daphné commanda deux ouvrages rares et plusieurs caisses de livres pour les enfants et elle. Ensuite, ils s'amusèrent avec leurs cerfs-volants à Hyde Park. De retour à Davenport House, Kemal les attendait dans l'immense vestibule, entouré d'une montagne de bagages, donnant des ordres. Ponsby, l'imposant majordome, foudroyait du regard l'Oriental enturbanné. Kemal avait affronté des pirates sanguinaires. L'hostilité d'un majordome le laissait de marbre.

— Bonsoir, milady, dit-il en s'inclinant.

— Vous venez d'arriver ?

— Oui, milady.

Daphné ôta ses gants en attendant des précisions, mais ce fut Lucien qui prit la parole.

— M. Boswell est là ?

Les jumeaux parcoururent les bagages des yeux, en quête du malicieux petit singe.

— Non, lord Davenport. Je suis désolé. Lord Ramsay conduit sa nouvelle voiture et M. Boswell n'apprécie guère ces déplacements.

Daphné émit un grommellement dubitatif. Elle se ressaisit vite en sentant le regard inquisiteur de Kemal se poser sur elle. Depuis les moments partagés à veiller Hugh, elle appréciait et respectait ce petit homme perspicace. Sans doute avait-il deviné son attirance pour le capitaine, ce qui devait l'amuser.

Elle ignora son air entendu.

— La cuisinière voudra savoir si lord Ramsay sera là pour le dîner.

— Bien sûr, milady.

Ce n'était pas la réponse qu'elle espérait, mais il était hors de question qu'elle laisse entrevoir ses pensées.

— Je vous laisse faire, conclut-elle en entraînant les garçons vers leur salle d'étude.

Il serait bientôt là... peut-être même dans la soirée. À cette perspective, une onde de chaleur naquit dans son ventre. Furieuse de sentir son corps la trahir, elle se redressa fièrement, prête pour la bataille. Une bataille contre elle-même.

Ce soir-là, Hugh ne se présenta pas dans la salle à manger.

Le lendemain matin, Daphné se leva de bonne heure, décidée à relire son article pour le peaufiner. Assise à son bureau, le regard vague, elle réfléchit au dilemme qui la tiraillait.

Tu ferais mieux de rédiger tes aveux, lui répétait sa conscience.

Je lui dirai tout le moment venu. Pourquoi me hâter d'anéantir la vie de mes fils alors qu'il ne songe qu'à sillonner le pays en compagnie de sa maîtresse ?

Daphné s'en voulut d'être aussi superficielle. Elle tenta de se concentrer sur son document, en vain. Que dirait-elle à Hugh à propos de cette femme ? Pour garder sa dignité, elle devrait feindre l'indifférence, ce dont elle était incapable. De toute façon, les fréquentations de Ramsay ne la regardaient en rien.

Mais elle n'était même plus choquée par son attirance pour son neveu par alliance. Sa moralité était-elle flexible au point de briser un tabou ? En réfléchissant aux convenances sociales, elle entrevit plusieurs thèmes intéressants pour son prochain article…

Quelqu'un frappa à la porte de la bibliothèque. En levant les yeux, elle découvrit Ponsby, le majordome, sur le seuil.

— Lady Letitia et lady Anne sont ici, milady.

Daphné consulta l'horloge. Il n'était pas encore onze heures. Une seule raison pouvait inciter sa belle-sœur à se présenter à Davenport House aussi tôt.

— Lord Ramsay est-il arrivé hier soir ?

— Oui, milady. Assez tard.

Daphné esquissa un sourire. L'aînée des tantes de Hugh était une figure de la bonne société, qui ressemblait beaucoup au défunt comte par sa silhouette élancée et ses yeux d'un gris perçant. En revanche, elle n'avait pas sa douceur.

— Je suis sûre que lord Ramsay est impatient de voir sa tante et sa cousine. Veuillez l'informer qu'elles viennent d'arriver et qu'elles l'attendent.

Peu lui importait la fatigue éventuelle de Hugh. Il se devait de recevoir sa famille, à laquelle il aurait dû rendre visite au lieu de se terrer à Lessing Hall pendant des semaines. Ou de batifoler avec sa maîtresse.

En voyant Daphné entrer dans le salon bleu, lady Anne se leva.

— Cela fait trop longtemps ! s'exclama la jolie brune en tendant les bras.

Anne n'avait que quelques années de moins que Daphné, et elles ne s'étaient rencontrées que deux fois. Cependant, elles s'entendaient bien.

— C'est très gentil à vous d'être venues ! Je suis ravie de vous revoir !

Lady Letitia, restée assise dans un fauteuil en velours bleu cobalt, pouffa et frappa le parquet du pommeau en argent de sa canne.

— Tout cela est bien joli, s'impatienta-t-elle, mais où est mon neveu ?

Daphné embrassa les joues poudrées de la vieille dame.

— Il ne devrait pas tarder, promit-elle.

— Ne me dites pas que c'est un vaurien doublé d'un paresseux !

Avant que Daphné ne puisse répondre, la porte s'ouvrit. Hugh apparut et, un sourire aux lèvres, balaya la pièce du regard, en s'attardant sur Daphné.

— Quel charmant spectacle pour mon pauvre œil restant, de si bon matin ! commenta-t-il.

Il semblait fringant, et très élégant, avec sa veste vert foncé et sa culotte fauve à la dernière mode. Il avait encore les cheveux humides. Sans doute s'était-il dépêché pour saluer ses visiteuses.

Daphné l'ignora et lissa sa robe lavande.

— Hugh ? fit Anne, abasourdie.

— Tu dois être Anne, la fille de Miranda ! La dernière fois que je t'ai vue, tu étais haute comme trois pommes !

— Je me souviens de toi, pourtant, répondit-elle en rosissant. Je suis heureuse que tu sois en vie.

— Je ne te contredirai pas sur ce point, admit-il en riant.

Lady Letitia martela le parquet de plus belle.

— Laisse donc cette petite tranquille, garnement !

Hugh adressa un clin d'œil à sa cousine et se tourna vers sa tante, qui le foudroyait d'un regard glacial.

— Tante Letitia, quelle joie de vous revoir !

Lorsqu'il s'avança pour l'embrasser, elle posa le bout de sa canne sur son torse.

— Pas de précipitation, jeune homme. Reste en retrait et tourne-toi, que je t'examine.

Le regard pétillant de malice, il écarta les bras et tourna sur lui-même, visiblement fier de sa superbe personne.

— Il suffit ! décréta la vieille dame en constatant qu'elle ne l'avait en rien décontenancé. Tu peux m'embrasser, Hugh.

Elle baissa son monocle et lui tendit une joue ridée. Il l'étreignit.

— Je suis heureux de vous voir, ma tante, répéta-t-il.

Elle rougit légèrement de plaisir.

— Enfin... Tu as plutôt bonne mine pour ton âge, je suppose.

— Je m'enquerrais volontiers de votre santé, ma tante, si je ne constatais pas que vous êtes radieuse. Vous n'avez guère changé en presque vingt ans.

— Et tu es toujours aussi désinvolte. J'espère que tu as apprécié cette réapparition spectaculaire, mon garçon. Je te garantis que ce n'est pas mon cas.

— Désolé d'avoir manqué de sensibilité, ma tante.

Il baissa la tête, mais Daphné vit qu'il était touché.

— Tu n'es qu'un égoïste, un vaurien qui a toujours pris plaisir à faire des bêtises aux dépens des autres !

— Je ne puis affirmer le contraire, ma tante.

Sa docilité ne fit qu'attiser la colère de la vieille dame.

— Sans doute était-ce trop demander que d'être informée de ton retour ?

— Là encore, vous avez raison. Je ne puis que vous présenter mes plus plates excuses.

— Faut-il vraiment que tu me domines ainsi de ta hauteur ? Je vais me briser la nuque à lever les yeux vers toi.

Hugh s'agenouilla et prit la main de lady Letitia.

— J'espère que vous m'accorderez la possibilité de me racheter, après ce retour honteux, ma tante.

La vieille dame ôta vivement sa main.

— Imbécile ! s'écria-t-elle en agitant sa canne. Assieds-toi !

Dès qu'il eut obéi, la tension se dissipa dans la pièce.

— Eh bien, murmura Anne en prenant place à côté de Daphné. C'est une bonne chose de faite. Elle fulminait depuis des semaines.

Elles regardèrent Hugh et sa tante converser un moment.

— Alors, dit Anne à Daphné, quels sont vos projets maintenant que vous n'êtes plus en deuil ?

Daphné s'efforçait d'écouter d'une oreille la conversation de Hugh, tout en répondant aux questions d'Anne. Hélas, le neveu et sa tante, d'ordinaire exubérants, s'entretenaient à voix basse, ce qui ne fit qu'attiser sa curiosité.

Tandis que Daphné et Anne prévoyaient une promenade à cheval prochainement, Hugh se leva, l'air un peu piteux.

— Désolé, mesdames, mais je dois filer. J'ai un rendez-vous.

Un rendez-vous ? Il venait à peine d'arriver ! Il embrassa sa tante, sa cousine, et prit la main de Daphné.

— Ne m'attendez pas pour le souper. Je rentrerai très tard.

Daphné ôta sa main de la sienne, à la fois déçue et peinée.

— Je préviendrai la cuisinière.

— Pfft, fit lady Letitia.

Ramsay rit de sa réaction et adressa un clin d'œil complice à Daphné.

Lady Letitia attendit qu'il ait refermé la porte derrière lui pour s'exclamer :

— Ce garçon ! Son retour en fanfare est un véritable désastre.

Son regard pétillant suggérait qu'elle n'était pas totalement fâchée.

— J'ai informé mon balourd de neveu que vous arrivez tous les deux à point nommé pour le bal que je donne en l'honneur de la pauvre fille de cet abruti de John. Elle n'a pas grand-chose dans la tête, et tant mieux que son père soit mort avant d'avoir pu dilapider sa modeste dot.

Croisant l'air horrifié de Daphné, elle poursuivit sans se démonter :

— Oh, ne prenez pas vos grands airs, mon petit ! Thomas a tenu les mêmes propos quand il a dû affronter la terrible perspective de voir John devenir son héritier.

Daphné se détourna du regard perçant de la vieille dame. Letitia devinait-elle jusqu'où le défunt comte de Davenport était allé pour priver John Redvers de cet héritage ? Elle n'en serait pas étonnée. Letitia était vive d'esprit et curieuse. C'était en partie pourquoi Thomas avait gardé sa famille à distance après leur mariage.

— Cela fait plus d'un an, non ? reprit la vieille dame.

— Depuis peu.

— Thomas n'aurait pas voulu que votre deuil se prolonge. Vous devez quitter vos tenues sombres. Allez donc voir Mme Thérèse de ma part. Elle est un peu arrogante, mais elle saura vous habiller.

La comtesse murmura un remerciement pour la forme.

— J'aimerais vous accompagner, Daphné.

Cette dernière sourit à Anne et hocha la tête. Elle n'osait avouer à sa cousine qu'elle comptait envoyer Rowena chez la couturière, munie de ses mensurations, pour s'éviter cette corvée.

Lady Letitia se mit à rire.

— Vous n'imaginez pas le nombre de questions impertinentes que j'ai endurées ces dernières semaines à cause de mon vaurien de neveu ! Je suis impatiente de le voir se racheter dans un proche avenir.

— Je l'ai encouragé plus d'une fois à venir à Londres présenter ses respects à sa famille, expliqua Daphné, ravie d'attiser la colère de la vieille dame.

— Allons ! Vous n'êtes pas sa tutrice, mon petit ! C'est un grand garçon. Vous avez suffisamment de problèmes à gérer sans avoir à surveiller ce chenapan. Vous devez déjà supporter ma folle de sœur !

Lady Letitia prit une position plus confortable dans son fauteuil, qui semblait trop étroit pour elle.

— Je devrais sans doute vous demander des nouvelles de cette écervelée, mais comme je doute que la réponse soit d'un quelconque intérêt, je m'en garderai.

Elle planta sa canne dans le sol et se leva péniblement.

— Je vais vous laisser...

Daphné raccompagna ses visiteuses vers leur élégant attelage et attendit qu'un valet aide la vieille dame à s'installer dans l'habitacle.

— Je ne suis pas certaine d'avoir envie de savoir ce que Hugh a fabriqué pendant toutes ces années, avoua-t-elle à Daphné.

La jeune femme ne la comprenait que trop bien. Mais, en regardant la voiture s'éloigner, elle songea qu'il lui était plus douloureux de se demander ce que Hugh avait fait au cours des deux dernières semaines.

Hugh souriait encore en montant dans la voiture qui l'attendait pour le conduire à son club. Les quatre enfants de tante Letitia auraient dû suffire à l'occuper, mais elle avait toujours prêté une grande attention à son orphelin de neveu. Un peu trop, selon lui.

Il reprit son sérieux en songeant à une autre tante, celle qui ne lui en accordait pas assez. L'expression glaciale de Daphné restait gravée dans sa mémoire. Elle était mécontente.

Malheureusement, à cause du duc de Carlisle, il n'aurait pas de sitôt la possibilité de se racheter. Comme Hugh s'y attendait, le duc lui avait mis le grappin dessus quand il lui avait ramené sa fille Mia, dans son fief rural.

— Je vous demande de ne parler du retour de ma fille à personne, lord Ramsay. Je reconnais le rôle que vous avez joué dans ce dénouement. Néanmoins, j'ai besoin d'un mois au moins, le temps de… enfin, le temps que ma fille peaufine sa version des faits, avait-il conclu en rougissant.

C'était plutôt le duc qui allait concocter une histoire ! Néanmoins, Hugh lui avait donné sa parole et il devait la respecter. Il se retrouvait donc muselé, persuadé que le duc luttait en vain. Il y avait trop d'argent à gagner de la publication d'un scandale aussi juteux. La nouvelle du retour de Mia se répandait déjà comme une traînée de poudre.

Par la fenêtre, il observa les rues encombrées. Au bout de deux semaines à subir la famille de Mia, il avait été impatient de retrouver Lessing Hall et Daphné, même si leurs relations étaient tendues. Arrivé à destination, il avait appris qu'elle était partie. Il était peut-être préférable pour elle de rester à distance de lui, avait-il songé. Il n'avait à lui offrir qu'une vie marquée par le scandale. Il trouverait celui qui la menaçait, puis il embarquerait sur la *Revenante* et poursuivrait sa carrière de corsaire.

C'était avant sa conversation avec Martin.

Hugh ne s'était pas trompé. Martin était l'espion idéal à infiltrer à Whitton Park. Sa dulcinée, une domestique travaillant pour Hastings, lui avait raconté que sir Malcolm avait eu une récente rentrée d'argent. Une somme versée, selon lui, par lady Davenport.

Sir Malcolm s'était aussi vanté d'être sur le point d'épouser Daphné, puisqu'elle n'était plus en deuil. La domestique n'était pas la seule à avoir entendu ces propos qu'il tenait, surtout quand il buvait plus que de raison.

Hastings avait versé à ses employés ce qu'il leur devait, puis il avait filé accomplir quelque mission mystérieuse. Le personnel était persuadé qu'il allait tout dilapider son argent autour d'une table de jeu.

Toutefois, Hugh sentait que cette ordure ne mentait pas quant à l'origine de l'argent. La scène dont il avait été témoin le premier jour, le visage sanguinolent de Hastings, l'apparence échevelée de la jeune femme, son regard furieux… Hastings tenait une épée de Damoclès au-dessus de sa tête, c'était certain. Pourquoi diable ne se confiait-elle pas à lui ?

Si seulement il était arrivé quelques minutes plus tôt dans cette maudite clairière ! Il n'avait aucune envie de lui tirer les vers du nez. Lui-même n'apprécierait pas que quelqu'un fouille son passé.

À plusieurs reprises, il avait eu l'impression qu'elle était sur le point de lui parler. Hélas, depuis que Daphné l'avait surpris avec Mia sur ses genoux, le peu de confiance qu'il avait pu lui inspirer s'était envolé.

— Enfer et damnation, marmonna-t-il.

Il était fourbu, irritable, épuisé. Il aurait payé cher pour se prélasser dans la bibliothèque, à faire semblant de lire pour contempler Daphné à loisir, ou pour se promener avec elle et les jumeaux, en toute insouciance. Hélas, Mia se dressait entre eux et, pour l'heure, il n'y avait rien à faire pour y remédier.

Il partait donc à la recherche de cet abruti de Hastings. S'il ne pouvait passer du temps avec Daphné, il pouvait au moins tenter de la protéger. Savoir qu'elle devait payer son odieux cousin le faisait enrager.

Pour le débusquer, il ferait la tournée des clubs, des salles de jeu et des maisons closes – lieux de perdition qui le laissaient froid, désormais. Les prochaines journées seraient éprouvantes. Il serait contraint de revoir de vieilles connaissances qui le croyaient mort depuis longtemps, de répondre à leurs questions, de fuir les journalistes avides de détails...

Satanés journalistes ! Il les avait presque oubliés. Il ferma les yeux et rejeta la tête en arrière. Personne ne rôdait autour de Davenport House ce matin, mais il était prêt à parier qu'ils seraient fidèles au poste à son retour, en fin de soirée.

Autrefois, les choses étaient beaucoup plus simples. Il se souciait uniquement des corsaires qui voulaient le tuer et de la marine française, qui cherchait à couler son navire.

C'était une existence enviable.

14

Sur le seuil de la salle à manger, Daphné se figea. Attablé devant un petit déjeuner gargantuesque, Hugh était plongé dans la lecture du journal.

Ces dernières semaines, elle l'avait souvent entendu rentrer peu avant l'aube pour s'enfermer dans ses appartements jusqu'au soir, mais elle ne l'avait pas revu.

Frais et pimpant, il se leva et la regarda longuement sans masquer son admiration.

— Cette robe jaune vous fait ressembler à une jonquille. Vous êtes superbe !

Flattée, Daphné réprima un sourire.

— Quelle surprise de vous voir, milord.

— Je vous ai manqué, j'espère ? reprit-il avec un sourire narquois.

— Du café, je vous prie, dit-elle à un valet.

Ramsay se leva et s'approcha du buffet.

— Puis-je vous servir ce matin, milady ? proposa-t-il d'un ton charmeur.

— Je vous en prie, poursuivez votre repas, lord Ramsay.

Il s'esclaffa et se remit à table. Même si la présence de Hugh lui coupait l'appétit, il n'était pas question pour elle de trahir son trouble.

— Je me réjouis que vous ne soyez plus en deuil.

Elle opta pour des œufs brouillés, puis s'attabla le plus loin possible de Ramsay.

— Comment trouvez-vous la vie à Londres ? demanda-t-il.

— C'est une ville animée...

— Pour le moins, admit-il en dévorant à belles dents une tranche de lard fumé.

Lui, au moins, n'avait perdu ni l'appétit ni le sommeil...

— Vous avez de quoi vous occuper ? persista-t-il.

— Sachez que je reçois des précepteurs. Je le précise au cas où vous vous interrogeriez sur les allées et venues de jeunes gens dans cette maison.

Elle regretta aussitôt ses propos en voyant Hugh se figer.

— Merci de me rassurer sur ce point. Dieu sait quelles conclusions j'aurais pu en tirer...

Sur ces mots, il poursuivit son repas, plus malicieux que jamais.

Que sous-entendait-il ? Qu'un jeune homme ne pouvait lui rendre visite pour d'autres raisons ? Daphné remarqua alors qu'il guettait sa réaction et se rappela combien il aimait la taquiner.

Il but une gorgée de café et reprit :

— Cette idée de précepteur serait-elle une initiative de ma chère tante ?

— Je n'ai pas besoin des conseils de lady Letitia pour éduquer mes enfants !

Elle s'en voulut de cette réponse un peu agressive. Il sourit, mais ne dit rien. Dans la salle à manger, seul le bruit des couverts sur la porcelaine se fit entendre.

— Vous avez beaucoup vu ma tante ? reprit enfin Hugh.

Soupçonnant un piège, Daphné le dévisagea.

— Elle semble m'avoir prise sous son aile. Chaque jour, nous partons en visite, sans parler des divertissements de la soirée. Votre tante et Anne se sont mis en tête de me présenter tous les membres de la bonne société qu'il convient de connaître.

Elle se garda d'ajouter qu'elle trouvait ces mondanités épuisantes, mais qu'elles étaient moins éprouvantes que d'avouer la terrible vérité à Ramsay, au risque de scandaliser la bonne société et de devoir envoyer ses fils dans la campagne du Yorkshire, où ils subiraient la honte, l'isolement et la pauvreté.

Où sont passées tes bonnes résolutions ? se grondat-elle. Tu devais lui parler, non ?

La jeune femme était désemparée.

— Vous avez toute ma compassion, fit Hugh.

— Pardon ?

— Vous avez ma compassion pour ce que vous avez enduré ces dernières semaines. Je sais à quel point ma tante peut être pesante. J'imagine qu'elle ne va pas tarder à me prendre en main.

— Est-ce la raison pour laquelle vous vous terrez dans votre club ?

— Vous êtes très perspicace, Daphné, admit-il.

— Lâche !

— Et j'en suis fier.

Incapable de se retenir, elle rit. Il afficha un air intrigué, qui eut sur elle un effet troublant. Elle le foudroya du regard.

Il s'amusa de sa réaction.

— Vous n'avez nulle part où vous cacher, vous ?

Elle profita de l'entrée d'un valet pour ignorer cette question. Le domestique posa une cafetière sur la table et se retira.

— En vérité, je m'attendais presque à voir ma tante venir me chercher dans un club en brandissant sa canne pour me frapper, jusqu'à ce que je l'accompagne chez Almack's.

Daphné versa du lait dans son café en imaginant la scène.

— Je vois que cette perspective vous amuse, milady.

Elle ne daigna pas nier.

— Je suppose qu'elle attend son heure et qu'elle me prendra dans ses filets lors de son maudit bal, conclut-il.

Il avait bien deviné, mais Daphné n'avait aucune envie de le mettre en garde. Elle imaginait déjà la redoutable lady Letitia cherchant à soumettre ce géant à sa volonté. Elle trouverait un adversaire à sa taille car, en dépit de son attitude avenante, il avait une volonté de fer.

— Je suis libre, aujourd'hui, annonça-t-il entre deux bouchées de jambon. Je pensais emmener les garçons à la Tour de Londres, ce matin.

Cette proposition toucha la jeune femme, qui réprima un nouveau sourire. Qu'il garde son charme pour sa maîtresse aux cheveux roux ! Ou sa fiancée, sa concubine, peu lui importait.

— Y sont-ils déjà allés ?

— Pardon ?

— Allons, milady… Ne faites pas cette tête ! Je vous demandais simplement si les enfants étaient déjà allés à la Tour de Londres.

— Pas encore.

— Parfait ! Souhaitez-vous nous accompagner, ma chère Daphné ?

Elle fut troublée, à la fois par son invitation et par cette expression familière. Il l'évitait depuis son arrivée à Londres, trois semaines plus tôt, après deux semaines d'absence inexpliquée. Croyait-il qu'elle oublierait la scène qu'elle avait surprise à Lessing Hall s'il gardait ses distances assez longtemps ? Tel était peut-être son objectif.

— Je ne suis pas libre.

— Ah...

— Rowena se joindra peut-être à vous.

Cette suggestion l'amusa.

— Elle ne tolérerait jamais de se déplacer dans le même véhicule que moi, sauf si je me trouvais dans un corbillard... Non, merci ! J'emmènerai Kemal. Il sait s'y prendre avec les garçons.

Sur ces mots, il posa ses couverts, repu, et poussa un soupir.

— D'ailleurs, pourquoi votre femme de chambre me déteste-t-elle à ce point ?

— Elle ne vous déteste pas, mentit Daphné. Les gens du Sussex sont réservés de nature.

— Hum... Souperez-vous à la maison, ce soir ?

Ce changement de sujet intrigua la jeune femme.

— Oui. J'ai invité Melinda, Simon et Anne.

— Pas ma tante ?

— Elle est de sortie.

— Tant mieux. Je serai des vôtres.

Daphné le regarda finir son café. S'était-il lassé des tripots, des maisons closes et de sa rousse flamboyante ?

— Bon, fit-il en posant sa serviette sur la table, je vais de ce pas rassembler Kemal et les deux petits monstres.

Il s'inclina avec emphase.

— À ce soir, milady.

Sur ces mots, il prit congé en refermant la porte derrière lui.

Rattrape-le et avoue-lui la vérité sur-le-champ ! lui dit la voix de sa conscience.

C'est impossible. Il emmène les garçons en promenade et, ce soir...

Des excuses, encore des excuses !

Daphné posa les yeux sur son assiette. Elle n'avait rien mangé et avait les nerfs à fleur de peau.

Tu *dois* le lui dire.

— Je... Je ne peux pas !

— Milady ?

William, un jeune valet, se tenait près d'elle.

— Vous m'avez parlé, milady ?

— Je n'ai besoin de rien, William. Vous pouvez disposer.

Dès qu'il eut disparu, elle repoussa son assiette et se prit le visage dans les mains.

Dis-lui !

Ces mots la hantaient implacablement.

Je le lui dirai. Je...

Quand ?

Après le bal.

La voix de sa conscience se tut. Soulagée, elle comprit que rien ne l'empêcherait de révéler la vérité, cette fois. Hugh était de retour au sein de la bonne société et il avait retrouvé sa famille. Elle n'avait plus de raison de retarder le moment fatidique.

Ensuite, sa vie serait en lambeaux et il ne lui resterait plus qu'à s'enfuir.

De peur de croiser le dragon qui montait la garde dans la salle d'étude, Hugh chargea Kemal d'aller chercher les jumeaux. En patientant, il parcourut la pile d'invitations qu'il avait reçues. Il n'en avait encore accepté aucune. S'il était venu à Londres, ce n'était pas pour fréquenter les salons et autres mondanités. Il était venu chercher Hastings.

Au lieu de se pavaner dans les bals et dîners, il avait fait le tour des clubs fréquentés par les gentlemen, de ceux qui avaient moins bonne réputation, et même des bouges et des tripots. Pour l'heure, il avait fait chou blanc. À part quelques mésaventures parfois amusantes, ces nuits passées à jouer et à boire n'avaient abouti à rien de concret. Au bout de trois semaines, Hugh en était arrivé à croire que cet ivrogne de Malcolm avait disparu.

Ramsay en avait assez. Tant qu'il n'aurait pas la confirmation de la présence de Hastings dans la capitale, il penserait à ses propres intérêts. Il avait envie de voir Daphné. Elle lui manquait cruellement. Il avait besoin d'elle, même s'ils ne partageaient que des loisirs innocents, des repas... et des prises de bec.

Hugh posa les enveloppes encore scellées pour regarder par la fenêtre de son bureau. Il avait quitté ses appartements au profit d'une chambre donnant sur la rue, d'où il pouvait surveiller les alentours et repérer les allées et venues de journalistes et de curieux. Comme à Lessing Hall, il avait engagé des hommes chargés d'écarter les intrus. Ponsby ne lui avait signalé aucun problème, et il fallait que cela dure.

Ses pensées revinrent à Daphné. Il était responsable de la tension qui régnait entre eux. Il ne lui restait qu'à s'armer de patience. Mia se rendait à présent dans les soirées mondaines. Avec un peu de chance, Hugh ne serait pas tenu au silence pendant longtemps.

Ces émotions si particulières étaient nouvelles pour lui. Certes, il avait déjà été amoureux jusqu'à l'obsession, mais il était alors motivé par un désir de possession. Ce qu'il ressentait pour Daphné était bien plus complexe. Il avait apprécié les moments partagés à Lessing Hall, lors de l'inspection du domaine. Leurs parties d'échecs, leurs conversations, leurs baisers lui manquaient. Et il s'était attaché aux jumeaux, qui étaient si éveillés, pleins de vie.

Il poussa un long soupir. Non seulement elle l'obsédait, mais il...

Voilà qu'il se comportait comme un adolescent transi !

Ce n'était pas possible. Il attendrait la fin de ce maudit bal pour quitter Davenport House. Il traquerait Hastings sans relâche, puis reprendrait la mer.

— Nom de Dieu ! jura-t-il.

Si elle n'avait pas eu deux enfants, il l'aurait emmenée à bord de son bateau pour lui faire l'amour jusqu'à ce qu'elle accepte de...

La porte de sa porte s'ouvrit avec fracas. Deux petites silhouettes surgirent :

— Hugh ! Hugh !

Il leur sourit, étrangement ému. Pourquoi avait-il cru que seule Daphné lui manquerait s'il quittait définitivement l'Angleterre ?

15

Daphné se réveilla de bon matin, après avoir très peu dormi. Dans la soirée aurait lieu le bal des Thornhill et, dès le lendemain, elle avouerait la vérité à Hugh. Ensuite, elle partirait. Elle avait déjà réservé leurs places dans la diligence et ferait livrer leurs bagages dans le Yorkshire plus tard. Si elle commençait à emballer ses effets, Rowena lui poserait des problèmes.

La jeune femme se rappelait à peine la maison du Yorkshire. Elle s'était rendue chez son grand-père une fois, sept ans plus tôt, à la demande de Thomas, quand elle avait hérité de la propriété et d'une modeste rente. Ses enfants et elle devraient s'en contenter pour vivre.

— Votre grand-père était un homme bien, Daphné. Il n'y a pas de honte à hériter d'un patrimoine constitué grâce à un travail acharné et à son ingéniosité, contrairement à ce que prétendent bien des membres de l'aristocratie, avait répondu Thomas quand elle lui avait demandé de la vendre.

Son défunt mari avait eu raison, bien sûr. Cette masure était tout ce qu'il restait de la fortune de ce magnat du charbon. Walter Hastings, son beau-père, en avait dilapidé la plus grande partie. C'était une région venteuse et isolée, assez éloignée de Lessing Hall et de Londres pour permettre à la jeune femme de se ressaisir et d'envisager son avenir.

Quelqu'un frappa à la porte du bureau, ramenant Daphné à la réalité. Ponsby lui remit une carte : *Sir Marcus Lowry*.

— Je ne connais pas ce monsieur.

— Le défunt comte et lui se connaissaient de longue date.

Daphné observa la pile de courrier qu'elle comptait trier et poussa un soupir.

— Très bien... Où est-il ?

— Dans le salon jaune, milady.

La jeune femme gagna la pièce inconfortable en espérant que les courants d'air inciteraient le visiteur à ne pas s'attarder. Un vieux monsieur portant une perruque poudrée la salua.

— Merci de me recevoir, lady Davenport, dit-il en s'inclinant.

— Tout le plaisir est pour moi. Je vous en prie, asseyez-vous, sir Marcus.

Il prit place sur une chaise.

— Vous connaissiez mon défunt mari, je crois ?

— Nous étions amis depuis des années, mais je le voyais moins. Nous nous écrivions souvent, toutefois. Je le voyais quand il venait à Londres, notamment pour les réunions de la Société horticole, dont je suis également membre. Je regrette d'avoir manqué les funérailles. Un problème de santé...

Il se tut et glissa une main dans une poche de son manteau pour en sortir une pochette en cuir usé.

— La dernière fois que j'ai vu Thomas, c'était il y a deux ans, à Londres. Vous étiez avec lui, je crois.

— C'était peu de temps avant son accident. Il a donné une conférence lors de ce séjour.

— J'étais présent, répondit sir Marcus avec un sourire. Il était brillant, comme toujours. Je devais dîner à Davenport House. Malheureusement, j'ai été rappelé chez moi à la dernière minute. Avant mon départ,

Thomas m'a remis une lettre. Il m'a fait part de son contenu, ajouta-t-il en rougissant. Au cas où vous auriez besoin d'un témoin. Vous penserez sans doute que je ne constitue pas le meilleur choix ! D'autant que je suis encore plus âgé que Thomas...

Il était si frêle que Daphné s'en voulut de le recevoir dans cette pièce glaciale sans lui proposer du thé.

— En lisant dans les journaux que lord Ramsay était de retour, j'ai jugé bon de vous remettre cette lettre. Ma santé décline.

Il se leva avec difficulté pour lui remettre la pochette. La jeune femme s'en saisit.

— Je vous remercie, milady. Vous êtes aussi aimable que ravissante.

Son regard vert pétillait de malice.

Hugh, dans quarante ans, songea-t-elle avec un sourire.

— Je vais rester le temps que vous la lisiez, au cas où vous auriez des questions.

— Je vous en sais gré. Souhaitez-vous du thé ?

— Très volontiers. C'est l'un des derniers plaisirs qu'il me reste...

Ils devisèrent en attendant le thé puis, dès que le vieil homme fut attablé avec une tasse et des biscuits, Daphné ouvrit la pochette. Elle recelait deux enveloppes. Elle ouvrit la première :

Je soussigné Thomas Redvers rédige cette déclaration officielle et authentique en présence de sir Marcus Lowry, magistrat à la retraite.

Compte tenu des malversations dont s'est rendu coupable Malcolm Hastings par le passé, je suis contraint de rédiger ce document pour protéger mon épouse, lady Daphné Davenport, et mes fils, de toute revendication de la part de cet individu. Il s'est livré au chantage contre ma femme afin de lui soutirer de l'argent, et à menacé de contester publiquement le patrimoine de mes deux fils, Lucien et Richard Redvers. Je jure que ces enfants sont mes fils biologiques.

Thomas Redvers, comte de Davenport

Elle posa la lettre et leva les yeux. Le vieil homme attendait, la mine grave.

— Lisez la seconde lettre, milady, et nous en parlerons.

Très chère Daphné,

Je vous écris, car je soupçonne que Malcolm vous menacera, vous et nos fils, ainsi que l'honneur des Redvers. L'autre lettre prouvera au moins que je suis conscient de ses revendications scandaleuses. Si je me trompe, je n'aurai fait aucun mal. Sir Marcus est mon ami le plus proche, avec vous. Il a prévu avec son notaire qu'on vous remette ceci s'il venait à mourir.

Je dois vous faire un autre aveu : mon neveu, Hugh Redvers, est bien vivant et agit sous le nom de Standish le Borgne.

— Il était au courant, à propos de lord Ramsay, commenta Daphné.

— Effectivement, confirma Lowry. Les deux premières années, il n'avait que des soupçons. Puis un ami amiral, qui avait croisé Ramsay, les a confirmés.

Daphné baissa la tête pour ne pas montrer les larmes qui embuaient ses yeux et se força à poursuivre sa lecture :

Je suis désolé de ne pas avoir eu le courage de me confier à vous, en partie parce que j'avais honte, honte d'avoir perdu l'affection de mon neveu préféré, mon héritier, honte d'avoir voulu le croire mort.

Je redoutais aussi que vous n'acceptiez pas la protection d'un mariage en pensant que vous priviez Hugh de

189

son héritage. Telle que je vous connais, vous auriez suivi votre conscience quelles que soient les conséquences.

Une larme tomba sur la feuille de papier. Un mouchoir blanc apparut comme par enchantement.

— Merci, fit la jeune femme sans lever les yeux.

Cette perspective m'était insupportable, Daphné. Je savais que Hugh ne reviendrait pas. Il ne restait que mon neveu John et... il n'était pas un héritier acceptable pour les centaines de personnes qui dépendent de moi. Je n'ai jamais regretté ma décision de vous épouser ni d'avoir mes deux superbes fils.

La lettre ci-jointe et le témoignage de sir Marcus devraient anéantir toute revendication ou contestation de Hastings. Quant au scandale que ce criminel risque de déclencher, c'est une autre histoire, et aucun juge ne saurait chasser certaines idées de l'esprit des gens. Si Hastings formule des exigences, adressez-vous à William Standish, qui vous aidera. Il sait comment joindre Hugh. Si vous avez besoin d'un allié contre Hastings, mon neveu est le meilleur qui soit. J'espère que mes craintes se révéleront infondées et je déplore de ne pouvoir vous protéger éternellement.

Avec mon amour,
Thomas

Elle replia la lettre et leva enfin les yeux.

— Thomas était un homme exceptionnel, dit sir Marcus. Je sais que les enfants et vous avez embelli ses dernières années.

— Merci.

Même dans la mort, Thomas les protégeait. Elle pensa à Hugh et à cette lettre qu'elle pouvait à présent lui montrer, la preuve qu'elle n'avait pas manipulé son mari. Quel soulagement !

Il serait peut-être déçu d'avoir été dupé mais, au moins, elle ne lui inspirerait pas de dégoût en ce qui concernait son mariage. Elle ne lui dirait pas la vérité sur Malcolm, car elle avait trop honte de cette agression. Il n'avait pas à connaître une histoire si personnelle. Mieux valait qu'il pense qu'elle avait fauté à un très jeune âge.

Oui, c'était préférable, songea-t-elle amèrement.

Hugh et Daphné arrivèrent devant l'imposante bâtisse grise de lady Letitia, sur Grosvenor Square. Admirative, Anne prit les mains de la jeune femme dans les siennes pour contempler sa robe.

— Avez-vous choisi cette toilette vous-même ?

Daphné rit de son incrédulité manifeste.

— Enfin, bredouilla Anne, gênée, je voulais dire…

— Je sais. Ne vous excusez pas ! Pour répondre à votre question, Rowena et Mme Thérèse en sont presque venues aux mains, et cette dernière l'a emporté.

— Votre robe est sublime. Elle est parfaite !

Daphné n'en était pas si certaine, mais elle ne s'intéressait guère à la mode ni aux frivolités. Elle bavarda avec Anne et ses parents pendant un moment, puis s'excusa pour saluer lady Letitia, qui trônait dans un fauteuil recouvert de tapisserie. En proie à une crise de goutte, elle avait un pied posé sur une ottomane. Toute de marron vêtue, elle arborait une rivière de diamants sur son ample poitrine et des pierres précieuses à ses doigts boudinés. Dès qu'elle aperçut Daphné, elle congédia son majordome d'un geste.

— Daphné ! Venez donc vous asseoir, mon petit.

— Bonsoir, milady.

La vieille dame l'observa derrière son monocle ouvragé.

— J'imagine que ce n'est pas votre cameriste revêche qui a choisi cette robe…

La jeune femme arborait une toilette en soie bleu nuit bien trop décolletée et moulante à son goût, d'autant qu'elle ne portait qu'un seul jupon très léger en dessous. Hélas, il était trop tard pour avoir des regrets.

— En général, je m'en remets à Rowena pour mes tenues. Mme Thérèse a sélectionné cette robe.

Lady Letitia éclata de rire.

— Sage décision, commenta-t-elle. Je suis certaine que vous avez l'esprit trop encombré de textes philosophiques pour vous intéresser à votre garde-robe. Comme notre pauvre Thomas !

Elle posa un regard d'acier sur Daphné :

— Je n'ose imaginer quelle fut votre vie avec mon frère, ajouta-t-elle.

Dès que Daphné voulut protester, la vieille dame la fit taire d'un claquement de langue.

— Je sais qu'il n'était en rien méchant, ma chère, mais lui et ma sœur ont toujours été irresponsables. Je n'exagère pas en disant que c'est vous qui vous occupiez d'eux. Avant votre arrivée, j'appréhendais de leur rendre visite à Lessing Hall.

Une étrange tristesse voila son regard gris.

— Vous avez fait beaucoup de bien à mon frère à de nombreux égards, reprit-elle. Je me réjouis qu'il vous ait aidée en retour.

Daphné ne put masquer sa perplexité. Que diable voulait dire lady Letitia ?

La vieille dame esquissa un geste désinvolte.

— Tout cela n'a plus d'importance, à présent, dit-elle avant de désigner Hugh. J'imagine que vous avez eu du mal à le traîner jusqu'ici ?

Étonnamment, le baron ne s'était pas fait prier le moins du monde. Et lors du bref trajet en voiture, il s'était montré réservé, ce qui n'était pas dans ses habitudes.

— Je crois qu'il avait envie de participer à cette soirée, répondit Daphné.

— Hum...

Lady Letitia fusilla du regard son neveu, en grande conversation avec Simon.

— S'il apprécie ce bal, il gèlera en enfer.

— Je ne l'imagine pas insensible à l'honneur que vous lui faites, insista Daphné.

— Dans ce cas, vous manquez cruellement d'imagination, ma chère ! Regardez-le. Il n'a que faire de bouleverser nos existences, surtout la vôtre, en réapparaissant au bout de presque vingt ans.

Daphné en profita pour observer Hugh à la dérobée. Les mains croisées dans le dos, il était penché vers Simon pour mieux entendre ce qu'il lui disait, un sourire aux lèvres. Sa culotte en satin noir et ses bas moulaient les muscles saillants de ses cuisses et ses mollets. Il portait un gilet vert et doré sous une queue-de-pie noire. À la lueur des lustres en cristal, ses cheveux blonds scintillaient tel de l'or. À côté de son cousin, plus petit et trapu, il avait tout d'un dieu.

Malgré sa tenue de gentleman et sans son sabre ni son tricorne – les attributs que lui accordaient les illustrateurs dans les journaux –, il ressemblait davantage à un corsaire qu'à un lord anglais.

Daphné croisa le regard de la perspicace lady Letitia et rougit comme si elle avait exprimé ses pensées à haute voix.

— Ayant été mariée avec Thomas, je pense que vous en savez long sur les hommes peu dégourdis, mais je n'aime pas dire du mal d'un mort, déclara la vieille dame, avant de poursuivre sans vergogne. Mon frère était encore plus ignorant de son environnement que les autres. Il aurait préféré que nous soyons tous des orchidées, qu'il pourrait couvrir d'engrais et enfermer dans le noir.

La jeune femme réprima un sourire. Thomas aurait aimé corriger sa sœur, qui confondait les orchidées avec les champignons.

L'immense salon aux murs crème, dont le sol en marbre était encombré de plantes exotiques, se peupla rapidement d'invités triés sur le volet. Le souper précédant le bal n'allait pas tarder à commencer. Daphné passa de groupe en groupe pour rencontrer la bonne société. Sa belle-sœur avait visiblement tout prévu.

Elle venait de s'extirper à grand-peine de la conversation pénible de lady Jersey et Mme Benjamin Morton, quand la sirène flamboyante avec qui Hugh avait disparu de Lessing Hall entra dans la pièce. Lady Letitia et son neveu allèrent la saluer. Elle était accompagnée de deux hommes qui devaient être de sa famille, car ils avaient la même couleur de cheveux.

— C'est lady Euphemia Marlington, annonça Anne en s'approchant.

Lady Amelia ne s'était donc pas trompée. Daphné n'était pas totalement surprise, compte tenu des articles qu'elle avait lus sur cette femme dans les journaux, même si elle ne croyait pas systématiquement ce que les journalistes racontaient.

— Et voici son père, le duc de Carlisle, et son frère, le marquis d'Abermarle. Belle famille, vous ne trouvez pas ?

Elle ne discernait pas bien leurs traits. Rowena lui avait fait enlever ses lunettes avant le bal.

— On ne va pas au bal avec des lunettes, milady ! Surtout dans une robe pareille !

À présent, Daphné se réjouissait presque de sa myopie. L'empressement avec lequel Hugh s'était précipité vers la beauté flamboyante témoignait de l'estime qu'il avait pour elle. Attendait-il qu'elle ait réintégré sa famille pour lui faire la cour ? Le cœur gros, elle se détourna vers un groupe d'invités.

En sentant une main sur son épaule, elle s'efforça de sourire à Anne.

Ce n'était pas Anne.

— Me ferez-vous l'honneur de vous accompagner pour le dîner ? demanda Hugh.

Intriguée, la jeune femme lança un coup d'œil à Euphemia Marlington.

— Pourquoi ?

Pour toute réponse, il prit sa main et la posa sur son bras. En sentant ses muscles sous son gant, elle fut envahie d'une onde de désir si puissante que ses jambes faillirent se dérober.

— Pourquoi ? répéta-t-elle.

— Vous me connaissez, fit-il d'un air sardonique et sensuel à la fois. Je ne songe qu'à mon propre intérêt.

Elle ôta sa main de son bras.

— Vous devriez escorter une cavalière plus convenable.

— Il n'y a personne de plus convenable que vous, rétorqua-t-il d'un air soudain teinté de dureté. D'après ma tante, ce bal est donné en mon honneur. Je ferai comme bon me semble.

Daphné ne distinguait pas les visages qui l'entouraient, mais elle était consciente que son hésitation attirait des regards curieux. Elle reprit donc son bras et le suivit vers la salle à manger sans discuter. La longue table de banquet était impressionnante. Jamais elle n'avait vu autant de porcelaine et d'argenterie étincelante. Elle constata avec stupeur que lady Letitia l'avait placée à côté de Hugh. Elle n'eut pas besoin de le regarder pour comprendre qu'il était à l'origine de cette manigance.

Il se retrouvait assis entre elle et lady Euphemia. Daphné eut soudain l'estomac noué.

— Ma chère, lui dit-il, je vous présente lady Euphemia Marlington. Lady Euphemia, voici la comtesse de Davenport.

Elles échangèrent un signe de tête.

— Je suis désolée de mon intrusion chez vous, lady Davenport... et de mon départ précipité.

Gênée, lady Euphemia se mordit la lèvre. Ses yeux étaient captivants quand elle ne les soulignait pas d'un trait de khôl.

— J'étais impatiente de retrouver mon père et mon frère, après toutes ces années.

Que répondre à cela ?

— Bon retour en Angleterre, fit simplement Daphné avec un sourire.

Euphemia parut soulagée. S'attendait-elle à ce que Daphné exige des explications ? De son point de vue, c'était à Hugh de se justifier, non à cette inconnue.

Elle se tourna de l'autre côté, vers le marquis d'Abermarle, le frère de lady Euphemia. Il devait avoir quelques années de moins qu'elle. Avec son teint d'albâtre, ses yeux verts et son nez aquilin, il était très séduisant. Comme sa sœur, il avait une chevelure flamboyante dont quelques boucles tombaient sur son front pâle. S'il était aussi beau que Hugh Redvers, il ne possédait pas son aura de virilité ni son humour.

Elle le salua avec un sourire charmeur. Il était temps que lord Ramsay se rende compte qu'il n'était pas le seul homme attirant de la capitale.

Malheureusement, le charme du marquis n'empêcha pas Daphné d'écouter discrètement ce que disaient ses autres voisins de table. Elle n'entendit que des bribes de conversation, mais ils ne semblaient en rien roucouler tels des amoureux. En réalité, Ramsay et lady Euphemia semblaient même se disputer. Ce n'était qu'une impression, bien sûr, puisqu'ils s'exprimaient en arabe.

Profitant d'un échange entre le marquis et un autre invité, Daphné se tourna vers Hugh, qui la guettait, l'air contrarié. Lady Euphemia s'adressait à un monsieur plus âgé.

— Vous êtes en train de conquérir un nouvel admirateur, milady, dit-il en croisant brièvement son regard, avant de s'intéresser à son décolleté.

Aussitôt, Daphné s'empourpra.

— Je n'en dirais pas autant de vous, milord, rétorqua-t-elle en désignant Euphemia Marlington. Elle semble moins transie d'amour pour vous que la dernière fois.

Hugh parut charmé par les efforts qu'elle déployait pour le piquer au vif.

— Mia sait parfaitement où se portent mes intérêts.

Sans crier gare, il posa une main sur son genou, la faisant sursauter.

— Quelque chose ne va pas, milady ? s'enquit lord Abermarle en fronçant les sourcils.

— J'ai... avalé un grain de poivre, mentit-elle avant de boire une gorgée d'eau.

Elle se retourna vers Hugh :

— Vous êtes fou ? persifla-t-elle, ulcérée.

— Non. Excité.

La chaleur de sa paume lui faisait l'effet d'un volcan en éruption.

— Et ce souper m'ennuie à mourir, ajouta-t-il.

— Si vous n'ôtez pas immédiatement votre main de mon genou, je la transperce de ma fourchette.

Il posa les yeux sur sa série de couverts en argent.

— Dites-moi, milady, quelle fourchette est prévue pour cet usage ? Je crains de l'avoir oublié.

Il crispa les doigts sur son genou et ajouta :

— Au moins, vous ne m'avez pas menacé d'un coup de tête en pleine face. Je tiens à mon nez.

Il se tourna de profil. Daphné scruta les alentours pour voir si le comportement choquant de Hugh avait attiré l'attention. Seule lady Letitia semblait s'intéresser à eux. Sans ses lunettes, elle ne parvint pas à déchiffrer l'expression de la vieille dame.

— Tenez-vous bien ! maugréa-t-elle avec un sourire forcé.

— Comment voulez-vous que je me tienne ? Comme un homme amoureux ?

— Comme un gentleman, et non comme un idiot.

Cette réflexion l'amusa.

— Que me donnerez-vous en récompense, si je me tiens bien ?

— Pourquoi devrais-je vous donner quoi que ce soit ?

— J'ai pour habitude de négocier.

— Pourquoi me faites-vous cela ? souffla-t-elle.

— Préféreriez-vous que je vous fasse ce que j'ai vraiment envie de vous faire ? susurra-t-il.

N'obtenant aucune réponse de sa part, il se pencha vers elle.

— Puis-je vous en donner un aperçu ? suggéra-t-il.

— Non.

— Je vais vous en donner un quand même. Ce que je préférerais vous faire se pratique sans vêtements... et sans fourchette.

Il se pencha encore un peu. Cette proximité ne pouvait échapper aux autres convives.

— Je suis persuadé que vous savez à quoi je fais allusion, dit-il.

— Je vous préviens, je vais hurler.

Hugh éclata de rire et laissa sa main en place. Cette exubérance ne manqua pas de susciter quelques commentaires autour de la table.

Daphné avait envie de se cacher dans un trou de souris. Elle se tourna vers Abermarle, qui la dévisagea.

— Je ne peux m'empêcher d'envier lord Ramsay, qui bénéficie de votre esprit, milady.

Le marquis ne trouverait sans doute pas très amusant d'être menacé d'une fourchette et traité d'imbécile.

— Lady Euphemia est-elle votre unique sœur, milord ? s'enquit-elle pour détourner la conversation.

Hugh s'adossa au fauteuil inconfortable et étouffa un bâillement, conscient d'être grossier. L'atmosphère pesante faisait remonter à la surface sa lassitude de l'Angleterre.

Il en avait plus qu'assez des exigences de Mia. Il avait envie de l'étrangler ! Sans doute n'aimait-elle guère ce pays. En revanche, il serait suicidaire de regagner Oran.

Il avait été contraint de lui ordonner de cesser ses caprices. Elle l'avait foudroyé du regard mais, au moins, elle ne le harcelait plus. Elle était en train d'ennuyer son autre voisin de table, un vieil homme qui n'était pas insensible à son charme, loin de là.

Ils n'en étaient qu'à la moitié du repas et il avait déjà réussi à contrarier ses deux voisines de table. Fait étonnant, lors de ce dîner dont il était censé être l'invité d'honneur, il était le seul à ne pas être en grande conversation.

Il reporta son attention sur Daphné.

Depuis trois quarts d'heure, il était contraint de regarder le jeune Abermarle s'amouracher de la jolie veuve. Il mourait d'envie de le saisir par le collet et de l'étrangler. Mais ce serait inconvenant.

Il chassa donc cette image de son esprit pour réfléchir à ce qu'il dirait à Daphné quand ils se retrouveraient enfin seuls. Le plus tôt serait le mieux, car il risquait de commettre l'irréparable et de corriger vertement le prochain homme qui oserait s'approcher d'elle, lui parler ou, pire encore, danser avec elle.

Et cette robe ! À croire qu'on l'avait peinte à même son corps. En découvrant sa toilette, il avait eu envie de la couvrir de son manteau pour ne l'enlever que seul avec elle, de préférence dans un lit. Son corset soulignait délicieusement ses seins, sous la soie tendue. Il imaginait ses mamelons dressés sous le fin tissu.

Cette gorge envoûtante se gonfla soudain. En levant les yeux, il croisa son regard furibond face à son insolence. Haussant les épaules, il se redressa, gêné par le renflement révélateur de son sexe durci. Cette souffrance lancinante lui fit haïr davantage encore ces mondanités superficielles que son entourage prisait tant, surtout la gent féminine. Les hommes présents ne s'intéressaient qu'aux parties de cartes, à l'alcool, aux femmes légères et aux chevaux, pas forcément dans cet ordre.

Hugh avait fréquenté les bordels de tous les ports. Il ne jouait plus aux cartes depuis dix ans et avait une monture de qualité. Quant à la boisson, il savait apprécier un bon cognac, sans plus...

Ce qu'il voulait, c'était Daphné, et sans tarder.

Ce souper était interminable !

Il ferma les yeux pour réfléchir au tourbillon de sentiments qui l'assaillait depuis des semaines : le désir, la curiosité, l'angoisse et, peut-être, l'amour – il n'en avait pas la certitude, car il n'avait jamais accordé la moindre attention à cette notion. Quoi qu'il en soit, c'était une sensation singulière. Il se sentait enchaîné à la jeune femme et n'était vraiment bien qu'en sa présence. Comment était-ce possible ? Était-il redevenu un esclave ? Dans ce cas, pourquoi s'en réjouissait-il ?

Percevant un mouvement, il rouvrit les yeux et vit un valet lui servir un sabayon. Il faillit pousser un cri de joie digne de Lucien. Le dessert, enfin !

Bientôt, les convives se levèrent. Hugh se demanda combien de temps il devrait s'attarder à ce maudit bal avant de s'éclipser pour ramener Daphné à Davenport House, où il mettrait leur situation au clair une fois pour toutes.

Daphné était impatiente de quitter la table. Elle s'était efforcée d'ignorer les caresses de son voisin, mais tous les invités avaient dû remarquer son malaise, ou plutôt son désir flagrant. Son corps réagissait au moindre regard de Hugh. Jamais elle n'avait eu aussi peu de maîtrise d'elle-même.

En se levant, elle s'attendait à des regards pleins d'effroi et de réprobation, à des murmures sur la moralité de la comtesse de Davenport, si dépravée qu'elle éprouvait une attirance pour le neveu de son défunt mari.

Heureusement, son calvaire était terminé dans l'immédiat, car Hugh se tenait, avec sa famille, à l'entrée de la salle de bal. Affichant la mine d'un condamné en route pour l'échafaud, il accueillait les dizaines d'invités qui n'avaient pas été conviés au souper.

Daphné observa les couleurs chatoyantes, les décolletés profonds, la profusion de bijoux ornés de pierres précieuses. Sa propre tenue n'était pas plus indécente que les autres. Sa robe en tulle bleu nuit sur un simple jupon argenté lui avait paru élégante lorsqu'elle l'avait enfilée, en début de soirée. À présent, elle constatait qu'elle était presque trop simple, voire quelconque.

En revanche, ses bijoux étaient sans rivaux. Son collier en saphirs et en perles fines – un cadeau de Thomas – était une œuvre d'art. Sa chevelure, que Rowena avait simplement relevée en chignon, avec quelques boucles tombant dans son dos, était également parsemée de saphirs.

Daphné effleura distraitement les pierres de son collier en balayant la salle du regard, attirée par la haute silhouette de Hugh comme par un aimant. En se rappelant son regard brûlant, elle sentit ses mamelons se dresser sous sa robe. Elle croisa les bras et se détourna. Il fallait qu'elle pense à autre chose.

— Sir Malcolm Hastings ! lança le majordome de lady Letitia du haut de l'escalier.

16

Hugh ne put s'empêcher de rire. L'homme qu'il cherchait sans relâche dans les trous à rats, bordels et tripots de la ville, se tenait juste en face de lui ! Il salua Anne d'un baisemain.

Il avait le visage marqué par une vie de débauche, mais n'avait rien perdu de son charme... à l'exception de cette moue satisfaite et exaspérante.

— Hastings, quelle surprise ! Vous avez bien meilleure allure que lors de notre dernière rencontre, déclara-t-il sans masquer son dédain. Je constate avec plaisir que votre nez est intact. J'ignorais que lady Letitia avait l'honneur de vous compter parmi ses connaissances.

Loin de s'offusquer des piques de Hugh, Hastings sourit de plus belle.

— Hélas, je ne puis me compter parmi les connaissances de lady Letitia. C'est votre autre tante qui a tenu à m'inviter en apprenant que je me trouvais en ville.

Ramsay pouffa. Quel menteur éhonté !

Il avait vu Daphné se figer comme une biche aux abois en entendant le nom de son cousin. Il croisa le regard noisette de Hastings, brûlant de le saisir par le col pour l'expulser de la maison de sa tante.

Un regard noisette particulier...

Deux paires d'yeux vinrent à son esprit en un éclair. Les pièces du puzzle se mirent en place... Nom d'un chien !

Malcolm Hastings s'était frayé un chemin dans la foule. Hugh fut accaparé par d'autres invités qui arrivaient.

Daphné dissimula avec difficulté son dégoût en voyant Malcolm s'approcher d'elle.

— Bonsoir, chère cousine, susurra-t-il en la prenant par les poignets pour l'immobiliser.

Il la toisa sans vergogne, puis se pencha pour l'embrasser sur les deux joues.

— Je serai fier d'être votre mari, souffla-t-il à son oreille.

Lorsque Daphné voulut se dégager de son emprise, il ne lâcha qu'une seule main.

— Quelle surprise de vous trouver ici, Malcolm.

— Une bonne surprise, à n'en pas douter, répliqua-t-il avec un regard lubrique.

Il plaça la main de la jeune femme sur son bras. D'instinct, elle lança un regard en direction de l'entrée de la salle, où Hugh accueillait les invités. Une femme flamboyante, moulée dans une robe en soie dorée très décolletée, s'adressait à lui.

— Ce n'est ni le lieu ni le moment, mais vous souhaitiez me parler, Malcolm ?

— Quelle perspicacité, railla-t-il d'une voix avinée.

Elle devait l'éloigner de la foule des invités.

— Si vous vous comportez comme un idiot en public, vous serez décrédibilisé et perdrez le peu d'emprise que vous avez sur moi. La bibliothèque se trouve derrière la deuxième porte, dans le couloir. Traversons le salon de jeu, et vous me direz ce que vous avez à me dire en privé.

— Volontiers, chère Daphné. Je vous suis...

Avant qu'ils n'entrent dans le salon de jeu, Simon, le père d'Anne, apparut à leur côté.

— Je crois que vous m'avez promis la première danse, Daphné, affirma-t-il en observant Malcolm d'un air perplexe.

Elle hésita et faillit décliner, mais Malcolm l'en empêcha.

— Absolument, mon cher ! s'exclama-t-il en jetant presque Daphné dans ses bras. Dansez donc avec ma ravissante cousine. Je me retire quelques instants dans le salon de jeu.

Il s'éloigna avec un sourire obséquieux.

— Mettons-nous en place, proposa la jeune femme avant que son cavalier ne puisse lui poser des questions embarrassantes.

La danse dura une éternité. À peine se fut-elle débarrassée de Simon que le marquis d'Abermarle se présenta. Daphné lui sourit :

— Je suis un peu fatiguée, milord. M'en voudrez-vous si je m'assois durant cette danse ?

— Pas le moins du monde, milady. Je vous tiendrai compagnie.

— J'ai soif, ajouta-t-elle, agacée. Voulez-vous… ?

— Naturellement ! Un verre de citronnade, peut-être ?

— Ce serait très gentil.

Dès qu'il eut tourné les talons, elle se précipita vers le salon de jeu. Elle avait beau ne pas porter ses lunettes, elle reconnut la silhouette de Hugh qui venait à sa rencontre.

— Enfer et damnation, marmonna-t-elle en s'insinuant dans la foule compacte des danseurs.

Voyant une brèche, elle s'y engouffra et se trouva nez à nez avec un trio de jeunes filles qui faisaient tapisserie.

— Veuillez m'excuser ! Pardon ! bredouilla Daphné en piétinant quelques pantoufles.

Ses efforts ne furent pas vains, car elle repéra bientôt Malcolm, adossé à l'une des deux colonnes flan-
quant l'entrée du salon de jeu, comme s'il ne tenait
pas debout. D'autres invités se dressaient encore entre
eux. Alors qu'elle venait de se frayer un passage parmi
un groupe de jeunes gens hilares, l'orchestre entonna
un morceau annonçant l'arrivée d'un membre de la
famille royale.

Grâce à sa haute taille, elle dépassait de nombreux
danseurs. Le nouveau venu n'était autre qu'Ernest, le
duc de Cumberland. Un brouhaha se propagea dans
l'immense salle. Le duc faisait sans doute une apparition publique pour couper court aux rumeurs entourant la mort de son valet. On racontait notamment
que Cumberland l'avait assassiné. La foule curieuse se
pressa autour du duc. Daphné en profita pour rejoindre
Malcolm.

— Ah, Daphné... fit-il d'une voix traînante. Ce vieil
Ernest a plutôt mauvaise mine, vous ne trouvez pas ?
À mon avis, il a passé...

— Parlez moins fort ! souffla la jeune femme.

Malgré son dégoût, elle le prit par le bras. Le salon
de jeu était désert. Les joueurs de cartes étaient tous
allés voir l'origine de l'agitation ambiante. Elle ouvrit
la porte et jeta un coup d'œil dans le couloir. Personne.
La bibliothèque était tout aussi vide.

Elle lâcha le bras de Malcolm dès qu'ils eurent
franchi le seuil et prit ses distances. Elle se rendit
bientôt compte qu'il était en train de tourner la clé
dans la serrure. Du moins essayait-il de le faire, car
ses mains tremblaient.

— Voilà, annonça-t-il avec un sourire satisfait. On
ne nous dérangera pas.

— Que me voulez-vous ?

— Honte à vous, Daphné ! Ne soyez pas si pressée.
J'aimerais vous faire la cour tel un homme civilisé, et

non comme quelque marin qui cherche à lever une catin.

Daphné ignora cette réflexion idiote et regarda Malcolm se diriger droit vers les flacons d'alcool. Il se servit un verre qu'il vida d'une traite, puis se resservit. À ce rythme, il allait se retrouver face contre terre avant même d'avoir énoncé les termes de son chantage.

— La famille de votre défunt mari a un goût très sûr pour ce qui concerne les alcools, commenta-t-il en s'appuyant sur l'imposant bureau. Bref, où en étions-nous ?

— Vous m'expliquiez votre présence ici.

— Comment voulez-vous que deux fiancés passent leurs soirées, si ce n'est ensemble ?

— Nous ne sommes pas fiancés, et nous ne le serons jamais. Jamais, vous m'entendez ?

L'attitude de Daphné parut dissiper sa torpeur alcoolisée.

— Quelle audace, petite coquine ! Croyez-vous que j'hésiterais à utiliser la preuve dont je dispose, si vous ne me donnez pas ce que je veux ? Votre misérable existence ne vaudra pas la peine d'être vécue quand j'en aurai terminé avec votre réputation et celle de *nos* fils.

Elle ne masqua pas l'intensité de son mépris et de sa haine.

— Je vous ai versé de l'argent, et vous n'en toucherez pas davantage. Vous seriez avisé de vous en contenter et de passer votre chemin. Hélas, je sais d'expérience que vous êtes tout sauf avisé.

Perplexe, Malcolm oublia le verre qu'il tenait.

— Quoi ? fit-il d'un ton mauvais.

Il affichait le même regard que son oncle, sir Walter, qui avait exprimé sa haine à la mère de Daphné chaque jour de leur vie conjugale. Les deux hommes ne supportaient pas de dépendre de femmes qui leur étaient inférieures sur le plan social.

La jeune femme se rappelait la dernière fois que la haine de Malcolm s'était déchaînée, ce jour funeste où il l'avait accostée dans les bois proches de Whitton Park.

— Savez-vous comment on nomme les filles de votre espèce ? avait-il demandé sans attendre de réponse, en la faisant reculer vers un tronc d'arbre. Des allumeuses !

Daphné avait été plus choquée par son vocabulaire que par son comportement menaçant. Profitant de son instant d'hésitation, il s'était jeté sur elle en lui frappant la tête contre l'arbre pour l'assommer.

Et il l'avait violée.

Pendant des années, ce moment avait sommeillé dans son esprit, sans vraiment ressurgir. Elle avait refoulé ce souvenir, qui venait de se réveiller.

Elle se mit à trembler de tout son corps, prise de sueurs froides. Clignant les paupières, elle déversa alors sur son bourreau dix ans de haine contenue.

— Je possède un document écrit et signé de la main du défunt lord Davenport en présence d'un magistrat. Il stipule que si l'idée vous venait de vous livrer à un chantage, vous ne toucheriez pas un sou de mon fils. Lucien est le comte de Davenport, et vous ne pouvez rien y changer.

Il voulut poser son verre sur le bureau, mais celui-ci tomba sur le tapis.

— Vous mentez ! Il était incapable de faire une chose pareille ! Surtout s'il avait appris que vous l'aviez dupé.

Daphné émit un rire amer.

— Vous êtes encore plus stupide que je ne le croyais, si tant est que ce soit possible ! Le comte savait parfaitement ce qui s'était passé, et il savait parfaitement quelle ordure vous êtes. Il a fait ce qu'il fallait pour vous empêcher de nuire.

Le visage bouffi de Malcolm exprima une stupeur qui ravit la jeune femme.

— Il avait prévu que vous dilapideriez l'argent de votre femme et que vous viendriez me harceler, tel un chien galeux, conclut-elle.

Elle était si enragée qu'elle ne chercha pas à se maîtriser. Loin de l'impressionner, la fureur grandissante de Malcolm ne faisait qu'attiser sa colère.

En une fraction de seconde, il passa à la violence et projeta Daphné contre un rayonnage de la bibliothèque. Elle vit trente-six chandelles et glissa à terre. Il s'assit à califourchon sur elle.

— Sale catin menteuse ! maugréa-t-il, les dents serrées, en lui serrant le cou au point de l'étouffer.

Daphné se débattit en le martelant de ses poings, en lui griffant les mains, mais sa vision se troubla et elle sentit ses poumons la brûler. Elle se retrouva au bord d'un trou noir.

Soudain, les mains puissantes lâchèrent prise et elle ne sentit plus le poids de son corps sur sa poitrine. Elle roula sur le flanc en toussotant, le souffle court.

Ouvrant les yeux, elle vit Hugh, qui essayait d'étrangler Malcolm, plaqué contre les livres. Son cousin avait le teint violacé et les yeux révulsés. Daphné se leva d'un bond et se dirigea vers Hugh.

— Arrêtez ! fit-elle d'une voix rauque en l'agrippant maladroitement. Arrêtez ! Vous allez le tuer !

Elle le tira désespérément vers elle.

— Hugh !... Hugh !

Elle se mit à lui frapper les bras, en vain. À bout de forces, elle lui assena un coup de poing sur l'épaule.

— Hugh !

Une douleur fulgurante parcourut le bras de la jeune femme.

— Vous voulez laisser ce porc vivre ? demanda-t-il en se tournant enfin vers elle, le regard fou.

Il serra plus fort le cou de Malcolm.

— Je n'ai que faire de lui, mais je ne voudrais pas vous voir pendu ! répliqua-t-elle.

Elle eut beau tirer encore de toutes ses forces, il ne broncha pas.

Il plongea dans son regard et relâcha enfin son emprise de façon si imprévisible que Daphné se serait écroulée s'il ne l'avait pas retenue. Malcolm tomba à terre, inerte.

Elle s'écarta de Hugh pour s'agenouiller près de Malcolm et prendre son pouls. Dieu soit loué ! Ivre de soulagement, elle ferma les yeux. Soudain, elle sentit deux bras l'enlacer. Ramsay la serra contre lui et la souleva pour la porter vers le divan.

— Comment vous sentez-vous ? s'enquit-il, sa main dans la sienne.

— À bout de souffle.

— Vous avez bien failli ne plus respirer du tout ! commenta-t-il, la mine sombre.

Elle se tourna vers la porte de la bibliothèque.

— Malcolm l'avait fermée à clé. Comment êtes-vous entré ?

Il désigna une porte dérobée dans un grand placard.

— C'est une issue secrète installée autrefois pour des raisons peu recommandables. J'y jouais à cache-cache avec Melinda et John quand nous étions petits.

— Et comment avez-vous su que nous étions dans cette pièce ?

— Je vous ai vue quand vous vous êtes détournée pour m'éviter. Je vous ai suivie du regard parmi la foule. Vous ne passez pas inaperçue...

Il effleura sa joue d'une caresse, puis la prit par le menton.

— J'ai la fâcheuse habitude de vous interrompre quand vous vous bagarrez avec Hastings.

— Je n'ai pas eu le même succès, cette fois. Sans votre intervention...

Il observa la silhouette avachie de Malcolm. Aussitôt, son expression s'assombrit.

— Que voulez-vous que je fasse de lui ? s'enquit-il en se relevant. Vous pourriez le faire traduire en justice. Je me ferais un plaisir de témoigner en votre faveur. Je peux aussi lui régler son compte plus discrètement.

Daphné frémit.

— Je ne souhaite pas provoquer un scandale, et je ne veux pas que vous commettiez un meurtre de sang-froid. Je suis sûre qu'il ne me posera plus de problème, désormais.

— Daphné, je ne...

— Je vous en prie, Hugh !

— Vous faites une erreur, insista-t-il.

— Je préfère qu'il en soit ainsi.

Il hocha la tête.

— Très bien. À votre guise. Remettez un peu d'ordre dans vos cheveux, afin que nous puissions partir d'ici.

Il la prit par la main et l'entraîna vers un grand miroir.

— Vous aurez des ecchymoses, commenta-t-il en remarquant quelques marques sur son cou. Je vais chercher votre étole pour les dissimuler. (Il se tourna vers Malcolm.) Je peux vous laisser quelques instants ? Je vais prévenir mon valet et informer ma tante que je vous ramène à la maison.

— Oh non, Hugh ! Vous ne pouvez quitter si vite un bal donné en votre honneur.

Il ne lui répondit pas et la fit asseoir dans un fauteuil, à distance raisonnable de Malcolm.

— Je reviens tout de suite. Au moindre mouvement de sa part, prenez cette statuette en marbre et frappez-le.

Quelques instants plus tard, Hugh réapparut en compagnie de Wilkins, son valet, un vieil homme austère.

Les deux hommes observèrent la silhouette avachie de Hastings et échangèrent quelques mots, puis Wilkins se retira.

Ramsay posa l'étole de Daphné sur ses épaules.

— Votre superbe robe est un peu éclipsée, mais vous avez déjà des traces violacées autour du cou. J'ai dit à tante Letitia que vous aviez mal à la tête.

Il désigna Hastings.

— Wilkins va l'emmener où il loge. Venez vite, avant que quelqu'un nous surprenne.

Ils gagnèrent la porte de service sans encombre. La voiture des Davenport les attendait devant l'écurie. Il faisait nuit noire dans l'allée étroite. Lorsqu'ils se mirent en route, Daphné ne put discerner ses traits.

— Je vous remercie, Hugh.

— De quoi ? railla-t-il.

— De m'avoir sauvé la vie, idiot que vous êtes !

Cet homme ne prenait-il donc rien au sérieux ?

Il se mit à rire.

— C'est la deuxième fois de la soirée que vous m'insultez. Je vais finir par croire que vous m'appréciez. De plus, vous n'avez pas à me remercier. Si j'avais été plus vigilant, vous ne seriez pas contrainte de dissimuler votre cou pendant les semaines à venir.

Il se tut un instant, avant de reprendre :

— Si vous tenez absolument à me remercier, vous en aurez l'occasion plus tard, de la façon que je choisirai.

Quand il apprendrait la vérité, songea-t-elle, il serait sans doute moins bien disposé à son égard...

17

À Davenport House, Hugh tendit son chapeau et ses gants au valet qui les accueillit, puis il se tourna vers Daphné.

— Rejoignez-moi dans la bibliothèque, voulez-vous ?

— J'arrive, répondit-elle.

Elle alla voir ses fils, qui dormaient à poings fermés. Une chandelle était allumée à l'entrée de la chambre, car Lucien avait peur du noir, en dépit de ce qu'il affirmait.

Les différences subtiles entre les jumeaux se révélaient même durant leur sommeil. Lucien avait repoussé ses couvertures et une jambe pendait sur le côté du lit. Richard, lui, était allongé au milieu du matelas, bien couvert. Quoi qu'il arrive après les aveux de leur mère, ils s'en remettraient tous les trois et tourneraient la page. Elle les embrassa sur le front et souffla la chandelle, avant de gagner la bibliothèque.

À son entrée, Hugh se détourna de la fenêtre.

— Les garçons vont bien ?

Comment savait-il d'où elle venait ?

— Oui. Ils ont le sommeil lourd.

Elle s'installa sur un divan, devant la cheminée où flambaient quelques bûches. La chaleur la réconforta.

— Voulez-vous boire quelque chose ?

— Un doigt de xérès, peut-être.

Elle prit le verre qu'il lui offrait et but avidement le liquide ambré pour se donner du courage. Hugh s'en étonna, mais ne fit aucun commentaire. Il prit place face à elle.

Elle garda la tête baissée.

— Ce soir, je dois vous révéler quelque chose que j'aurais préféré garder secret.

Il allongea les jambes et croisa les chevilles, tendant le satin noir de sa culotte.

— Malcolm Hastings est le père de vos fils.

Daphné releva vivement la tête.

— Comment ? Qui... ?

— En le voyant ce soir, j'ai remarqué la ressemblance.

La jeune femme n'en revenait pas.

— Et il vous fait chanter, n'est-ce pas ?

Elle se contenta de hocher la tête.

— Pourquoi ne m'en avez-vous rien dit, Daphné ? demanda-t-il, l'air à la fois peiné et fâché.

— Je... Je ne m'attendais pas à cette réaction de votre part. Je redoutais que vous ne pensiez...

— Que je pense quoi ?

— Que j'avais dupé Thomas en l'épousant.

— Vous me jugez bien mal. Toutefois, je vous comprends. Je n'ai rien fait pour mériter votre estime...

Il semblait tellement déçu qu'elle en fut mortifiée. Elle l'entendit soupirer.

— Voulez-vous me raconter ce qui s'est passé ?

Il affichait un air de patience bienveillante, comme quand il s'adressait à ses fils. Comment avait-elle pu craindre qu'il mette sa parole en doute ?

— Malcolm m'a agressée.

Hugh ne dit pas un mot. Dans la pièce, la température chuta soudain.

Pour se donner une contenance, Daphné riva les yeux sur le tapis.

214

— Sir Walter a installé Malcolm à Whitton Park quand il est devenu manifeste que ma mère ne lui donnerait pas de fils. J'étais encore une enfant et lui un jeune homme, mais nous ne nous sommes jamais entendus. Il me tourmentait sans cesse, me harcelait, insultait ma mère. En revanche, il n'a pas posé la main sur moi avant la mort de son oncle. Il n'a même pas attendu un an de deuil pour organiser des réceptions. Avec ses amis aussi débauchés que lui, il jouait toute la nuit. Parfois, il faisait venir des femmes. Je faisais de mon mieux pour l'éviter, ainsi que ses amis, mais cela devenait de plus en plus difficile. Un jour, lors d'une promenade, j'ai rencontré ces fripouilles. Ils m'ont obligée à me joindre à eux pour tirer au pistolet pour tromper leur ennui.

Elle éclata d'un rire amer.

— Quoi de plus distrayant qu'une jeune fille tirant au pistolet ? Bref, j'ai battu Malcolm, et les autres se sont moqués de lui. Par la suite, il m'a retrouvée alors que j'étais seule. Il était furieux. Il m'a dit... Peu importe. J'ai voulu fuir, il m'a pourchassée et... pour dire les choses un peu brutalement, il m'a violée.

Elle parlait très vite, de peur de perdre courage.

— Il m'a frappée à la tête jusqu'à ce que je m'évanouisse. Heureusement, je n'ai aucun souvenir de l'acte en lui-même. Quelques semaines plus tard, j'en ai eu la preuve concrète.

En entendant un grand fracas, elle releva la tête. Le verre de Hugh gisait en mille morceaux sur le tapis. Ses doigts étaient en sang.

Elle se leva d'un bond et se précipita vers lui pour examiner sa main blessée.

— Hugh ? fit-elle face à son expression de marbre.

— Ce n'est rien, affirma-t-il en essayant de se dégager.

— Donnez-moi votre mouchoir.

Si seulement elle avait mis ses lunettes... Elle dut chercher les bris de verre incrustés dans sa main à tâtons. Quand elle fut certaine de l'avoir débarrassé de tous les éclats, elle enroula le carré de coton autour du doigt blessé.

— Il faudrait faire un pansement, suggéra-t-elle.

— Plus tard, répondit-il, livide.

Même ses lèvres étaient grises. Il la fit se lever et l'entraîna vers le divan, où il s'assit à côté d'elle.

— Mon oncle vous a épousée quand vous avez su que vous étiez enceinte ? s'enquit-il posément.

— Oui. C'était un mariage non consommé, Hugh. Nous n'avons jamais vécu comme mari et femme.

Il ferma brièvement les yeux et soupira.

— Hastings n'a rien soupçonné ?

— Ma mère, Rowena et moi avons veillé à garder le secret. Même Fowler, ma femme de chambre, l'ignorait. Bien que très malade, ma mère s'est entretenue avec Thomas. Je crois bien que ce que m'a infligé Malcolm a précipité son décès, la pauvre ! Thomas tenait à ce que nous nous mariions sans attendre. Il s'est occupé de tout. Il m'a amenée à Lessing Hall pour veiller à ce que je ne revoie pas Malcolm. Et je ne l'ai plus revu... jusqu'au jour de votre arrivée.

— Il vous faisait chanter et vous l'avez frappé en état de légitime défense.

— Oui. Il était disposé à m'accorder le temps néces-saire pour me préparer à l'épouser, si je lui prouvais mes bonnes intentions en lui versant un millier de livres. Telle une idiote, j'ai acquiescé en espérant qu'un miracle se produise.

Elle leva les yeux vers lui.

— Voilà pourquoi j'ai repoussé si longtemps ces aveux. J'ignorais que ce que j'espérais – un moyen de contrecarrer les agissements de Malcolm – se trouvait à Londres.

Daphné fit une moue dépitée.

— Je lui ai remis l'argent, révéla-t-elle.

Le regard de Ramsay se fit vague, comme s'il regardait au-delà de la jeune femme.

— Je vous en conjure, Hugh, ne soyez pas fâché contre moi !

— Fâché contre vous ? répéta-t-il, abasourdi. Pourquoi ?

— Parce que, en réalité, c'est votre argent que j'ai utilisé.

— Que diable me racontez-vous là, Daphné ?

— L'argent que j'ai remis à Malcolm appartient au comte de Davenport, c'est-à-dire vous-même.

— Nom de Dieu ! Ce ne sont que des balivernes !

Si elle était accoutumée à ses jurons, elle ne comprenait pas son attitude.

— Nous y reviendrons, poursuivit-il. D'abord, je veux mettre au clair cette affaire concernant Hastings. Quel est le moyen de contrecarrer les agissements de Malcolm auquel vous faites référence ?

Elle lui parla de son entrevue avec sir Marcus et des lettres.

— Voulez-vous que j'aille les chercher ?

— Je les lirai plus tard. À la réflexion, c'est sans doute Hastings qui a saboté ma selle. À moins qu'il ait chargé un domestique de le faire pour lui. C'est un geste stupide, mais il se conduit en imbécile. Je suppose qu'il a voulu garantir l'avenir de Lucien au cas où vous me diriez enfin la vérité.

Daphné s'empourpra.

— Je l'aurais fait, Hugh ! J'avais décidé…

Il posa un index sur ses lèvres.

— Chut, mon ange. Hastings a cru que, en m'éliminant du tableau, il vous épouserait sans problème.

— Il devrait savoir que je ne l'épouserai jamais, quelles que soient ses menaces.

— Vous surestimez ses capacités intellectuelles... ou son bon sens.

Son assurance fit naître un sourire sur les lèvres de la jeune femme.

— Cette tentative de meurtre n'en demeure pas moins hasardeuse, commenta-t-elle.

— Je suis d'accord avec vous, admit Hugh. Qui d'autre aurait pu faire le coup ?

Daphné observa sa main blessée, qu'elle tenait dans les siennes.

— Je redoutais que vous me soupçonniez. Après tout, c'est moi qui gagnerais le plus si vous disparais-siez.

— Ne dites pas de bêtises !

— Le coupable cherchait peut-être à vous donner une leçon, et non à vous tuer.

— Une leçon ?

— Serait-il possible...

Elle s'interrompit.

— Continuez !

— Je n'osais vous en parler, milord. J'ai remarqué l'animosité de William Standish à votre encontre. Il semble très en colère.

Hugh parut perplexe. Elle enchaîna :

— Vous l'avez admis vous-même en déclarant que, selon vous, il vous en voulait de l'avoir renvoyé en Angleterre. Aurait-il d'autres reproches à vous faire ? Concernant votre attitude envers sa sœur, par exemple ?

Voilà, c'était dit.

— William aurait coupé ma sangle à cause de sa sœur ?

Cela semblait insensé, en effet. De plus, ce n'était que l'hypothèse d'une femme jalouse. Daphné fut soudain mortifiée.

— Très chère, fit Hugh en la prenant par les épaules pour caresser la peau nue de son bras. J'ai très vite compris que vous possédiez une intelligence hors du commun. Je constate à présent que vous ne manquez pas d'imagination. C'est la deuxième fois que vous évoquez mes aventures sentimentales pour justifier une tentative de meurtre. Je me réjouis que vous me trouviez à ce point viril. Je brûle d'envie de savoir ce que, d'après vous, j'aurais pu faire pour susciter une telle vengeance.

Il l'embrassa sur le bout du nez.

— Pour l'heure, je vais répondre à vos soupçons sur Meg et William. Je vous ai expliqué que nous avons grandi comme des frères et sœur, n'est-ce pas ? En découvrant qu'elle était enceinte, Meg s'est d'abord tournée vers moi et m'a révélé que le père n'était autre que Blake.

Daphné ne put masquer sa stupeur.

— Elle avait peur que Will ne tue Blake s'il l'apprenait, poursuivit-il. J'étais du même avis. Will aurait tué Blake et aurait fini pendu pour ce crime. C'était juste avant que Will et moi ne partions pour ce périple funeste.

Il caressait distraitement son épaule en parlant.

— Ma réputation étant déjà en lambeaux, j'ai dit à Meg de prétendre que j'étais le père.

L'expression de stupeur de la jeune femme l'amusa.

— Vous me considérez sans doute comme un martyr. Rien n'est moins vrai. Endosser cette responsabilité ne m'a rien coûté, et c'était important pour Meg. Une femme qui met au monde le bâtard d'un aristocrate est bien mieux traitée que s'il s'agit de l'enfant naturel d'un simple boucher. C'est triste, mais c'est ainsi. Elle a donc accepté ma proposition et nous sommes allés voir Will ensemble pour lui en parler. Mais elle lui a menti, affirmant qu'elle était enceinte d'un client de l'auberge qui était reparti.

Ce souvenir fit naître un sourire sur ses lèvres.

— Pour alimenter les rumeurs, j'ai chargé mon notaire d'un fidéicommis au nom de l'enfant de Meg. Cet argent devait assurer l'entretien de l'enfant et sa mère, tout en confirmant aux yeux de tous qu'il était mon fils. Vous y avez cru, apparemment.

Il la serra plus fort contre lui. Troublée par les sensations que ce contact déclenchait en elle autant que par son récit, Daphné retint son souffle.

— Avez-vous d'autres questions à me poser sur ce sujet ? s'enquit Hugh.

Trop gênée pour parler, elle se contenta de secouer la tête.

— Parfait ! Venons-en maintenant à Euphemia Marlington. D'abord, je tiens à m'excuser de ne pas vous avoir expliqué la situation dès le départ.

Lorsqu'elle ouvrit la bouche pour affirmer qu'elle n'était pas en droit d'exiger quoi que ce soit, il posa un index sur ses lèvres.

— Laissez-moi finir, voulez-vous ?

Sans ôter son doigt, il se pencha vers elle, puis se ravisa et marmonna quelques paroles inintelligibles.

— Je me rends compte que les apparences sont contre moi, mais le soir où vous nous avez surpris sur ce divan, je ne faisais que réconforter Mia. Elle appréhendait de rentrer chez elle après presque vingt ans d'absence. Je ne pouvais vous révéler qui elle était, car ce n'était pas à moi de divulguer ce secret. Et sa famille souhaitait garder le silence, dans un premier temps.

Il poussa un long soupir avant de reprendre :

— Je reconnais volontiers que je n'ai jamais été un saint, loin de là, quand j'étais jeune ou durant ces années passées à l'étranger. Mais depuis mon retour, je n'ai désiré qu'une seule femme.

Il caressa son bras, son épaule, avant de lui prendre le menton.

— Vous devinez certainement de qui il s'agit.

Il effleura sa joue avec une telle sensualité qu'elle en eut la chair de poule.

— Même quand je croyais que vous aviez vraiment été la femme de mon oncle... je n'arrivais pas à lutter contre mes sentiments pour vous. Je n'ai jamais su renoncer à ce que je voulais.

Il se pencha encore pour l'embrasser furtivement.

— Et je vous désire terriblement, mon amour...

Daphné eut soudain très chaud, puis très froid.

— Vous voulez être... mon amant ?

Cette franchise était pour elle à la fois douloureuse et humiliante, mais elle en avait assez des incertitudes.

— Entre autres choses, répondit-il avec un sourire.

— Quelles... autres choses ?

— Elles sont nombreuses. D'ailleurs, je suis revenu en Angleterre à cause de vous.

— Comment cela ?

— Au cours de l'année écoulée, Will m'a écrit deux fois, expliqua-t-il. D'abord pour m'informer que mon oncle était mourant, puis pour me parler de ces lettres de menaces contre vous.

— Je... C'est insensé ! Des menaces ?

— Contre vous et les garçons.

— Ne me dites pas que les enfants sont en danger !

Alarmée, la jeune femme se leva d'un bond.

— Doucement, mon amour, murmura Hugh en la faisant se rasseoir. Ils sont dans leur chambre, en sécurité. Kemal dort dans l'antichambre de leur salle d'étude.

— Vous êtes sûr ?

— Certain. Je suis revenu en Angleterre à cause de ces lettres, pour veiller sur vous trois. Même si ces menaces ne sont peut-être pas fondées.

Daphné avait peine à assimiler ses propos.

— Vous êtes venu ici pour une femme que vous ne connaissiez pas et ses fils, dont l'aîné a usurpé votre titre, votre place ?

Hugh se mit à rire.

— Pour une femme intelligente, vous êtes parfois un peu obtuse. Vous ai-je donné l'impression de m'intéresser un tant soit peu à ce que vous appelez « ma place » ? Un statut social que j'ai abandonné il y a presque vingt ans ? Pensez-vous que je manque d'argent et que je veux prendre ce qui appartient à votre fils ? Non, Daphné. Depuis presque deux décennies, ma place est ailleurs.

— Vous allez repartir ?

— Je ne quitterai l'Angleterre qu'après avoir identifié l'auteur des lettres de menaces, même si je suis persuadé qu'elles font allusion à Hastings.

— Vous allez donc repartir, persista la jeune femme, incapable de penser à autre chose.

Hugh hésita un instant, puis parut prendre une décision.

— Je ne puis rester en Angleterre si vous ne voulez pas de moi, déclara-t-il. C'est impossible. Sachez ceci : que vous m'acceptiez ou non, je ne contesterai pas la légitimité du titre de Lucien. Je n'ai aucune envie d'être le comte de Davenport, vous pouvez me croire !

Submergée par l'émotion, Daphné fut incapable de prononcer un mot.

— J'aime cette peau qui vous trahit, dit-il en caressant sa joue. Cela me donne l'espoir que vous tenez peut-être à moi, malgré vos regards hautains et froids. Pour répondre à votre question : oui, j'ai envie d'être votre amant, et je vous demande également d'être ma femme.

— Mais…

— Le scandale ? fit-il en l'embrassant dans le cou. Elle opina.

— C'est vrai, admit-il sans s'interrompre. Ce mariage serait un affront. De nombreux membres de la bonne société nous tourneraient le dos. Il existe même une possibilité que quelqu'un conteste notre union.

Elle n'ignorait pas les difficultés que poserait leur lien de parenté, même s'ils n'étaient pas du même sang.

— En revanche, je suis riche comme Crésus et j'ai une longue expérience de la vie pour me protéger, ainsi que mes hommes. Cela ne me fait pas peur. Mais vous devez y réfléchir, Daphné. Supporteriez-vous ces désagréments ? Quelles seraient les conséquences pour l'avenir de Lucien et Richard ?

En parlant, il ne cessait de parsemer son cou et ses jours de baisers brûlants qui la troublaient. Se moquait-il vraiment de vivre en marge de la bonne société ? Et elle-même ?

Lorsqu'il se mit à titiller son lobe d'oreille de ses lèvres, elle secoua la tête pour remettre de l'ordre dans ses pensées.

— Je ne puis vous reprocher cette décision, dit-il d'une voix brisée, se méprenant sur son geste. Vos fils doivent être prioritaires.

Daphné retint son souffle et se laissa aller contre son torse.

— Comment un homme aussi intelligent peut-il se montrer à ce point stupide ? railla-t-elle. J'ai passé ma vie en marge de la société, même quand j'étais mariée à Thomas. Les ragots allaient bon train sur la petite-fille de mineur qui profitait de la faiblesse d'un vieux comte fortuné.

Elle haussa les épaules.

— Auparavant, reprit-elle, je vivais avec sir Walter et Malcolm. J'étais une paria, avec pour toute compagnie ma mère et mes livres.

Elle se lova contre son corps puissant.

— Vous vous rendez compte que les garçons seront intenables quand ils apprendront la vérité sur nous deux ? Ils ne vous laisseront plus tranquille.

Hugh la prit par les épaules pour plonger dans son regard avec une intensité qu'elle ne lui connaissait pas, un mélange d'émerveillement et d'angoisse.

— Cela ne vous ressemble pas, Daphné. D'ordinaire, vous réfléchissez longuement avant de prendre une décision, surtout de cette importance. Vous êtes sûre de vous ? Outre le scandale, vous êtes restée depuis toujours éloignée des hommes. Ne voulez-vous pas un aperçu des plaisirs de la vie avant de vous engager dans une existence marquée par la réprobation ? Je tiens à vous laisser le temps de réfléchir.

Elle lui prit la main.

— Ce n'est en rien une décision hâtive. Vous pensez être le seul à vous être interrogé sur nous deux et sur ce que nous pourrions vivre ? J'ai lutté pour voir au-delà de vos manières aimables, de vos provocations, pour savoir si vous teniez à moi. Et ensuite...

— Ensuite, il y a eu Mia.

— Oui. Ce fut... difficile à vivre.

Il rit et la serra plus fort contre lui.

— Je suppose que vous aviez envie de m'étrangler.

— Non, de vous estropier un peu plus.

Elle se dégagea de son étreinte.

— Je n'ai pas besoin de réfléchir davantage, reprit-elle. Je suis certaine que tout désagrément lié à notre union sera vite effacé par votre présence à nos côtés. Je ne voudrais d'aucun autre homme que vous.

À l'issue de ce discours audacieux, elle s'empourpra violemment. Ivre de joie, Hugh rejeta la tête en arrière et rit de bon cœur en la serrant contre lui.

— Je mentais en affirmant être disposé à vous laisser réfléchir, avoua-t-il d'une voix rauque. Et qu'aucun autre homme ne s'avise de poser les yeux sur vous, car il le regretterait ! Vous voyez la fripouille que vous êtes sur le point d'épouser ? Si vous aviez refusé, je vous aurais courtisée sans relâche jusqu'à ce que vous cédiez.

Daphné se laissa aller dans ses bras pour humer son parfum.

— Rien ne vous en empêche, fit-elle contre son torse.

— Vous êtes redoutable… mais cela me plaît.

Ils restèrent un long moment enlacés, puis il s'écarta d'elle.

— Nous n'avons pas terminé, je crois, dit-il. Vous avez plusieurs fois exprimé vos préoccupations quant à ma… nature amoureuse.

Ses lèvres sensuelles esquissèrent un sourire, puis déposèrent un baiser sur sa main.

— N'hésitez pas à m'interroger. Il ne doit y avoir aucun secret entre nous, du moins rien qui vous incite à avoir des regrets plus tard. Saisissez votre chance, milady. Quand vous serez mienne, il n'y aura pas de retour en arrière possible.

La gorge nouée par l'émotion, elle croisa son regard et s'efforça de rester calme. Tant de questions se bousculaient dans sa tête !

— Vous avez évoqué votre départ.

Il reprit son sérieux.

— Oui, j'aurai besoin de partir de temps en temps.

— Pour longtemps ? s'enquit-elle, inquiète.

— Dans la mesure du possible, non.

— Vous reviendrez toujours à la maison, n'est-ce pas ?

— Toujours.

— Et vous partirez… souvent ?

— J'espère que non, répondit-il en lui caressant le bras.

Ce n'étaient guère les réponses qu'elle espérait. Hélas, elle ne pouvait exiger de lui un renoncement total. Ils devraient en parler plus en profondeur. Pour l'heure…

— Autre chose ? murmura-t-il.

— Vous avez eu de nombreuses maîtresses, souffla-t-elle d'une voix brisée.

— Effectivement.

Elle fut submergée par un élan de jalousie féroce. Elle n'avait jamais rien connu de tel. C'était bien de l'amour qu'elle ressentait, et non un simple béguin ou un désir purement charnel, même si le désir était bien présent.

Elle aimait Hugh et savait qu'il valait mieux ne pas évoquer ce sujet délicat. Malheureusement, son esprit rationnel ne pouvait en rester là.

— Comment pouvez-vous savoir que je vous suffirai ? demanda-t-elle. Je ne suis pas une femme très attirante. Je préfère les livres aux bals.

Il serra ses mains dans les siennes.

— J'ai vécu tant de choses que je sais à présent ce que je cherche, dit-il le plus sérieusement du monde. J'ai connu de nombreuses femmes, certes, mais aucune ne m'a donné envie de partager sa vie. Je n'avais pas envisagé d'élever des enfants... jusqu'à maintenant.

Daphné eut envie de graver ces paroles dans le marbre. Quelle douce mélodie à ses oreilles !

— Et vous ? demanda-t-il. Je pourrais vous retourner la question. Comment savez-vous que je corresponds à ce que vous souhaitez ? Vous n'avez aucune expérience des hommes ou de l'amour physique. Qu'est-ce qui vous porte à croire que je suis à même de vous satisfaire, de vous rendre heureuse ?

Ces arguments firent mouche. Tout n'était qu'une question de confiance... et d'amour.

— Je suis sûre de moi.

Hugh poussa un long soupir.

— Je suis soulagé que le comportement ignoble de Hastings ne vous ait pas dégoûtée des hommes.

Elle s'en réjouissait aussi.

— Si j'avais su plus tôt ce qu'il vous a infligé, vous n'auriez pu m'empêcher de le tuer, déclara-t-il avec gravité. Je suis loin d'en avoir terminé avec lui.

Sa mine implacable provoqua un frisson d'effroi chez la jeune femme.

— Vous avez froid ? s'enquit-il avec sollicitude.

— Je ne tremble pas de froid, mais à la pensée de ce à quoi Malcolm a échappé, aujourd'hui.

— Sa mort vous aurait-elle vraiment peinée ? s'étonna-t-il.

— Ce qui m'aurait peinée, c'est que vous soyez contraint de fuir le pays pour éviter une condamnation pour meurtre.

— Je vous aurais manqué, n'est-ce pas ? répliqua-t-il d'un air malicieux.

Lorsqu'elle voulut protester, il se mit à rire et enfouit le visage dans son cou pour humer son parfum.

— Je vous aurais manqué, persista-t-il en la dévorant de baisers. Et moi, je deviendrais fou sans vous...

Enivrée par cet aveu, elle le sentit glisser les doigts dans ses cheveux pour lever son visage vers lui.

— Daphné, j'ai envie de vous...

Le corps de la jeune femme s'embrasa.

— Ici ? Maintenant ?

18

Hugh n'assimila pas immédiatement les paroles qu'il venait d'entendre.

— Seigneur… vous êtes un miracle, souffla-t-il.

Le regard bleu de la jeune femme était voilé d'un désir aussi puissant que le sien.

— Je rêve de ce moment depuis l'instant où je vous ai aperçue ce soir, ma tentatrice…

Dès qu'il posa les lèvres sur le renflement de son sein bombé par le corset sous sa robe, elle frémit et se lova contre lui. Du bout de la langue, il traça la courbe de son sein pâle. Comme il l'avait imaginé durant le bal, ses tétons étaient tout juste dissimulés par le bord du décolleté.

Elle se cambra pour mieux s'offrir à la succion qu'il exerçait à travers la soie. Bientôt, elle ne put réprimer des plaintes rauques. Relevant la tête pour la contempler, il plongea dans son regard voilé.

— Vous êtes si belle…

Impatient, il glissa les pouces sous le tissu pour libérer les seins frémissants.

— Seigneur…

Il dénuda son torse en baissant la robe. Fasciné par ce spectacle, il plaça les mains sur ses côtes. Rejetant la tête en arrière, elle soupira et se cambra de plus belle. Il posa les lèvres dans la vallée de ses seins et ferma les yeux.

L'imagination de Hugh emplit son esprit d'images plus excitantes les unes que les autres : Daphné adossée aux rayonnages de livres, ses longues jambes fuselées enroulées autour de sa taille, tandis qu'il la pénétrait ; Daphné penchée sur le bureau, les jupons relevés jusqu'à la taille alors qu'il la tenait par les cheveux et...

Il remit la soie en place et fit lever la jeune femme.

— Venez...

Ses yeux bleus l'appelaient avec une telle force qu'il faillit la pénétrer sans attendre, sur le bureau, mais elle méritait des trésors de tendresse pour ce qui serait sa première fois.

Hugh la souleva, chancelante, dans ses bras.

— Qu'est-ce... ?

— Chut ! coupa-t-il. Ouvrez la porte.

D'abord étonnée, elle chercha la poignée à tâtons et obéit.

— C'est bien.

Il la porta dans le couloir et gravit vivement les marches vers la chambre de la jeune femme. Essoufflé, il la déposa à terre mais, au moment d'ouvrir la porte, hésita.

Le regard brillant de Daphné eut le don d'intensifier son érection palpitante.

— Elle n'est pas là, au moins ?

— Qui donc ?

— Votre mégère de femme de chambre.

— Elle vous fait peur ?

— Et comment ! Entrez la première. Je ne serais pas étonné que ce dragon soit tapi dans l'ombre, prêt à mordre.

Riant de son appréhension, la jeune femme disparut à l'intérieur. Hugh n'eut pas à patienter très longtemps.

— Rien à signaler, capitaine ! souffla Daphné. La voie est libre.

— Bravo, moussaillon !

Hugh prit toutefois soin de verrouiller la chambre. Lorsqu'il se tourna vers elle, elle affichait un sourire qu'il ne lui connaissait pas, à la fois taquin et sensuel.

— Qu'y a-t-il si drôle, milady ?

— Vous.

Il l'attira dans ses bras et la serra contre lui.

— Ah oui ? murmura-t-il contre sa tempe.

Il huma le parfum enivrant de ses cheveux, suscitant un gloussement un peu gêné.

— Que diraient les gens s'ils savaient que le redoutable Standish le Borgne craint une simple femme de chambre ?

Il déposa un chapelet de baisers brûlants dans son cou, puis sur sa joue.

— Je nierais farouchement !

Elle enroula les bras autour de son cou et l'attira vers elle pour l'embrasser. Il accepta cette exploration sensuelle sans broncher. L'hésitation de la jeune femme constituait l'expérience la plus sensuelle qui soit. Soudain, elle avança la langue à la rencontre de la sienne. Hugh réprima un grondement. Daphné s'enhardissait !

Au moment où, fou de désir, il allait la jeter sur le lit pour la prendre sans tarder, elle mit un terme au baiser.

Elle n'en avait pas terminé pour autant.

Du bout de la langue, elle traça le contour de ses lèvres, puis elle longea sa cicatrice en déposant un chapelet de baisers furtifs sur sa peau meurtrie. Sans qu'il s'en rende compte, elle détacha les cordons de son bandeau noir.

Lorsqu'il voulut le maintenir en place, elle le jeta au loin et prit son visage entre ses mains.

230

— Je vous veux tout entier.

Cette déclaration ne fit qu'attiser son désir. Il sentit son sexe durcir comme jamais. En sentant l'air sur son œil mutilé, il se trouva étrangement exposé, vulnérable. Mais très vite, il rendit les armes.

— Vous sentez si bon, souffla-t-elle en s'attardant sur sa tempe, à la naissance de ses cheveux. Je sens une touche de menthe et de fraîcheur que je ne parviens pas à identifier.

— Mon savon à barbe contient de la bergamote. C'est Kemal qui me le prépare pour éloigner les mauvais esprits. Si ce parfum vous plaît, je veux bien prendre des bains de bergamote !

Elle entreprit de lui masser les épaules et le cou, en l'attirant vers lui. Serrant les dents, il s'écarta et se redressa lentement.

— Hugh ?

— Je me fais vieux, chérie. Fais attention de ne pas me briser.

Elle rit et saisit quelques coussins qu'elle empila. Déterminé à la taquiner, il déclara :

— Daphné, allonge-toi.

Elle obéit sans discuter.

Hugh recula d'un pas pour mieux contempler le spectacle de cette beauté, les jambes pudiquement repliées, le corps moulé par la robe en soie. Elle riva les yeux sur lui, les lèvres écarlates.

— Au fait, où sont tes lunettes ? demanda-t-il.

— Peu importe, je vois clair.

— Tu ne t'en sépares jamais... Tu ne les as pas portées de toute la soirée. Pourquoi ?

Contrariée, elle fronça les sourcils.

— Où est le problème ?

— Pourquoi ne portes-tu pas tes lunettes ? insista-t-il.

— D'après Rowena, les hommes trouvent qu'elles enlaidissent les femmes.

— Cette femme de chambre est décidément une idiote ! Où sont-elles ?

Il se tourna vers la table de chevet et tendit la main vers le tiroir. Aussitôt, Daphné tenta de l'en empêcher.

— Non ! Attends !

Trop tard. Il trouva les lunettes à côté de *Fanny Hill, mémoires d'une fille de joie*. Hugh feuilleta le livre et constata qu'il s'agissait d'un ouvrage provenant de sa bibliothèque.

— Ce n'est pas ce que tu crois, bredouilla-t-elle.

— Ah non ? railla-t-il. Et qu'est-ce que je crois, d'après toi ?

— Je ne te l'ai pas dérobé. Je comptais le remettre à sa place...

Hugh s'esclaffa.

— Crois-moi, ma chérie, ce n'est pas ce que j'avais en tête.

Il referma le livre et prit les lunettes, dont les verres étaient particulièrement épais. Probablement ne voyait-elle pas grand-chose sans elles.

— Mets-les, ordonna-t-il.

Elle obéit de mauvaise grâce, sans doute pour détourner son attention du roman érotique qu'elle lui avait chipé. Attendri, il se promit de revenir sur le sujet plus tard.

— Es-tu toujours aussi autoritaire ? lui demanda-t-elle.

— Toujours. Autant t'y habituer, car je serai bientôt ton seigneur et maître.

— Il est encore temps pour moi de changer d'avis.

Hugh admirait tout en elle, de son regard de myope à son corps de rêve et son caractère bien trempé.

— Non, rétorqua-t-il.

Elle ôta ses lunettes et croisa rageusement les bras. Cette rébellion le fit sourire.

— Allons, Daphné, remets-les. Je voudrais te montrer quelque chose.

Il s'installa dans un fauteuil face au lit, déterminé à obtenir gain de cause. Au bout d'un moment, elle rendit les armes.

— C'est bien, se moqua-t-il.

Un peu butée, elle croisa les bras de plus belle.

— Très bien, qu'as-tu à me montrer, *milord* ?

Lorsqu'il tendit les jambes pour ôter ses souliers, Hugh vit la jeune femme retenir son souffle. Il prit le temps de faire rouler ses bas sur ses mollets, sans quitter Daphné des yeux. Captivée, elle se redressa pour mieux l'observer. La lueur des chandelles se reflétait sur les verres de ses lunettes, de sorte qu'il ne pouvait lire son regard.

— Je me déshabille, annonça-t-il. Dans la bonne société, on se dénude chacun de son côté ou, mieux, dans le noir.

Il sourit et se leva pour se débarrasser de sa veste, puis il s'interrompit.

— J'aurais dû te poser la question : veux-tu me regarder, ou préfères-tu que je le fasse dans l'obscurité ?

— Je veux te regarder, admit-elle, la gorge nouée par l'émotion.

Hugh sentit son sexe durcir. Il enleva sa cravate en posant son épingle ornée d'une émeraude sur une table, avant de lancer la pièce de soie sur le fauteuil.

Fascinée, Daphné ne quittait pas ses doigts agiles des yeux. Il déboutonna son gilet et l'ôta, puis sa chemise.

Levant les bras, il fit passer la chemise par-dessus sa tête. Il s'attendait à ce qu'elle observe son torse et ses épaules balafrés, mais elle resta concentrée sur le tissu tendu de sa culotte, envoûtée par son érection flagrante.

— N'oublie pas de respirer, chérie, dit-il avec un sourire.

Enfin, elle leva les yeux. Hugh prenait son temps, car il ignorait si elle avait déjà vu un homme nu et ne voulait pas l'effrayer. À chaque vêtement effeuillé, la tension montait d'un cran dans la pièce.

Lorsqu'il effleura son propre torse, elle suivit le trajet de ses doigts tel un chat traquant une proie. Il glissa lentement la main sur son ventre, puis l'insinua sous le satin. Il se caressa le ventre de gauche à droite, savourant le regard avide de Daphné et son souffle court. Il détacha les fermoirs de sa culotte et prit le temps de déplacer son membre sur le côté. Ce geste eut l'effet escompté sur la jeune femme, qui haletait de désir.

Hugh s'attarda longuement sur chaque bouton. Daphné était penchée au bord du lit, au risque de tomber par terre. Quant à lui, il était sur le point d'exploser. Il baissa le vêtement et se redressa.

Immobile, Daphné avait les yeux rivés sur le membre dressé. En voyant ses lèvres s'entrouvrir, il sentit son sexe frémir.

— Comment est-ce possible ?

Il renonça à la taquiner, car elle tendait la main vers lui. Son sexe prit le contrôle de son corps et l'entraîna pratiquement vers la jeune femme.

Une main douce et fraîche enserra le membre palpitant. Hugh réprima un râle. Elle affichait l'expression captivée qu'elle réservait d'ordinaire à la lecture d'un ouvrage de philosophie.

— C'est bien ?

Hugh retrouva l'usage de la parole.

— « Bien » est un euphémisme, souffla-t-il d'une voix rauque.

Elle entama un mouvement de haut en bas, pleine d'assurance, un sourire aux lèvres.

— Tu aimes ça.

Ce n'était pas une question. Resserrant son emprise, elle couvrit le gland soyeux.

234

— Oh... Daphné... gémit-il, au bord de l'explosion.

Il prit la main de la jeune femme et l'écarta au prix d'un gros effort. Face à l'étonnement de Daphné, il afficha un sourire tendu.

— Il y a un moment que je n'ai pas... connu une femme. Et ma queue est trop sensible.

Ce terme un peu cru la fit tiquer. Hugh dut se rappeler qu'il avait affaire à une dame de la haute société. Doucement, il la fit se lever.

— Je m'en voudrais si nos ébats se terminaient... trop vite.

Elle était visiblement confuse, ce qui ne faisait qu'ajouter à son charme.

— De plus, ajouta-t-il, c'est mon tour.

— Ton tour ?

— Eh bien, oui. Tu m'as regardé, tu m'as touché. À mon tour de te voir et te toucher. Veux-tu te déshabiller pour moi, ou préfères-tu que je t'aide ?

Les deux solutions l'excitaient tout autant.

— Déshabille-moi, répondit-elle.

Ivre de désir, Hugh l'attira vers lui et la fit pivoter, tremblant de la tête aux pieds. Daphné baissa la tête pour lui donner accès à la robe. Il l'embrassa sur la nuque et traça un sillon brûlant le long de son cou. Il voulait effacer les traces de l'agression de Hastings. Bientôt, il dut arrêter à cause des pulsions saccadées de son membre.

Savourant sa peau légèrement salée, il entreprit de dégrafer des boutons qui n'étaient pas conçus pour d'aussi grandes mains. Elle frémit au moindre frôlement, cherchant son contact. Le frottement de sa verge contre la soie de la robe était irrésistible. Réprimant l'envie de lui arracher cette maudite robe, il dégrafa l'ultime bouton et vit la robe glisser, sans chuter. Oubliant le vêtement, il s'intéressa à ses cheveux, qui tombèrent bientôt en cascade de boucles blondes sur sa taille.

Daphné, debout, serra sa robe contre ses seins. Hugh lui prit les mains et regarda la robe tomber à terre. Réprimant une plainte, elle releva fièrement la tête pour se soumettre à son inspection. Il l'admira à loisir. Elle était svelte, avec une taille de guêpe et des hanches généreuses, sur des jambes fuselées. Elle portait une camisole et un corset d'un ton poudré, et ses jarretières étaient ornées de boutons de rose.

Hugh l'enlaça et chercha les cordons du corset, dont il libéra les premiers œillets. Au lieu de les défaire, il serra les cordons encore plus fort. Elle en eut presque le souffle coupé et ses seins remontèrent soudain. Hugh admira son œuvre. La peau laiteuse débordait du corset, les mamelons durcis telles de petites pierres roses.

— Bon sang...

En la voyant frissonner, il se rendit compte qu'il avait parlé à voix haute. Il avait l'impression d'avoir reçu un mât en pleine tête. Il se pencha pour prendre un mamelon entre ses lèvres et le titiller de ses dents. Elle gémit et se cambra pour mieux s'offrir. Encouragé, il accentua ses succions avant de réserver les mêmes attentions à l'autre sein.

Il se hâta de la libérer enfin du corset, qui glissa le long de ses hanches. Elle sortit du cercle formé par ses sous-vêtements sur le tapis, ne gardant que sa camisole, humide des baisers de Hugh.

— Seigneur... souffla-t-il, la gorge nouée par l'émotion.

D'instinct, elle voulut se couvrir pour se protéger de son regard. Il prit ses mains dans les siennes.

— Allons, chérie, ce n'est pas juste...

Il la contempla encore, en proie à un dilemme sensuel : nue ou pas ?

Elle tourna la tête de côté, exposant un cou empourpré.

— Daphné.

Pas de réaction.

Il fit le tour de la jeune femme pour l'admirer sous tous les angles : allait-il lui laisser sa camisole et ses bas afin de les lui enlever lentement ?

Il sourit et enfouit le visage dans ses cheveux.

— Tu n'aimes pas que je te regarde ? s'enquit-il.

Faute de réponse, il se posta derrière elle et se plaqua contre la fine camisole.

— Tu sens à quel point tu m'excites ? souffla-t-il dans sa crinière, en lui caressant le torse et en frottant son sexe durci au creux de ses reins.

Elle ne dit pas un mot, mais il la sentit hocher imperceptiblement la tête.

La main de Hugh s'aventura plus bas, entre ses cuisses, tandis que son autre bras l'enserrait par la taille. Le contact des fesses de la jeune femme contre ses cuisses était enivrant.

Daphné se frotta de plus belle contre son érection pour le provoquer jusqu'à lui faire perdre tout contrôle.

— Quelle douce torture, mon amour ! Tu vas trop vite, et j'aime attendre mon plaisir.

Sur ces mots, il la souleva dans ses bras et alla la déposer sur le lit. Sans la quitter des yeux, il s'insinua entre ses cuisses en se penchant pour s'emparer de sa bouche. Elle répondit avec la même fougue en caressant les muscles saillants de son dos, puis ses fesses.

Dans un recoin de son esprit, Hugh se rappela que si Daphné avait deux enfants et avait lu certains passages de *Fanny Hill*, elle n'avait jamais fait l'amour. Enivré par ses caresses, il éprouva le besoin de ralentir pour ne pas la brusquer.

Lorsqu'il s'écarta, elle protesta et voulut le retenir. Il rit doucement et la rallongea sur le lit, puis il s'appuya sur un avant-bras à côté d'elle. Elle avait les paupières lourdes, le regard voilé. À la bonne heure ! Elle avait envie de lui.

De ses doigts agiles, il traça le contour d'un mamelon à travers le fin tissu de la camisole qui la moulait comme une seconde peau. Il poursuivit ses caresses en descendant peu à peu vers son ventre, son nombril, qu'il explora de son index. La jeune femme étouffa un rire.

— Tu es chatouilleuse...

Il garda cet élément en mémoire pour une prochaine fois et glissa la main vers sa toison tout en lui mordillant le lobe d'une oreille. Il s'insinua entre ses cuisses nacrées et la caressa encore, jusqu'à ce qu'elle se cambre vers sa paume.

Hugh sourit de ce désir exprimé et s'enhardit à enfouir un doigt dans les plis humides de sa féminité. Elle fut secouée d'un spasme qui incita Hugh à s'aventurer plus loin. Il titilla doucement son bouton de rose en intensifiant le rythme de son va-et-vient. Il n'eut pas à patienter longtemps pour sentir qu'elle était prête à l'accueillir. Il enfouit un autre doigt en elle. Elle ondula de plus belle.

— Tu es mouillée... si douce et si étroite...

Ces quelques mots la firent trembler de la tête aux pieds.

Hugh sentit les muscles de la jeune femme se crisper autour de ses doigts, en proie à des spasmes d'extase. Dès la première onde de plaisir, elle ferma les yeux pour mieux savourer ces sensations magiques. À chaque vague, elle tournait la tête d'un côté et de l'autre, le front emperlé de sueur, la peau irisée.

Ensuite, il caressa son ventre frémissant.

— Daphné, souffla-t-il dès qu'elle rouvrit les yeux. Si je ne te prends pas sans tarder, je vais devenir fou...

Il l'embrassa dans le cou et sourit quand elle prononça les mots qu'il brûlait d'entendre :

— Oui, viens...

Elle écarta les cuisses.

— Je veux sentir ta peau, murmura-t-il. Lève-toi que je puisse t'ôter cette camisole...

Il lui laissa ses bas, un spectacle si excitant qu'il faillit jouir en se penchant sur elle.

— Prends-moi dans ta main et guide-moi en toi.

Elle obéit sans se faire prier et enroula les doigts autour de la verge palpitante pour entamer un mouvement de va-et-vient.

— Ma chérie, gémit-il en frissonnant. Tu es cruelle...

Elle rit et plaça le gland luisant entre ses cuisses. Lorsqu'il la pénétra, elle retint son souffle.

Hugh crispa les doigts sur le drap et s'enfonça en elle pour entamer des coups de reins sensuels.

— Tu me vas comme un gant, un gant bien serré et humide... Je te fais mal, mon amour ?

Sa voix tremblait, tant il était sur le point de s'abandonner pour ne songer qu'à son plaisir.

— C'est... étrange... mais très agréable.

Il ne se fit pas prier pour la pénétrer le plus loin possible et demeura un long moment ainsi, à savourer son sentiment de possession, de plus en plus excité.

— C'est toujours agréable, Daphné ?

Elle hocha la tête, les yeux écarquillés.

— Je te veux, Hugh. Je veux te donner autant de plaisir que tu m'en donnes.

Soutenant son regard, il se retira presque pour mieux la pénétrer d'un coup de reins vigoureux. Elle battit des paupières, les yeux révulsés.

— Caresse-moi, Daphné, pendant que je te caresse aussi.

Une fois encore, il se retira et s'enfonça avec force. Les mains de la jeune femme explorèrent son torse, ses fesses. Il accentua ses coups de boutoir frénétiques.

Au moment où il allait basculer dans le précipice de l'extase, elle effleura son mamelon de ses lèvres. Il retint son souffle et la laboura de plus belle. Elle se cambra vers lui et, cette fois, il rendit les armes.

— Je veux te voir jouir, souffla-t-il d'une voix brisée.

Elle lui mordit le torse. Hugh rejeta la tête en arrière et poussa un cri, avant de se déverser en elle tel un geyser.

Pendant un long moment, seuls leurs halètements rompirent le silence.

— Mon amour, murmura-t-il enfin en roulant sur le côté.

Il l'entraîna avec lui et posa une jambe sur sa hanche. Lorsqu'il écarta ses boucles blondes de son visage, il retint son souffle.

— Chérie ! Ton cou... tu as mal ?

Elle afficha le sourire langoureux d'une femme repue.

— J'avais oublié. Je crois que les traces sont plus spectaculaires que douloureuses. Tu l'as interrompu rapidement.

— Pas assez, répliqua Hugh. Je déteste voir ces ecchymoses sur ta peau.

Elle effleura du doigt les cicatrices de ses épaules et son torse, tout en soutenant son regard.

— Je te comprends.

Il l'embrassa sur le nez, puis détourna la conversation :

— J'espère ne pas avoir été trop brutal.

— Pas le moins du monde, milord, répondit-elle en étouffant un bâillement. Pardon... je ne sais pas ce qui me prend.

Hugh l'enlaça et la serra contre lui.

— C'est ma faute, chérie.

Elle rit et se lova contre lui.

— Tu ferais mieux de dormir, chuchota-t-il, parce que je vais certainement revenir en toi avant la fin de cette nuit.

Daphné voulut lui répondre, mais elle sombra dans un profond sommeil.

Lorsqu'elle rouvrit les yeux, Hugh l'observait, un sourire au coin des lèvres, une main caressante entre ses cuisses.

— Je commençais à me demander si tu allais te réveiller, dit-il en glissant un doigt dans ses replis encore moites.

— Mmm... gémit-elle en ondulant les hanches au rythme de ses caresses. Quelle heure est-il ?

— L'heure de ta leçon suivante, murmura Hugh en s'écartant d'elle.

Elle s'efforça d'émerger de sa torpeur et se dressa sur les avant-bras pendant qu'il se nichait entre ses jambes, le visage à quelques centimètres des replis qu'il savait humides et enflés de désir.

— Qu'est-ce que tu fais ?

Il lui écarta les cuisses.

— Quelque chose que j'ai envie de faire depuis long-temps, avoua-t-il, captivé par le spectacle.

— Toi aussi, tu as des rêves de cette nature ? s'étonna-t-elle.

Il se mit à rire.

— Tu n'imagines pas tout ce dont je rêve, Daphné, mais je te raconterai mes fantasmes au fil du temps.

Il effleura de ses lèvres la peau nacrée du haut de sa cuisse. Très lentement, les doigts agiles caressèrent son sexe humide tandis qu'elle se cambrait pour l'inviter à intensifier ses mouvements.

Soudain, il s'arrêta pour écarter délicatement ses grandes lèvres comme il aurait ouvert les pétales d'une fleur. Daphné ne s'était jamais sentie aussi vulnérable. Son regard, qui en disait long sur ses intentions, la fit trembler d'impatience.

— Tu es trempée, s'émerveilla-t-il.

Il donna quelques coups de langue furtifs à son bouton de rose. Elle sursauta.

— Regarde-moi te donner du plaisir, ordonna-t-il.

La voyant hocher la tête, il s'empara de son sexe à pleine bouche et s'activa de sa langue sensuelle.

— Oh… gémit-elle en rejetant la tête en arrière.

Il la maintenait immobile de ses mains pour mieux savourer la partie la plus sensible de son être. Chaque fois qu'elle montait vers l'extase, il s'interrompait pour reprendre sa douce torture.

Désireuse d'en finir, elle se cambra violemment. Il relâcha sa pression sur ses cuisses. À la fois intimidée et curieuse, elle regarda les muscles saillants de son dos, sa crinière blonde entre ses jambes. Il avait la langue chaude et, bientôt, ses doigts déclenchèrent la première vague de plaisir. Elle s'abandonna aux spasmes qui la parcoururent tout entière et la laissèrent pantelante. Les paupières mi-closes, elle le vit se redresser, son sexe tendu fièrement.

Tel un guerrier de l'Antiquité, il la dominait de sa hauteur, son corps superbe criblé des témoignages de ses combats. Il repoussa ses boucles blondes et moites de sueur de son front, faisant saillir sa musculature. Daphné avait toujours été consciente des convenances. Elle aurait dû avoir honte de sa conduite. Or elle ne ressentait qu'un appétit insatiable : elle en voulait encore.

En la voyant écarter les cuisses, il esquissa un sourire diabolique.

— C'est bien, commenta-t-il d'une voix rauque.

Sans attendre, il la pénétra d'un coup de reins.

— Hugh ? gémit-elle.

— Oui, mon amour ? répondit-il en glissant ses grandes mains sur ses fesses.

— Je… Je veux…

— C'est ça que tu veux ? demanda-t-il en plongeant en elle avec vigueur, le plus profondément possible.

Elle émit un râle et l'attira en elle pour mieux le posséder. Il frémit si violemment qu'il dut s'agripper à elle pour intensifier ses coups de boutoir. Ses muscles tendus étaient durs comme du marbre.

— Tu es si belle... hoqueta-t-il.

Elle serra les jambes autour de sa taille, les mains plaquées sur ses fesses, et perçut les premiers signes de l'extase qui montait. Il prononça des paroles inintelligibles et se raidit soudain pour se déverser en elle.

Dans la torpeur qui suivit, il s'allongea à côté d'elle, repu.

— C'était...

Hugh se mit à rire.

— Oui, c'était... confirma-t-il.

— Je suis...

— Quoi ?

Il lui caressa les cheveux. En souriant, elle se lova contre lui.

Elle lutta quelques instants contre le sommeil, mais elle était épuisée.

— Je vais fermer les yeux quelques minutes, marmonna-t-elle.

— Repose-toi, chérie, répondit-il en l'embrassant sur les lèvres.

19

Daphné se réveilla aux premières lueurs de l'aube, le regard flou et le cou meurtri. En tendant les bras pour s'étirer, elle se rendit compte qu'elle était entièrement nue. Soudain, des souvenirs de la nuit surgirent avec une précision époustouflante. Elle saisit l'oreiller qui portait encore l'empreinte de Hugh et y enfouit le visage. Il sentait la bergamote.

Elle n'avait donc pas rêvé !

À l'âge canonique de vingt-huit ans, elle avait enfin fait l'amour... trois fois, un tournant dans son existence. Elle bâilla longuement. Elle n'avait rien de particulier à faire, ce jour-là. Serrant l'oreiller contre elle, elle se laissa sombrer peu à peu dans le sommeil.

Soudain, elle se redressa d'un bond.

Rowena !

Elle se tourna vers l'horloge. Huit heures dix. Elle se leva et enfila vivement le peignoir que sa femme de chambre avait sorti à son intention, en prenant soin de le boutonner jusqu'en haut.

Sa robe et ses dessous étaient pliés sur le dossier d'un fauteuil, celui où Hugh avait remisé ses propres effets après son effeuillage. Daphné ferma les yeux et porta les mains à ses joues. Quelle nuit ! Elle s'était montrée impudique, voire dévergondée. Ce qu'elle avait fait était...

— Que s'est-il passé ?

En rouvrant les yeux, elle trouva Rowena sur le seuil de sa chambre.

L'espace d'un instant, la jeune femme crut que sa domestique faisait allusion à ses ébats nocturnes avec Hugh. Puis elle comprit que Rowena était horrifiée par les traces bleues sur son cou.

Daphné mit presque une heure à persuader Rowena qu'elle allait bien. Après qu'elle lui eut parlé de la lettre du défunt comte et des aveux qu'elle avait faits à Ramsay, la domestique avait semblé affolée. Si elle avait accepté de quitter la chambre, c'était uniquement pour aller chercher de quoi dissimuler les vilaines ecchymoses.

Après son départ, la jeune femme s'immergea dans un bain, espérant être prête à temps pour se joindre à Hugh dans la salle à manger. À la pensée de le revoir, elle rougit de plaisir et de gêne à la fois. Elle voyait son propre corps d'un œil nouveau. Elle qui s'était toujours trouvée trop grande, anguleuse, maigre, se considérait enfin comme une femme désirable. La nuit qu'ils venaient de partager avait été magique à bien des égards.

Hélas, la situation était loin d'être idéale. Leur union provoquerait un scandale et Hugh devrait parfois reprendre la mer, une vie périlleuse qui l'éloignerait d'elle. Cependant, ces préoccupations étaient secondaires, pour l'instant. Elle ferma les yeux et s'accorda un moment de détente pour savourer son nouveau bonheur.

En revenant dans sa chambre, elle trouva une de ses toilettes neuves, une tenue de promenade jaune.

— Je sors, aujourd'hui ? demanda-t-elle en s'asseyant devant sa coiffeuse.

— Vous avez promis à Lucien et Richard de les emmener au parc. Ils sont impatients de jouer avec cette chose que lord Ramsay leur a offerte. Ils ont déjà brisé une vitre de la salle d'étude en s'amusant à l'intérieur. J'ai sélectionné cette tenue, car son col très haut dissimulera vos marques.

Daphné hocha distraitement la tête. Elle pensait à Hugh. Les rejoindrait-il au parc ? Il avait déniché ce jouet insolite, qui avait tout d'une arme, au cours de ses pérégrinations à travers le monde. En Australie, pensait-elle.

En observant la tenue jaune de plus près, elle se rendit compte qu'elle était flatteuse, avec ses trois rangées de volants, sa coupe étroite, son spencer en velours laissant entrevoir le décolleté. En dépit du peu d'intérêt qu'elle accordait à la mode, Daphné ne put s'empêcher d'apprécier ce modèle.

Elle s'impatienta tandis que Rowena la coiffait et lui passait ses bijoux en perles. La jeune femme voulut refuser ces fioritures, mais son reflet dans la glace lui plut. Songeant à la réaction de Hugh, elle se leva.

— Milady ?

Comme de coutume, Rowena tendit la main pour lui prendre ses lunettes.

— Je les garde, annonça la jeune femme, se moquant de la réprobation de sa domestique.

Pourquoi voir flou et se cogner aux meubles puisque le seul être dont l'opinion comptait à ses yeux aimait la voir porter ses lunettes... et rien d'autre.

Sur un petit nuage, Daphné se précipita dans le couloir.

La salle à manger était déserte. Alors qu'elle allait sonner un domestique pour lui demander si lord Ramsay était là, deux valets se présentèrent. L'un portait une cafetière, l'autre une lettre.

— Lord Ramsay m'a ordonné d'attendre que vous descendiez pour vous remettre ceci, milady.

Elle se força à boire une gorgée de café et commanda deux tranches de pain grillé. Elle attendit que les valets soient sortis pour déchirer l'enveloppe.

Ma sublime amante,
J'ai eu toutes les peines du monde à te quitter, ce matin, à m'arracher de ton corps doux et chaud. Seule la perspective de t'avoir dans mon lit et dans mes bras chaque nuit m'a permis de me lever. Je m'en vais chercher une licence de mariage. Je ne serai rassuré que lorsque tu seras officiellement ma femme. Je t'imagine rougissante au souvenir de nos ébats...
Bien à toi,
Hugh

Ce n'était pas la plus longue des lettres d'amour, mais Hugh voulait l'épouser sans tarder, ce qui en disait assez sur ses sentiments.

Il était plus de midi quand Daphné, les enfants et Rowena quittèrent Davenport House, munis du fameux boomerang. Ils prirent la voiture pour gagner le parc sous un ciel couvert.

De peur que les enfants ne blessent les passants avec leur étrange instrument, Daphné ordonna au cocher de les déposer dans une partie moins fréquentée de Hyde Park.

Elle emmena l'un des deux valets et renvoya l'autre.

— Nous n'en avons pas pour longtemps, dit-elle au cocher. Revenez nous chercher dans trois quarts d'heure.

Ils marchèrent quelques instants à travers bois, puis les deux femmes s'installèrent sur une couverture pendant que le valet menait les garçons vers une clairière.

— Ne vous lancez pas ce boomerang comme une balle, surtout. Jouez chacun votre tour ! leur recommanda Daphné.

Rowena sortit une veste appartenant à l'un des deux garnements et entreprit de raccommoder un coude déchiré. Daphné s'adossa à un tronc d'arbre et ouvrit le *Traité des couleurs,* de Goethe, qu'elle avait acheté à la librairie Hatchards. Elle lut en guettant distraitement un cri de douleur ou une dispute entre frères.

Au bout d'un moment, un hurlement de colère parvint aux deux femmes.

Rowena fronça les sourcils.

— Mon Dieu ! J'ai l'impression qu'ils ont heurté un promeneur avec leur engin.

Elle posa son ouvrage, mais Daphné la retint.

— Ne vous dérangez pas, dit-elle en se levant. Je vais voir ce qu'ils fabriquent.

En émergeant du bosquet, elle vit Richard courir en direction de l'autre extrémité de la clairière. Lucien était invisible, de même que le valet.

— Richard ! s'écria la jeune femme. Dis à ton frère de ramasser son jouet et revenez immédiatement !

Soit il ne l'entendit pas, soit il ne lui prêta aucune attention, car il disparut dans les sous-bois.

— Petits monstres désobéissants, maugréa-t-elle en accélérant le pas.

Sa progression n'était pas facile à cause de l'étroitesse de sa robe. De plus, il faisait de plus en plus chaud. À proximité du bois, elle perçut un cri d'enfant, suivi d'éclats de voix adultes. Sans se soucier de sa robe, Daphné se mit à courir et arriva juste à temps pour voir un homme trapu s'emparer de Richard. Un autre s'efforçait de maîtriser un Lucien agité et hurlant vers une voiture un peu délabrée. Quant au valet, il gisait à terre, inerte.

— Arrêtez ! cria-t-elle. Lâchez-le immédiatement !

Elle se jeta sur le premier agresseur, qui tenait Richard.

— Lâchez-le !

— C'est elle ! lança son complice. Attrape-la !

Il se mit à hurler de douleur, car Lucien venait de lui mordre le bras. De sa main libre, il frappa l'enfant si fort qu'il le projeta au loin.

— Sale brute ! s'écria Daphné.

Elle agrippa Richard par le bras et se précipita à la rescousse de Lucien. Au bout de quelques pas, elle sentit une main de fer l'attraper par le cou.

— Attendez une minute, ma p'tite dame ! On ne vous veut pas de mal, à vous ou aux gosses. Calmez-vous, ma belle !

Il l'attira vers lui alors qu'elle se débattait comme une diablesse. Richard ne ménageait pas ses efforts, de sorte que l'homme eut du mal à plaquer Daphné contre lui. Celle-ci était déterminée à lui échapper et le martelait de ses poings rageurs. Il lui enserra le cou si fort qu'elle redouta qu'il ne lui brise la nuque. Puis un cri rauque leur parvint. Ils se figèrent.

L'agresseur de Lucien avait les mains crispées sur son entrejambe. L'enfant l'avait sans doute frappé avec son boomerang, qu'il tenait à la main en courant vers sa mère et son frère.

Le malfrat n'ayant que deux bras, Lucien put lui assener des coups de boomerang dans le dos. Puis il visa les parties intimes. Aussitôt, la brute relâcha Richard pour tenter de maîtriser l'aîné.

— Va-t'en, Richard ! lui cria sa mère d'une voix stridente.

Il détala tel un lapin. En pivotant malgré l'emprise de son agresseur, elle vit que Lucien donnait des coups de pied au malfrat qui avait réussi à s'emparer du boomerang.

— Lucien ! Va chercher Rowena !

L'homme repoussa violemment le garçon.

Rowena émergea des sous-bois, abasourdie. Un bras autour de son cou, Daphné n'était plus en mesure de crier pour mettre sa domestique en garde.

L'autre voyou interpella son complice :

— On s'en va, Sidney ! Amène juste la mère. Il a dit que c'était elle qui valait le plus d'oseille !

L'homme entraîna sa captive.

— Non ! lança une voix derrière eux.

Quelques secondes plus tard, l'homme qui tenait Daphné chancela et grommela avant de se retourner, resserrant son emprise au point que la jeune femme eut les yeux exorbités.

— Aïe ! Arrête un peu !

Il semblait plus perplexe que fâché.

— Lâchez-la ! hurla Rowena en lui donnant des coups de bâton.

— Fiche le camp, vieille bique !

Il se remit en marche sans plus se soucier de la domestique. Daphné entendit des bruits de pas, mais elle était trop occupée à essayer de respirer. Il y eut un silence, puis l'homme hurla. Le bâton de Rowena avait fait mouche.

Ce hurlement fut suivi d'un craquement sinistre, puis du bruit sourd d'un poids heurtant le sol. Daphné ne vit plus que le ciel. Elle peinait tant à respirer qu'elle sentit le noir menacer de l'envelopper. Alors qu'elle allait perdre connaissance, un tissu épais – une cape en laine, peut-être – lui couvrit la tête. Des bras la soulevèrent et la jetèrent sur une surface rembourrée. Une portière claqua. Dès que la voiture s'ébranla, elle palpa le bord du siège avant de chuter sur la tête.

— Maman ! Maman ! entendit-elle, avant d'être engloutie par les ténèbres.

20

Hugh confia les rênes de Pacha à son palefrenier.

— Je n'aurai plus besoin de lui aujourd'hui, Wilkins.

Avec un peu de chance, Daphné n'aurait rien de prévu pour la soirée et ils pourraient dîner en amoureux. Il sourit à cette perspective. Et s'ils se dispensaient de repas pour passer directement aux choses sérieuses ? Il gravit les marches du perron quatre à quatre et remit son chapeau et ses gants au valet.

— Lady Davenport est là ?

— Non, milord. Elle a emmené les deux garçons au parc et ils ne sont pas encore rentrés.

— Dites-lui que je l'attends dans la bibliothèque.

Une fois seul, il sortit la licence de mariage et la posa sur le bureau en songeant à ce qu'il avait accompli dans la matinée. Après la soirée de la veille, il appréhendait d'affronter lady Letitia. Contre toute attente, leur entrevue s'était bien déroulée.

La vieille dame l'avait reçu dans ses appartements. Comme elle ne portait pas son sempiternel turban, il avait discerné ses cheveux blancs et duveteux sous une capeline. Son regard était vif comme l'éclair.

— Serais-tu venu m'expliquer pourquoi tu as filé en douce, hier soir ?

Il lui prit la main et s'inclina avant de prendre place sur une chaise, à son côté.

— Je vous remercie de me recevoir à cette heure indue, ma tante. Je souhaite vous présenter mes excuses.

— Tu mens très bien, railla-t-elle avec un rictus amer. En réalité, tu vas m'annoncer que tu comptes épouser la veuve de Thomas.

Hugh s'esclaffa malgré lui.

— Votre franchise n'a d'égale que votre perspicacité, ma tante.

— Profite bien de mon honnêteté, mon garçon. La plupart de tes connaissances ne te feront pas cette grâce. Certes, les quolibets ne te toucheront guère. Mais qu'en est-il de Daphné ?

— Elle n'a que faire des ragots de la société londonienne. Je crois qu'elle a eu son compte de mondanités.

— Dit-elle...

— Elle est intelligente et sait ce qu'elle veut.

Lady Letitia émit un grommellement sceptique.

— Tu devras la protéger et t'occuper de ses enfants. Tu as quitté l'Angleterre il y a presque vingt ans. Qu'est-ce qui te porte à croire que tu t'y sentiras bien aujourd'hui ?

Hugh refusait de mordre à l'hameçon.

— Je ne vous demande pas votre bénédiction ou votre approbation. C'est une visite de courtoisie.

Ce fut au tour de la vieille dame de s'esclaffer.

— Regardez-moi ce capitaine ! Quel arrogant ! Baisse d'un ton, mon garçon. Inutile de prendre tes grands airs avec moi. Ne t'inquiète pas, je continuerai à vous inviter, tous les deux. À quoi bon avoir de l'argent et un statut social si on ne peut pas fixer ses propres règles ?

Il était abasourdi par la réaction de sa tante à l'annonce de son mariage avec la veuve de son frère. Il s'efforça de le cacher, en vain.

— Tu gobes les mouches, mon garçon !

Hugh rit et se leva, mais la vieille dame n'en avait pas terminé.

— Dès que j'ai posé le regard sur ces garnements, j'ai compris qu'ils n'étaient pas de Thomas. Leurs beaux yeux sont le seul trait qu'ils tiennent de leur véritable aïeul, Caleb Hastings.

— Vous connaissiez le grand-père de Hastings ? s'étonna Hugh un peu bêtement.

— Naturellement, imbécile ! Très bien. Trop bien, même. L'âge de Caleb le situait entre Thomas et moi et j'étais proche de sa première femme, une fille adorable. Il l'a poussée au suicide aussi sûrement que s'il l'avait tuée de ses mains. Ses deux fils ressemblent à leur père, hélas. Daphné et sa mère ont dû endurer bien des malheurs quand elles vivaient sous le toit de Walter Hastings. La situation a certainement empiré quand Malcolm a hérité de Whitton Park. Tel père, tel fils. J'ai toujours été persuadée que Thomas avait sauvé cette malheureuse.

Lady Letitia foudroya Hugh du regard.

— C'est l'une des décisions les plus raisonnables que mon pauvre frère ait prises. Il ne fallait pas que ton cousin John soit le prochain comte de Davenport. Ce qui aurait pu arriver à cause de toi, scélérat !

Hugh s'empourpra, mais ne dit rien.

— J'aurais préféré voir le comté revenir à quelque sauvage illettré plutôt qu'à John, qui aurait tout dilapidé, affirma-t-elle, une lueur de défi dans ses yeux gris, comme si Hugh risquait de la juger pour avoir approuvé le mensonge de son frère défunt. Tu ne changeras rien à cette situation.

— Lucien Redvers est le comte de Davenport, et quiconque affirmera le contraire aura affaire à moi.

Sa tante parut apaisée.

— Tu as ma bénédiction pour ce mariage. Vous serez mis à l'écart pendant un bon moment. Si cette maudite guerre ne s'éternise pas, vous pourriez passer quelques années à Paris. Hélas, le petit Corse rend la chose impossible.

Elle fulmina en évoquant Napoléon Ier. Hugh se mit à rire. Aux yeux de sa tante, la guerre qui déchirait l'Europe était un fâcheux incident qui ne servait qu'à importuner la famille Redvers.

— Tu as intérêt à bien gérer ton mariage. Au moindre faux pas, vous le regretterez tous les deux, crois-moi. C'est ce qui est arrivé à la petite Pendleton, il y a quelques années. Elle s'est enfuie en Écosse avec cet abruti... enfin, c'était la veuve de son frère et non sa nièce...

Perplexe, elle secoua la tête.

— Peu importe, ils s'y sont mal pris. Tâche de faire le nécessaire !

Hugh refusait de se laisser impressionner par la vieille dame.

— J'ai obtenu une licence et...

— Aurais-tu un pudding à la place du cerveau ?

— Je...

— Tu as vécu trop longtemps dans ces contrées sauvages ! Tu ne comprends plus ta propre langue. Je viens de te dire de faire les choses correctement.

— Mais je...

— Ne gaspille pas ta salive !

Hugh n'avait pas souvenir d'avoir été tancé de la sorte. Elle continua :

— Tu devras inviter *tout le monde* et organiser une cérémonie et une fête dignes de la famille royale.

— Je laisserai Daphné prendre cette décision et...

— Pas question ! s'écria la vieille dame. Chaque parole qui sort de ta bouche me prouve que tu as une cervelle de moineau ! Vous êtes trop amoureux ! Vous ne ferez que des bêtises ! Cette fille en sait aussi peu sur les règles de la bonne société que moi sur ces maudits textes philosophiques qu'elle dévore. Thomas aussi, d'ailleurs. Ce qu'il était assommant !

Elle posa sur Hugh un regard chargé de dédain :

— Je m'occuperai de ce mariage et ferai en sorte que l'événement se déroule au mieux. J'ai affronté de plus grands défis, en mon temps.

Elle afficha un rictus espiègle qui la fit ressembler à une sorcière.

— Tu es riche, mon garçon, et tes pairs ne pourront éviter de te respecter. À présent, file !

Elle le chassa d'un geste en direction de la porte.

— Merci, tante Letitia. Comme toujours, un bref entretien avec vous aura suffi à me remettre dans le droit chemin.

La vieille dame faillit sourire, mais l'entrée de sa femme de chambre lui évita de perdre la face. La domestique raccompagna fermement Hugh.

Après cette visite à sa tante, il s'était rendu chez Rondel & Bridge. S'il possédait déjà un véritable trésor de joyaux et pierres précieuses, il tenait à offrir à sa belle un bijou qui ne provienne pas du butin mal acquis d'un corsaire. Il étudia la sélection proposée sans pouvoir se décider. Au moment où il allait commander une pièce sur mesure pour sa fiancée, il trouva ce qu'il cherchait : le plus gros saphir qu'il ait jamais vu, entouré de diamants. Il était d'un bleu presque aussi beau que les yeux de Daphné...

Pour la centième fois, Hugh consulta sa montre. Où diable était-elle passée ? Elle aurait dû être de retour depuis une heure.

Soudain, la porte de la bibliothèque s'ouvrit avec fracas. Deux garnements hirsutes et agités surgirent, Ponsby sur les talons. Les jumeaux se précipitèrent vers lui.

— Que se passe-t-il, Ponsby ? s'enquit Hugh en se levant.

— Je... Je ne sais pas au juste, milord, bredouilla le majordome.

— Où est lady Davenport ?

— Je l'ignore. J'ai fait porter miss Claxton à l'étage et quérir le docteur. Elle est inconsciente et je n'arrive pas à obtenir la moindre explication des enfants...

Le domestique était livide et tremblant.

— Le valet qui les accompagnait à Hyde Park, le jeune Charles, a reçu un coup sur la tête et n'a plus aucun souvenir.

Lucien et Richard étaient secoués de sanglots.

— Accordez-moi quelques minutes, Ponsby.

Le majordome s'éclipsa. Hugh s'accroupit doucement face aux deux enfants.

— J'ai besoin que vous m'écoutiez attentivement, déclara-t-il en les prenant chacun par une épaule. Il faut me raconter ce qui est arrivé à votre mère et à Rowena. Richard ?

Celui-ci déglutit nerveusement et se frotta les yeux pour chasser ses larmes.

— Il y avait deux messieurs, bredouilla-t-il d'une voix tremblante. Ils sont venus vers nous pendant que nous nous amusions avec le boomerang. Lucien l'a lancé dans les arbres et quand nous sommes allés le ramasser, le plus petit monsieur l'a agrippé. L'autre venait de m'attraper quand maman nous a trouvés. Elle leur a crié de nous lâcher.

Sa voix se brisa, et il ne put réprimer un sanglot.

— Continue, mon grand, murmura Hugh. C'est très bien.

Richard renifla avant de poursuivre son récit :

— Quand elle a essayé de me reprendre, ce monsieur s'est emparé d'elle. Nous nous sommes débattus en vain. Il y a eu un cri terrible et le monsieur m'a lâché.

— Je l'ai frappé entre les jambes d'un coup de boomerang, intervint Lucien. J'ai couru vers maman pour essayer de l'aider. Elle n'arrêtait pas de nous crier de partir, de rejoindre Rowena. Alors nous avons couru et... ils l'ont emmenée !

Il fondit en larmes.

Glacé, Hugh les serra contre lui.

— Vous vous êtes défendus avec bravoure. Naturellement, vous ne pouviez pas repousser deux hommes adultes. Votre maman ne voulait pas qu'ils vous enlèvent, vous aussi. Vous allez m'aider à la retrouver. Calmez-vous et réfléchissez au moindre détail qui pourrait vous revenir. À quoi ressemblait la voiture ? Ces hommes ont-ils parlé ? Réfléchissez, les enfants.

— La voiture, balbutia Lucien d'une voix étouffée par le manteau de Hugh.

— Oui ?

— Le monsieur qui me retenait a presque réussi à me mettre dans la voiture avant que je lui morde la main. Elle était vieille et laide. La voiture, pas sa main ! Il n'y avait que la moitié d'un blason. J'ai cru voir un cheval sur fond vert... avec un damier rouge et blanc, peut-être.

Le blason des Hastings. Hugh l'avait souvent vu, dans sa jeunesse. Quelle ordure ! Il s'en voulut d'avoir laissé filer Malcolm. Daphné et ses fils payaient le prix de sa stupidité.

— Hugh ?

Le ton affolé de Lucien le fit émerger de ses pensées. Il se força à sourire.

— Bien joué, Lucien. Te rappelles-tu autre chose ? Ont-ils révélé où ils voulaient vous emmener ?

— Il a dit qu'on allait faire un long chemin et que si j'étais sage, je monterais à bord d'un bateau. C'est tout. Après, je l'ai mordu.

Richard crut bon d'intervenir :

— Le monsieur que Lucien a mordu a crié à l'autre d'emmener maman et a dit que c'était elle que quelqu'un voulait. Ensuite, je n'ai pas compris ce qu'il a raconté. Rowena est blessée, cousin Hugh... Croyez-vous qu'elle va mourir ?

— Non. Elle est très forte. Que lui est-il arrivé ?

Si Richard ne pleurait plus, il n'en menait pas large.

— Rowena a attaqué le monsieur, mais il l'a frappée si fort qu'elle est tombée par terre. Il a traîné maman vers la voiture et ils sont partis avant qu'on rejoigne Rowena. J'ai posé sa tête sur mes genoux pendant que Lucien courait chercher la voiture. Ensuite, Charles s'est réveillé et il a patienté avec moi.

— Vous vous êtes très bien comportés, tous les deux. À présent, je vais voir Rowena.

Il se redressa et fit sortir les enfants.

Quelques minutes plus tard, il entra dans la chambre de la domestique. La gouvernante était à son chevet. Il lui fit signe de le rejoindre dans le petit salon attenant.

— Est-elle consciente ? En état de parler ?

— Oui, milord. Elle est réveillée depuis quelques minutes. J'allais vous faire quérir, car elle est très agitée et a semble-t-il quelque chose à vous dire.

— Emmenez les garçons à la cuisine. Qu'ils mangent un morceau pendant que je m'entretiens avec miss Claxton. Je viendrai les chercher quand j'en aurai terminé.

— Bien, milord. Une tasse de thé les requinquera.

Hugh referma la porte et approcha une chaise du lit.

— Milord, fit Rowena sans préambule, c'était la vieille voiture de Walter Hastings. J'ai remarqué le blason.

Elle grimaça de douleur.

— Chut... Ménagez-vous. Prenez votre temps. Les garçons m'ont parlé de la voiture. Ils ont aussi évoqué un trajet en bateau. Avez-vous entendu parler de cela ?

Rowena voulut secouer la tête, mais le moindre mouvement lui était trop douloureux.

— Le temps que j'arrive, l'un des hommes l'avait presque fait monter dans la voiture.

— Savez-vous si Hastings possède une propriété au bord de l'eau ? Ou un bateau ?

— Je n'ai pas entendu sir Malcolm parler d'une autre maison. Son oncle non plus... sir Walter. Je regrette, je ne vois pas... Je voulais simplement vous parler de la voiture et...

Elle s'interrompit, la gorge nouée par l'émotion.

— Et ? insista Hugh en s'efforçant de ne pas perdre patience.

Il brûlait de passer à l'action, sans savoir que faire.

— Milord, je ne survivrai peut-être pas... je ne veux pas partir sans avoir soulagé ma conscience. C'est moi qui ai... coupé votre sangle, avoua-t-elle en détournant le regard.

Hugh n'en croyait pas ses oreilles.

— Comment ? C'est vous qui avez coupé la sangle de Pacha ?

L'air affligé, elle opina.

— Pourquoi ?

Hugh aurait été aussi abasourdi si Ponsby ou Gates avait avoué le forfait.

— J'étais terrifiée à l'idée que vous nous preniez tout et que vous bouleversiez notre vie. C'est ce qui est arrivé à la mère de Daphné quand Walter Hastings est venu la chercher. À l'époque, je n'ai rien fait, or je savais que c'était un homme mauvais.

Elle s'interrompit un instant avant de reprendre :

— Je craignais que votre retour ne nous anéantisse. J'ai été bien stupide !

Elle agrippa la main de Hugh.

— J'ai eu tort, milord. Comme je me suis méprise sur vos intentions ! Vous avez protégé Daphné. Je compte me rendre aux autorités.

Elle laissa libre cours à ses larmes. Il secoua la tête, perplexe.

— Ne dites pas de bêtises, voyons ! Vous n'avez pas le droit de faire de la peine à votre maîtresse, ce qui se produira si vous êtes jetée en prison. De plus, si je l'avais protégée correctement, nous n'en serions pas là.

— Vous la retrouverez, milord, assura-t-elle en plongeant dans son regard.

La porte s'ouvrit soudain.

— Je suis le Dr Compton, annonça un jeune homme blond. Que s'est-il passé ?

Hugh désigna la patiente alitée.

— Prenez grand soin d'elle, docteur. Lady Davenport lui est très attachée.

Il prit la main de Rowena et la serra.

— Je vous tiendrai au courant du résultat de mes recherches, promit-il.

Dans le couloir, il croisa Kemal.

— Martin est là, capitaine. Il a chevauché la nuit entière et il est épuisé, mais il veut vous parler. Je l'ai introduit dans votre petit salon.

— J'y vais. Descends dire aux garçons qu'ils pourront voir miss Claxton dès que le médecin sera parti.

Hugh ne perdit pas de temps et alla retrouver Martin.

— Bonjour, capitaine, dit le jeune homme, sans son sourire arrogant, pour une fois.

— Assieds-toi.

— Je suis venu au plus vite, milord. J'espère qu'il n'est pas trop tard.

Il s'attabla devant le café et les tartines que Kemal venait d'apporter.

— J'étais à Whitton Park, commença-t-il avant de mordre à belles dents dans le pain frais.

Il prit le temps d'avaler une longue gorgée de café. Hugh faillit lever les yeux au ciel. Le marin s'exprimait avec un accent marqué qu'il avait parfois du mal à comprendre. Si en plus il parlait la bouche pleine...

— J'ai couché avec cette... cette garce pendant des nuits entières, mais elle ne m'a rien appris de nouveau ! Rien ! Et qui je vois débarquer en pleine nuit ? Vous n'allez pas le croire, capitaine. Vous ne devinerez jamais !

— Parle, Martin ! Pour l'amour du Ciel !

— Calitain !

— Calitain est en Angleterre ? Tu dois faire erreur !

— Je suis capable de reconnaître Calitain, il me semble ! s'offusqua Martin.

— Qu'est-ce qu'il fabrique à Whitton ?

— Voilà ce que j'ai découvert, dit-il d'un air triomphant. En toute discrétion, je me suis faufilé vers l'écurie. Blake l'attendait, cet abruti !

Il afficha un air de mépris.

— Vous connaissez Blake ? reprit Martin.

— Oui. C'est le valet de Hastings ou son palefrenier, je ne sais pas.

— Il procure des filles à Hastings et revend son argenterie en douce.

Hugh réprima un sourire. Ce coureur de jupons ne se débrouillait pas si mal.

— Calitain était avec un autre type. En apprenant que Hastings était parti pour Londres, il était furieux. Ils ont discuté. Calitain a exigé son argent en ajoutant que, sinon, il ferait sa proposition à un autre Anglais.

Martin haussa les épaules et engloutit une autre tartine arrosée de café. Hugh était à bout de patience.

— Blake a essayé de le calmer en lui disant que son maître avait de l'argent et qu'il le retrouverait au bateau. J'ai pris Calitain en filature. Il dort dans une bicoque, en dehors de la ville... un repaire de contre-bandiers, sans doute. J'en ai parlé à Delacroix, qui a promis de se renseigner. Et je me suis précipité ici !

Abasourdi, Hugh s'adossa à son siège d'un air pensif. Calitain transportait des esclaves depuis des années. Une seule raison pouvait l'inciter à mettre le pied sur le sol anglais au risque de se faire arrêter, car il était recherché : il venait toucher l'argent de quelque tran-saction douteuse.

— Si Hastings lui doit de l'argent, je devine pour-quoi, dit-il enfin.

— Les esclaves.

Ayant réussi à échapper à ce triste sort, le jeune homme voyait d'un très mauvais œil le commerce d'êtres humains.

Le jour où Hugh avait rencontré Martin, il avait le sang de son dernier maître sur les mains. Celui-ci avait abusé de son pouvoir une fois de trop. Comme presque tous les pensionnaires des maisons closes de La Nouvelle-Orléans, Martin était métis. Il ne devait qu'une partie de son hérédité aux esclaves africains. Ce statut n'améliorait en rien à son existence. Il était né esclave et serait mort ainsi, s'il n'avait pas pris son destin en main.

Le capitaine regarda le marin finir sa collation. S'il ressemblait à tous les jeunes gens de son âge, obsédé par les conquêtes féminines, l'argent et les vêtements, il avait le regard éteint de ceux qui ont été brisés. Hugh ne connaissait que trop bien ce vide : il le voyait chaque matin dans son miroir.

— Puisque le projet de Hastings d'épouser lady Davenport est tombé à l'eau, il a décidé de l'enlever contre rançon, soupira Hugh.

Il eut toutes les peines du monde à énoncer une funeste théorie :

— Il est aussi possible que Hastings soit informé de mon différend avec Calitain et lui propose Daphné en guise de paiement.

Martin ne put que hocher tristement la tête.

— D'après les garçons, continua Hugh, les ravisseurs ont évoqué un trajet en bateau. Je crois que Hastings va livrer Daphné à Calitain, aux alentours d'Eastbourne.

Martin finit son café.

— Vous êtes prêt à vous mettre en route, milord ?

— Je ne m'attarde ici que pour le plaisir de te regarder t'empiffrer, rétorqua le capitaine en se levant. Ah, Kemal ! Tu arrives à point nommé. Prépare vite mes bagages habituels, avec mes pistolets neufs, ainsi que des armes pour toi et Martin, sans oublier mon sabre. J'espère trouver quelqu'un contre qui m'en servir...

21

Daphné se réveilla dans le noir. Les poignets ligotés et attachés au-dessus de sa tête, elle avait les bras engourdis. Sans doute se trouvait-elle dans cette voiture depuis longtemps.

S'étant accoutumée à l'obscurité, elle sut qu'elle était seule. Ces malfrats n'avaient pas enlevé ses fils ! Et si les jumeaux et Rowena avaient réussi à s'enfuir, Hugh était informé de la situation. Malcolm devait être aux abois pour utiliser un véhicule aussi reconnaissable pour commettre son crime.

Les vitres de la voiture étaient noircies, mais quelques rais de lumière filtraient par endroits. Il faisait encore jour. Elle n'avait pas été enlevée depuis très longtemps. Elle refusait de céder à la terreur qui menaçait de s'emparer d'elle. Où l'emmenait Malcolm ? Pas à Whitton Park, où sa présence ne passerait pas inaperçue. Walter Hastings avait vendu le seul autre domaine de la famille. Et que ferait-il d'elle, quand ils seraient arrivés à destination ? Espérait-il l'épouser de force ? Lui extorquer de l'argent ?

Assaillie de questions sans réponses, Daphné ferma les yeux. À quoi bon émettre des hypothèses invérifiables ? Mieux valait calmer les battements effrénés de son cœur et économiser ses forces, pour le moment où elle en aurait vraiment besoin.

Moins d'une heure plus tard, Hugh était prêt à quitter Davenport House. Il croisa Martin, qui revenait des cuisines, une jolie femme de chambre dans son sillage, attirée par son charme magnétique. Ils échangèrent quelques mots, puis Martin se mit à rire et lui caressa la joue.

Hugh secoua la tête. Martin n'était dans la maison que depuis une heure, et il avait déjà fait une conquête. Mieux valait l'éloigner au plus vite. En voyant son capitaine, le jeune homme vint à sa rencontre en se rengorgeant comme un coq.

— Je te croyais parti à la cuisine pour finir de te restaurer.

— C'est ce que j'ai fait, assura Martin d'un air innocent.

Les trois hommes se mirent en route sans plus attendre. Leur première étape serait Lessing Hall, puis ils se rendraient à Whitton. Hastings ne tarderait sans doute pas à entrer en contact avec Calitain. Comment ce sale type avait-il pu croire une seconde que Daphné l'épouserait ? Non, il allait demander une rançon. Et si elle devait servir d'appât ? Calitain était venu à Whitton pour voir Hastings et lui réclamer de l'argent. Hugh ne pouvait se fier qu'à son instinct, mais il avait la quasi-certitude qu'il trouverait la jeune femme là où Calitain se terrait.

En imaginant Calitain avec Daphné, il fut saisi d'une sourde angoisse. Il brûlait de filer directement vers la bicoque évoquée par Martin. Hélas, ce ne serait pas raisonnable, surtout si Daphné y était séquestrée. En y acculant Hastings ou Calitain, il risquait la catastrophe.

Il devait d'abord déterminer à quel jeu se livrait son ennemi. Pour cela, mieux valait chasser de son esprit toute pensée liée au sort que le malfrat risquait d'infliger à sa victime. Quel était le projet de Hastings ?

Il avait déjà violé la jeune femme une fois, et Calitain constituait la pire des fréquentations. Hugh regrettait à présent de n'avoir pas cédé à son impulsion de tuer Malcolm. Il aurait dû se douter que relâcher un tel nuisible ne rapporterait rien de bon.

— Enfer et damnation !

Martin l'entendit, malgré le bruit des sabots.

— Ne vous inquiétez pas, capitaine. On la retrouvera. Quant à Hastings et Calitain… pfft.

Le marin fit un geste grossier pour exprimer son profond mépris.

— Des abrutis ! Ne vous en faites pas, milord. Delacroix va localiser ce sale type et son bateau.

— Dépêchons-nous.

Hugh talonna Pacha, déterminé à gagner sa course contre la montre et contre sa propre peur.

La lumière soudaine éblouit la jeune femme, habituée à l'obscurité de la voiture.

— Si vous touchez à un seul de mes cheveux, je vous tue ! gronda-t-elle aveuglément à la silhouette qui la dominait de sa hauteur.

— Allons, allons, douce cousine. Un mot de plus, et je vous bâillonne si fort que vous aurez du mal à respirer.

Malcolm monta à bord et referma la portière, replongeant la cabine dans le noir. Il enroula un bras autour du cou de sa captive et posa la pointe d'un couteau sur sa gorge, puis il plaqua son autre main sur sa bouche.

— Tout doux, ma belle, susurra-t-il, lui imposant son haleine fétide. Ce n'est qu'un changement d'attelage. Appeler à l'aide serait une très mauvaise idée. Pensez au couteau… je m'en voudrais de devoir m'en servir. Je ne veux pas vous tuer, je préfère vous faire souffrir…

Il effleura sa joue de sa lame.

— Poursuivons cette conversation que lord Ramsay a si grossièrement interrompue lors de notre dernière rencontre.

Il frôla sa tempe de ses lèvres et crispa les doigts sur sa cuisse. Daphné eut un mouvement de recul, plus horrifiée par sa main que par le couteau.

— Je ne vous épouserai pas, Malcolm. Plutôt mourir.

— Je n'en arriverai pas là, dit-il en lui caressant la cuisse. Je ne m'intéresse plus aux droits que m'accorderait ce mariage. Autrefois, je n'ai eu aucun mal à obtenir un échantillon de vos faveurs. Croyez-moi, ma belle, si je veux ce que dissimule cette robe, je le prendrai sans contrat.

— Cette fois, vous ne prendrez que mon cadavre, persifla-t-elle.

Il s'écarta imperceptiblement. Elle entendit le frottement d'une allumette. La lanterne s'alluma. La jeune femme se détourna de son visage rougeaud, aux yeux injectés de sang. Il la toisait d'un air lubrique, s'attardant sur son décolleté. Elle frémit d'effroi.

— Voyons, ma belle, je sais que vous brûlez de désir, mais il faudra attendre un peu, prévint-il. Vous êtes bien impatiente...

Il sortit un papier de sa poche et le brandit sous son nez. Daphné n'eut pas à lire cette lettre. Elle était adressée à Hugh.

— Sale porc ! s'écria-t-elle.

— Chut...

Il posa de nouveau son couteau sur sa gorge. Face à l'expression mielleuse de son ravisseur, elle faillit oublier le couteau et lui assener un coup de tête. Comme s'il lisait ses pensées, il appuya légèrement la lame sur sa peau.

— N'y songez pas ! Je n'hésiterai pas à vous lacérer, ce qui réduira le prix que ce bouffon acceptera de payer pour vous.

Tel était donc son projet : il voulait extorquer de l'argent à Hugh en échange de sa libération !

Une fois encore, Malcolm interprétait son expression.

— Eh oui ! J'ai l'intention de vous vendre.

Il éclata d'un rire gras.

— Enfin, je ne vous livrerai pas facilement, bien sûr. Je vous garderai un moment, pour voir s'il fait monter les enchères en comprenant à quel point je suis sérieux.

Un rictus mauvais naquit sur ses lèvres.

— J'aurais aimé que nos adorables fils soient parmi nous. Ils me ressemblent beaucoup. Ils sont aussi beaux et intelligents que leur père.

Il changea si brusquement d'expression qu'elle crut qu'il allait enfoncer son couteau dans sa chair. Il secoua la tête.

— Je vous observe depuis un moment, ma chère, et j'ai vu Ramsay avec les deux enfants. Il s'est attaché à eux. Vous ne lui avez pas avoué la vérité sur ses petits *cousins*.

— Vous vous trompez. Il sait tout.

— Tiens, tiens ! Vous avez dû lui offrir des ébats plus palpitants que ne l'ont été les nôtres. Je devrais peut-être m'aventurer à nouveau entre vos cuisses avant qu'il vous récupère.

Il lui caressa la jambe de plus belle et se rapprocha. Il empestait l'alcool.

Daphné eut un mouvement de recul. Par chance, il se contenta de ricaner.

— Ne t'en fais pas, ma chérie. J'aurai bien des occasions de soulager tes pulsions charnelles plus tard. Je n'ai pas encore adressé la liste de mes exigences à Ramsay, donc nous avons le temps. Je veillerai à ce que tu sois bien installée avant de l'alerter.

Elle faillit rire. Cet imbécile avait oublié que les jumeaux et Rowena avaient remarqué la voiture et son blason. Réprimant un sourire, elle se tourna vers la fenêtre.

Le trajet était interminable. Quelques heures plus tôt, la voiture avait fait une nouvelle halte pour changer les chevaux. Ils devaient à présent être épuisés.

Dieu merci, Malcolm avait quitté la cabine après le relais et elle ne l'avait pas revu depuis. Elle devinait qu'il faisait nuit. À cette époque de l'année, le soleil se couchait tard. Sans doute roulaient-ils depuis une dizaine d'heures. Ils étaient partis pour le parc vers midi. S'ils se rendaient à Whitton Park, ils auraient besoin de...

Le véhicule s'arrêta si brutalement que la jeune femme étouffa un cri de douleur. Elle entendit des voix d'hommes, puis le bruit du marchepied et de la portière.

— Toujours réveillée, chérie ?

Malcolm brandit une lanterne qui éclaira son visage rougeaud. Éblouie, elle se détourna sans prendre la peine de lui répondre.

— Nous sommes arrivés, ma douce !

Il tenta maladroitement de dénouer les liens qui lui entravaient les poignets. Daphné dut serrer les dents pour ne pas trahir sa souffrance. Frustré, il abandonna.

— Que l'un de vous vienne m'aider ! lança-t-il d'une voix traînante, comme s'il avait bu.

Son complice plus petit coupa les liens en évitant le regard de la jeune femme. Malcolm leva son couteau.

— Ne vous avisez pas de me jouer des tours, douce cousine. Même si je vous libérais, vous n'auriez nulle part où aller. Soyez sage, et vous aurez peut-être droit à un peu d'intimité pour vos besoins naturels !

Sa vulgarité amusa ses comparses, mais Daphné n'en avait que faire. La rage montait en elle. Par chance, les trois hommes semblaient épuisés et auraient besoin de quelques heures de repos avant de reprendre la route – si toutefois ils repartaient d'ici. Elle-même avait besoin de se dégourdir les bras.

Malcolm l'entraîna vers un petit cottage au toit de chaume, en partie dissimulé par de grands chênes d'une variété propre au Sussex. La bâtisse était abandonnée, les fenêtres condamnées par des planches. Seule la lumière qui filtrait entre les panneaux indiquait que les lieux étaient occupés.

Malcolm se mit à marteler la porte de son poing.

— C'est Hastings !

Ils entendirent des mouvements et des chuchotements derrière la porte, qui s'ouvrit bientôt.

Lorsque Daphné voulut reculer, son ravisseur resserra son emprise, comme s'il avait... peur.

De quoi ?

L'homme qui se tenait sur le seuil était certes impressionnant. Il n'était ni difforme ni laid. En réalité, il aurait pu être séduisant s'il n'avait pas affiché une telle méchanceté. Il fulminait.

Massif et rougeaud, il portait une tenue de marin. Il toisa la jeune femme sans vergogne puis passa à Malcolm, qui lui inspirait visiblement une haine farouche. Son cousin devait être stupide pour ne pas deviner que ce malfrat lui voulait du mal.

— Tiens, tiens, c'est notre petit lord Hastings, railla-t-il avant de se tourner vers Daphné. Qu'est-ce que tu m'amènes là ? Ce n'est pas de l'argent, ça ! Tu espères m'amadouer en me fournissant une prostituée ?

Il éclata d'un rire gras.

— Tu te méprends sur mes goûts, mon ami.

Elle perçut le mépris profond de l'inconnu. Comment Malcolm ne s'en rendait-il pas compte ?

— Salut, capitaine ! lança ce dernier avec un entrain forcé. Crois-moi, ce que je t'amène est bien mieux que de l'argent...

— Ah oui ?

270

L'air menaçant, le colosse s'écarta tandis que Malcolm poussait la jeune femme à l'intérieur de la misérable demeure.

Un autre homme, qui semblait plus las que méchant, balaya les nouveaux venus du regard, une jambe hissée sur l'accoudoir d'un fauteuil à bascule. Il lança une œillade complice à celui qui avait ouvert la porte. Tous deux se tournèrent vers Malcolm avec une expression qui aurait alarmé le dernier des inconscients.

— Calitain, mon cher, dit celui-ci avec emphase, obligeant Daphné à faire une révérence, je vous présente la femme de Standish le Borgne !

Les deux malfrats la considérèrent soudain avec un tel intérêt qu'elle eut envie de prendre ses jambes à son cou.

Calitain s'approcha d'elle et s'arrêta assez près pour qu'elle sente son parfum chargé de cognac. L'alcool couvrait une puanteur de moisi.

— La catin de Standish, dis-tu ?

Il la toisa sans vergogne en s'attardant sur ses seins.

— Et alors ? ajouta-t-il d'un ton sec comme le claquement d'un fouet.

Malcolm tiqua. Il ouvrit la bouche pour parler, mais se ravisa.

— Standish a un tas de filles, dit Calitain. Je lui en ai même pris plusieurs. Celle de La Nouvelle-Orléans, par exemple. Pas vrai ?

Il se tourna vers son complice silencieux et ils s'esclaffèrent en chœur, l'air mauvais. Calitain contourna la prisonnière pour mieux l'examiner.

— Eh bien...

Une fois encore, il s'adressa tacitement à son comparse, qui lui répondit d'un regard lourd de sens.

— Tu ne comprends pas, Calitain, reprit Malcolm. Celle-là, il compte l'épouser.

— L'épouser ? s'étonna l'imposant capitaine, les sourcils broussailleux froncés sur ses petits yeux noirs.

— Eh oui ! Il veut l'épouser, cet abruti, même s'il l'a déjà culbutée. Moi aussi, d'ailleurs.

Malcolm émit un rire qui se voulait complice avec les deux autres. Calitain l'ignora pour se concentrer sur la jeune femme. Le silence s'éternisa. S'attendait-il à ce qu'elle confirme ou non les allégations de Malcolm ?

— Ainsi, tu as couché avec le grand ? Dis-moi, était-il aussi viril que tu l'espérais ? (Il sourit à son camarade.) Jean-Paul aimerait bien le savoir...

Ce qu'il décela sur le visage de Daphné l'amusa au plus haut point. Ils rirent de bon cœur pendant un long moment. Il essuya une larme avant de s'adresser à Malcolm :

— Bien joué, petit lord, dit-il en lui tapotant le crâne avec dédain, les yeux toujours rivés sur la jeune femme.

Il ne remarqua pas le regard meurtrier de Hastings.

— C'est un joli cadeau que tu m'as amené...

Il traça le contour de la joue de Daphné, puis descendit le long de son cou pour s'arrêter sur la naissance de ses seins, dans l'encolure de sa veste. La jeune femme était persuadée qu'il allait faire quelque chose d'inconvenant, mais il prit soudain Malcolm par le cou et le plaqua contre le mur, à plusieurs centimètres du sol.

— Je veux mon argent ! fit-il d'une voix doucereuse, teintée d'une rage à donner la chair de poule. Blake m'a garanti que tu l'apporterais. Je n'ai pas le temps de trouver un autre cochon d'Anglais qui mettrait la somme sur la table. Si tu m'as fait venir pour rien, je ne serai pas content. Tu as compris, petit lord ?

Il s'approcha encore de Malcolm, qui suffoquait, pour faire mine d'écouter sa réponse.

— Qu'est-ce que tu dis ? J'ai pas bien saisi...

Il se tourna vers son complice, qui s'esclaffa.

Daphné eut presque de la peine pour Malcolm. Presque.

Aussi soudainement qu'il l'avait saisi par le collet, Calitain relâcha Hastings et, très amusé, le regarda tomber à genoux et toussoter. Puis il perdit tout intérêt pour sa victime et porta son attention sur les deux hommes qui avaient participé à l'enlèvement de Daphné. Il mit les mains sur ses hanches et imita leur stupeur d'un air moqueur. Il éclata d'un rire mauvais :

— Et qui sont ces élégants messieurs ? railla-t-il.

Le plus imposant leva les mains.

— Eh là ! On est juste payés pour faire un boulot, m'sieur. On veut pas de problèmes.

Son acolyte avait les doigts crispés sur son chapeau. Avant que Calitain ne puisse les tourmenter davantage, une voix implorante s'éleva.

— C'est elle, l'argent, gémit Malcolm en désignant la prisonnière. Elle contrôle le patrimoine de son fils. Il y en a pour des centaines de milliers de livres. Elle vaut encore plus, maintenant que Standish veut l'épouser. Il paiera la rançon et viendra sans difficulté, car il croira n'avoir affaire qu'à moi.

Épuisé par ce discours, il s'écroula. Calitain l'observa, puis un sourire inquiétant naquit sur ses lèvres. Il s'accroupit devant Hastings.

— Tu as intérêt à ce que cette fille soit aussi précieuse que tu le dis pour Standish, petit lord.

Il saisit Malcolm par les cheveux pour l'inciter à se lever et lui fit traverser la pièce, malgré ses protestations, pour le jeter sur un matelas crasseux.

— Tu vas dormir là !

Il se tourna vers les deux autres et leur fit signe de rejoindre leur employeur.

— Vous avez de la chance que je sois obligé de patienter ici. Mon navire ne vient me chercher que demain soir, et je dois toucher mon argent. Débrouillez-vous comme vous voudrez, mais il faut que quelqu'un me l'apporte, même si c'est Standish en personne. Si je ne suis pas payé à temps, vous mourrez tous les deux, précisa-t-il en désignant Malcolm et Daphné. C'est clair ?

Hastings hocha la tête.

— Oui... gémit-il. Très clair.

Satisfait, Calitain prit sa prisonnière par l'épaule et la poussa vers une porte. Puis il l'enlaça par la taille pour l'attirer vers lui.

— Tu as de la chance, ma belle. On a une chambre privée, où tu passeras la nuit le temps qu'on organise ta libération.

Il se pencha pour murmurer à son oreille :

— J'espère que le petit lord est plus futé qu'il n'en a l'air, persifla-t-il avant de l'enfermer dans le noir.

Un rai de lumière filtrait sous la porte. Quand ses yeux se furent accoutumés à l'obscurité, elle discerna la forme d'un lit dans un coin, et un placard face à la porte. Rien de plus. À tâtons, elle se dirigea vers le lit et s'assit, en s'efforçant de ne pas songer à ceux qui l'avaient précédée sur ce matelas.

Peu à peu, les battements de son cœur se calmèrent. Elle entendit Calitain et son acolyte discuter, sans saisir la teneur de leurs propos. Au bout d'une heure, ils se turent. Puis elle perçut des pas et le claquement d'une porte.

Calitain était encore là. Ce devait être les deux sous-fifres qui étaient sortis, peut-être pour s'occuper des chevaux. Elle demeura silencieuse et tendue, à guetter le moindre mouvement. Ses épaules et ses bras étaient endoloris par le trajet en voiture. Elle se recroquevilla sur le flanc. Au moins, il faisait doux et elle n'eut pas à se couvrir de la couverture, qui sentait le moisi.

Avant de sombrer dans un profond sommeil, le dernier son qu'elle perçut fut celui des sabots d'un cheval.

22

Il faisait nuit noire quand les trois hommes arrivèrent dans la cour de Lessing Hall. Le bruit fit émerger un garçon d'écurie qui, mal réveillé, cligna les yeux face aux cavaliers, dont deux avaient mis pied à terre. Le troisième se contenta de jeter sa sacoche au sol avant de faire volter sa monture pour repartir au galop en direction de la ville.

— Donne-leur triple ration d'avoine. Ils se sont beaucoup dépensés. Et ne te rendors pas, car Martin revient sous peu.

Hugh se hâtait déjà vers l'entrée, Kemal sur les talons.

La porte en chêne s'ouvrit avant même que Hugh n'ait foulé la première marche du perron. Gates tenait un bougeoir, drapé dans un peignoir en soie rouge et coiffé d'un bonnet de nuit.

— Milord.

— Désolé de troubler votre repos, Gates, dit-il en réprimant un sourire face à l'élégance du majordome.

— Je vous en prie, milord. Betty prépare vos appartements. Voulez-vous que je vous fasse monter quelque chose ?

Ramsay lui en fut reconnaissant. Il était fourbu. Jetant son chapeau poussiéreux et ses gants sur une table du vestibule, il se dirigea vers l'escalier.

— À manger pour trois... pour quatre ! Et deux bouteilles de vin blanc provenant de la cave. Vous me servirez dans la bibliothèque. Faites quérir Will Standish sur-le-champ. Ensuite, retournez vous coucher. Nous n'aurons plus besoin de vous.

— Bien, milord, répondit-il en s'inclinant.

Le baron se tourna vers Kemal, qui pliait sous le poids des bagages et des armes de son maître, sans oublier son imposant sabre.

— Je m'en charge, dit Hugh en prenant son sabre et une bourse en cuir où était rangée une pierre à aiguiser. Mets le reste dans ma chambre, et rejoins-moi dans la bibliothèque.

En attendant le retour de Martin avec Delacroix, il s'occuperait à aiguiser sa lame. Il se servit un cognac. La brûlure de l'alcool dans sa gorge le réconforta. Doucement, il sortit le sabre de son fourreau. Il aimait le bruissement du métal contre le cuir. Lâchant le fourreau, il inspecta la lame.

À la lueur des chandelles, elle était un peu terne. Son caractère massif contrastait avec la grâce des armes orientales. Ce sabre avait été forgé dans l'unique but de tuer. Entre certaines mains, la lame était synonyme de mort. C'était un cadeau de l'un des hommes avec qui il s'était échappé des griffes du sultan, un Hessois nommé Wüstenfalke, le Faucon de Barbarie.

Comme Hugh et Delacroix, Wüstenfalke avait survécu aux tortures qui avaient suivi la trahison de Calitain. L'impressionnant Prussien avait accompagné le capitaine de la *Revenante*. Ils avaient partagé bien des aventures. Le Prussien avait péri au cours d'un affrontement avec Calitain et un autre vaisseau corsaire, dix ans plus tôt. La bataille, brève mais féroce, avait fait de nombreuses victimes dans les deux camps.

Wüstenfalke n'avait pas succombé immédiatement à sa blessure à l'abdomen. Il avait agonisé jusqu'à ce que, ivre de douleur, il implore Hugh de mettre fin à son calvaire en utilisant son propre sabre, *Kralle* – qui signifiait « griffe » en allemand. Accorder à son ami sa dernière volonté avait été l'un des grands traumatismes de sa vie.

Six mois plus tard, Hugh avait appris que l'échec de Calitain à reprendre la *Revenante,* en ce jour funeste, avait été la goutte d'eau qui avait fait déborder le vase entre le capitaine corsaire et son maître fantasque, le sultan Baba Hassan. Calitain avait quitté le service du sultan en lui volant un navire, ce qui avait déclenché la colère de son ancien protecteur. Depuis, Calitain était recherché et vivait dans la clandestinité, sans le moindre allié.

Ramsay avait fait bon usage du sabre. Son ami en aurait été fier. L'arme s'était fait une réputation aussi redoutable que celle de Hugh. Parfois, il ressentait la présence de Wüstenfalke près de lui lorsqu'il maniait le sabre, qui contribuait à la légende de Standish le Borgne.

Il se mit à affûter sa lame d'un mouvement régulier. Ses pensées vagabondèrent vers Daphné. Il se ressaisit très vite. Il fallait qu'il reste déterminé et concentré. Il songea à Calitain. Sa soif de vengeance était intacte.

Comment cet esclavagiste osait-il remettre les pieds en Angleterre, un pays qu'il détestait viscéralement ? En dépit de son nom à consonance française, il avait grandi à Londres, d'où il était parti très jeune à la suite d'une affaire concernant la mort d'un aristocrate. Il détestait ouvertement la noblesse. Plus d'une fois, Hugh l'avait entendu affirmer qu'il était le fils illégitime d'un lord ayant violé sa mère, une domestique. Hugh le croyait volontiers. De nombreux hommes de sa classe sociale considéraient leurs servantes comme de simples objets sexuels. Il en était de même en Amérique, entre maîtres et esclaves.

À ses yeux, le viol était aussi grave qu'un meurtre, et tout violeur méritait d'être châtié. Il n'avait aucun scrupule à exécuter lui-même la sentence.

Il vérifia que sa lame était tranchante, puis la retourna pour affûter l'autre face. Cela faisait des années qu'il n'avait pas revu Calitain, mais il savait qu'il longeait souvent la côte africaine et gagnait sa vie en transportant des esclaves vers les Amériques. Depuis que les États-Unis avaient interdit l'entrée de nouveaux esclaves, le trafic d'êtres humains était encore plus lucratif.

Quelqu'un frappa à la porte, l'interrompant dans ses pensées. Will apparut, hirsute, le regard ensommeillé.

— Je suis venu dès que possible, milord.

Hugh posa sa pierre à aiguiser et rangea son sabre dans son fourreau.

— Assieds-toi. Tu veux quelque chose à boire ?

— Non merci, répondit Will sans masquer sa curiosité et son inquiétude.

Ramsay se servit un autre cognac.

— Martin est venu à Londres, porteur de nouvelles importantes.

— Oui, je l'ai vu partir.

— Il est arrivé à pic, car Hastings a enlevé lady Davenport.

— Bon sang ! Comment ? Quand ?

Avant que Hugh puisse répondre, la porte s'ouvrit avec fracas. Martin et Delacroix apparurent, traînant un troisième homme dans leur sillage. Celui-ci avait un œil au beurre noir et une lèvre fendue.

— Qui est-ce ? demanda Hugh en se levant.

Delacroix esquissa un sourire.

— On l'a trouvé alors qu'il quittait Lessing Hall à cheval. Il venait de déposer ceci.

Il brandit un morceau de papier.

— Il ne voulait manifestement pas se faire remarquer.

Delacroix tordit le bras de l'inconnu pour le faire parler.

— Explique à Sa Majesté pourquoi tu étais si pressé de quitter sa superbe demeure !

Ramsay leva les yeux au ciel. Delacroix ne pouvait s'empêcher de le moquer. Ses hommes trouvaient amusant que Standish le Borgne soit un lord anglais.

— Je devais simplement déposer le message pour… euh… Sa Majesté.

Delacroix et Martin pouffèrent, sous l'œil noir de Hugh.

Il lut le message :

Ramsay,
On tient ta femme. Si tu ne viens pas avec 50 000 livres à la nuit tombée, au vieux cottage sous le phare, on la tuera ou on la vendra. On sait que tu as cet argent. Ne sois pas en retard et n'essaie pas de nous posséder. On a des gens qui vous surveillent. Fais ce qu'on te dit.

— Je suppose que c'est toi qui es chargé de nous surveiller ? demanda-t-il au prisonnier.

— Oui, Majesté, marmonna l'homme, tête baissée.

— Tu es impliqué dans l'enlèvement d'une aristocrate et dans une demande de rançon. Tu sais ce que ça signifie ? Si tu coopères, je me montrerai clément. Si tu mens, je veillerai à ce que la pendaison ou la déportation te semblent être une partie de plaisir. C'est compris ?

— Je vous dis la vérité, Majesté ! L'homme qui nous a payés, avec Jed, m'a ordonné de déposer le message et d'attendre un grand type avec un seul œil.

Il lança un regard à la dérobée à Hugh.

— Si vous partiez, je devais vous suivre, ajouta-t-il. Ensuite, j'aurais été payé.

— Où est ton complice ?

— Il est allé à Londres, Majesté, pour livrer le même message au cas où vous ne seriez pas parti.

Cette histoire était plausible.

— D'autres hommes surveillent la maison ?

— Non, Majesté.

— Ils sont combien au cottage ?

— Rien que trois types et la fille.

Il fit une moue de douleur en essayant d'ouvrir son œil tuméfié.

Ramsay serra les dents en l'entendant manquer de respect à Daphné.

— Qui sont ces trois hommes ?

— J'en sais rien. C'est le plus petit qui nous payait, mais on n'a jamais su son nom. Les deux autres ont de drôles d'habits et ils ont un accent. Des Français, peut-être. Y en a un qui a expliqué qu'il attendait son navire et qu'il tuera le richard et la fille s'il n'a pas le magot avant demain soir.

Parcouru d'un frisson d'effroi, Hugh se tourna vers Will.

— Tu sais où se trouve le cachot, je suppose ?

En entendant ce mot, l'homme redressa vivement la tête.

— Oui, répondit Will en foudroyant le prisonnier du regard.

— Emmène notre invité là-bas, et fais en sorte qu'il soit bien enfermé.

— Avec plaisir.

Will et Martin l'empoignèrent chacun par un bras et le conduisirent hors de la pièce.

Hugh se tourna vers Delacroix et désigna la table garnie de tourtes, de viandes froides, de pain et de fromage.

— Mange ! Et raconte-moi ce que tu as appris sur Calitain.

Delacroix se servit généreusement.

— On a trouvé la *Faucheuse* à quelques heures à l'ouest, milord. Nous cherchions au mauvais endroit. Nous avons sillonné tous les repaires de contrebandiers, mais il était amarré à Plymouth ! À la vue de tous. Calitain a dû se racheter une conduite. J'ai des contacts à Plymouth et j'ai laissé la *Revenante* à quelques milles à l'est, avec pour ordre de suivre la *Faucheuse* si elle lève l'ancre. On attend vos ordres.

Sur ces mots, il se mit à dévorer à belles dents.

Ramsay réprima la lueur d'espoir qui venait de naître dans son cœur. Il fit tournoyer son verre de cognac pour réfléchir à la situation.

— Ils devront partir demain après-midi au plus tard s'ils doivent retrouver Calitain à la nuit tombée, déclara Hugh en croisant le regard de Delacroix. Vous suivrez la *Faucheuse* quand elle s'en ira.

Delacroix lui répondit d'un sourire qui ne présageait de rien de bon pour l'équipage ennemi.

— Il est temps qu'on en finisse avec cette histoire, capitaine.

Kemal frappa à la porte et entra. Il observa tour à tour les deux hommes.

— Milord ? fit-il d'un air pincé.

— Un plan commence à se profiler dans ma tête, dit-il en tendant un cognac à Kemal.

Il sourit en songeant aux prochaines quarante-huit heures et leva son verre.

— À la mort de Calitain !

23

Prise d'une étrange sensation, Daphné passa une main sur sa bouche comme pour en chasser une mouche. Un rire sardonique lui donna la chair de poule. En se redressant d'un bond, elle percuta le corps d'un homme. Deux grosses mains la prirent par les épaules et l'allongèrent sur le lit. Deux yeux luisants plongèrent dans son regard, à quelques centimètres de son visage.

— Allons, allons, milady… ne t'affole pas, fit Calitain en écartant quelques mèches de ses cheveux. Je ne te ferai aucun mal.

Il caressa sa joue du dos de la main.

— Je venais voir si tu avais faim.

Il balaya son décolleté du regard et se mit à rire.

— En fait, je venais voir si tu pouvais nous préparer à manger, mais je me suis rappelé que tu étais une femme de la haute qui ne s'abaisse pas à ces tâches triviales.

Il avait raison. Daphné n'avait jamais cuisiné de sa vie.

— Ce n'est pas grave, poursuivit-il sans cesser de lui caresser les cheveux. Jean-Paul n'est pas un mauvais cuisinier. Viens…

Il lui prit la main et l'incita à se lever.

— Tu as passé ton temps à dormir, alors que c'est peut-être ton ultime journée. Tu devrais profiter de chaque minute et me raconter ce que l'on ressent.

Tout le monde n'a pas la chance de savoir que c'est son dernier jour.

Il la plaqua contre son corps.

— Tu vois, fit-il avec un sourire, je t'accorde un avantage que la plupart des gens n'ont pas quand ils meurent. Tu peux faire le bilan de ton existence avant de partir vers un monde meilleur.

Il était complètement fou. Daphné entendait presque les pensées frénétiques qui se bousculaient dans sa tête. Il la relâcha aussi vite qu'il l'avait empoignée. Elle le suivit sans résister, de peur de le contrarier. Ils entrèrent dans la pièce voisine. La table était entourée de trois chaises. Malcolm gisait toujours sur le matelas, inerte.

— Tu regardes notre petit lord, dit Calitain. Tu es inquiète pour lui ? Ne t'en fais pas. Il va bien, mais il a trop bu. Il n'est pas en état d'apprécier son dernier jour. Il se réveillera peut-être tout à l'heure. En attendant, assieds-toi, ma belle. Jean-Paul va nous préparer un petit déjeuner.

L'intéressé était penché au-dessus d'une marmite, dans la cheminée. Son plat sentait mauvais. L'expression de dégoût de la jeune femme n'échappa pas à son geôlier.

— Dommage ! railla-t-il en adressant un regard complice à Jean-Paul. Je crains que ta modeste pitance ne soit pas digne de milady ! N'aurais-tu pas autre chose à lui proposer ? Un croissant ? Des fraises à la crème ?

Les deux hommes s'esclaffèrent, pleins de mépris. La jeune femme se jura de mieux dissimuler ses sentiments à l'avenir.

— Ne t'en fais pas, répéta-t-il, près d'elle. On finit par s'habituer à la cuisine de Jean-Paul.

Il déchira une miche de pain et en posa un morceau devant la jeune femme.

— Mange, ordonna-t-il.

Il n'était plus du tout amusé. Daphné obéit en suivant son exemple : il trempait des morceaux de pain dans un café très fort. C'était bon, étonnamment.

Elle en profita pour observer les malfrats. À l'image de tous les marins qu'elle avait croisés, ils étaient rudes, la peau tannée, striée de rides et de cicatrices. Calitain avait les avant-bras musclés et bronzés. Ses mains énormes et calleuses témoignaient d'une vie de labeur. Il semblait capable de la rompre aussi facilement que la miche de pain.

Les deux hommes semblaient en alerte, comme s'ils s'attendaient à être attaqués. Jean-Paul était tendu et Calitain était à fleur de peau, en mouvement perpétuel. Ses yeux bougeaient sans cesse, tels ceux d'un loup. Il était en proie à un débat interne sans fin.

Jamais elle n'avait croisé plus terrifiant personnage.

Soudain, un gémissement s'éleva à l'autre extrémité de la pièce. Malcolm, avachi contre le mur, avait la tête entre les mains.

Calitain éclata d'un rire méprisant.

— Qu'est-ce... Qu'est-ce qu'il y avait dans cette bouteille ? geignit Malcolm.

— Un petit remontant, railla Calitain. Une spécialité de Jean-Paul. Tu ne voudrais pas le vexer, n'est-ce pas ?

Il avait l'air très sérieux. Jean-Paul s'était interrompu pour fixer la silhouette tremblante de Malcolm.

— Non ! Je ne disais rien de mal ! C'était un peu... corsé. J'ai un sacré mal de tête ! Je peux avoir du thé ?

Daphné aurait pu signaler à son cousin qu'il n'était pas très avisé de solliciter quoi que ce soit de ces hommes, qui détestaient visiblement les Anglais.

En un éclair, Calitain prit Malcolm à la gorge.

— Qu'est-ce que tu dis ?

Il secoua Malcolm de toutes ses forces.

— Jean-Paul, qu'est-ce qu'il veut, l'aristo ? hurla-t-il en postillonnant sur le visage de Hastings.

Son complice haussa les épaules.

— Du thé, je crois.

— C'est bien ce que je pensais...

Calitain fronça les sourcils, comme s'il hésitait entre plaisir et déception. Puis il regarda Malcolm et parut ne plus se rappeler pourquoi il lui enserrait la gorge.

Malcolm écarquilla les yeux. Calitain le relâcha et le regarda s'écrouler sur le matelas en cherchant son souffle.

— Lève-toi et va manger, lui ordonna Calitain. Jean-Paul va te servir un café bien fort, et pas ton maudit thé.

Hastings se redressa péniblement et s'attabla, terrorisé. Il sursauta quand Jean-Paul posa un bol de café devant lui. L'espace d'un instant, Daphné redouta qu'il n'exige une tasse en porcelaine. Un regard de Calitain l'incita à prendre son bol pour boire.

— Jean-Paul et moi, on n'est pas équipés pour les mondanités, dit celui-ci d'un air malicieux. On ne pensait pas rester si longtemps. En réalité, on ne pensait pas venir du tout. C'est de ma faute, sans doute. J'ai fait confiance au petit lord quand il m'a garanti qu'il aurait mon argent. La parole d'un gentleman, c'est quelque chose... pas vrai, Jean-Paul ?

Ce dernier foudroya Malcolm du regard. Hastings baissa la tête pour éviter de regarder le pirate mentalement dérangé avec qui il avait conclu un marché. En le voyant crisper le poing sur la table, Daphné crut que Calitain allait frapper Malcolm, mais il se contenta d'un geste désinvolte.

— Je ne devrais pas me plaindre, concéda-t-il en prenant une main de la jeune femme pour la caresser. Sans le petit lord, je ne serais pas sur le point de retrouver mon bon ami Standish le Borgne. Je brûle d'impatience de voir son air ahuri. J'ai été bien surpris d'apprendre qu'il est lord Ramsay. Un baron ! Tu y crois, Jean-Paul ?

— La réalité dépasse souvent la fiction, commenta l'autre avec un sourire mauvais.

Calitain avait l'air d'un adolescent sur le point d'arracher les ailes d'une mouche. Il éclata d'un rire sadique et se tourna vers Daphné, qui savourait l'humiliation qu'infligeait ce dément à Malcolm, en dépit des circonstances. Son sourire furtif n'échappa pas à son geôlier.

— Je crois que cette dame ne t'aime pas, milord !

Il revint à elle :

— Vois-tu, ton amoureux et moi ne sommes pas les meilleurs amis du monde, depuis quelques années. Lord Ramsay est très rancunier. Moi, je ne suis pas ce genre d'homme. Pour moi, ce ne sont que des affaires, tu comprends ?

— Oui, dit-elle pour ne pas le contrarier.

Calitain poursuivit son monologue d'un air pensif :

— Depuis tout ce temps, je subis Standish et sa rancune. C'est un roquet qui ne lâche jamais son os. Il devrait plutôt me remercier !

Il frappa du poing sur la table, le regard fou.

— Oui, il devrait me remercier. Sans moi, il serait mort entre les mains du sultan. C'est moi qui ai convaincu le vieux de le laisser vivre après qu'il l'a attrapé en train de comploter. J'ai persuadé le sultan qu'il pouvait tirer de lui des heures de divertissement.

Des flammes dansèrent dans ses yeux noirs.

— Sans moi, ton baron serait mort depuis longtemps. Est-ce qu'il m'est reconnaissant ? Non !

Il se pencha vers elle, mais elle demeura immobile. Au bout de quelques secondes interminables, il se redressa.

— Non. Il me tourmente, il me traque comme une bête. Je n'ai nulle part où aller. Il a promis une récompense pour avoir ma peau.

Calitain avait le regard vide. Il ne cessait de crisper les poings. Allait-il perdre totalement la raison ? Soudain, il se détendit, animé par une émotion que Daphné ne put déchiffrer. Presque implorant, il croisa son regard.

— À cause de lui, je suis contraint de me livrer à la traite des esclaves. C'est mon seul moyen de gagner de l'argent. Et c'est de sa faute si je ne dors jamais, si je suis toujours en fuite, à me demander si un membre de mon équipage va me trahir pour toucher la récompense.

Il se voûta sous le poids de ses tourments. En voyant sa chevelure brune, Daphné s'imagina en train de lui fracasser son bol sur la tête.

Il se leva si brutalement que sa chaise bascula en arrière et heurta le mur.

— Je comprends maintenant que ma présence dans ce cottage a un sens. C'est le *kismet*, comme on dit en Orient. Tu en as entendu parler ?

— Le destin, répondit-elle.

Il poussa un cri de joie et frappa de nouveau la table.

— Je commence à comprendre pourquoi Standish est amoureux de toi, milady. J'aime la compagnie d'une maîtresse instruite. Pas vrai, Jean-Paul ?

Ce dernier se contenta d'un sourire. Calitain redressa sa chaise et se rassit.

— Donc on attend que Standish vienne, ce soir, reprit-il en saisissant le menton de Daphné. Ensuite, mon amour, je prendrai son argent et je le tuerai, histoire de régler notre différend une fois pour toutes. À compter de ce soir, le kismet pourra aller torturer un autre malheureux que moi.

Une fois encore, ce fut Malcolm qui détourna l'attention du dément.

— Et elle ?

Même en danger de mort, Hastings la détestait.

Vif comme l'éclair, Calitain lui assena un coup de poing qui le fit s'écrouler par terre.

— Comment oses-tu me demander quoi que ce soit, toi ? ragea Calitain en le dominant de sa hauteur. Tu ne me sers plus à rien ! Que Standish vienne ou pas, à quoi tu me sers ? Je devrais te tuer maintenant... ou laisser milady s'en charger.

La jeune femme trouva cette suggestion alléchante. Mais Calitain poursuivait :

— Tu n'es qu'un crétin imbu de ta personne, comme tous tes semblables. J'en ai connu beaucoup, tu sais ! Il se trouve que j'ai du sang bleu, moi aussi ! Tu n'en reviens pas, hein ? Une raclure telle que moi ?

Il lui assena un coup de pied dans l'arrière-train, sans grande conviction. Irrité, il retourna s'attabler en grommelant. Malcolm rampa jusqu'à un coin de la pièce pour s'y tapir. Sans doute avait-il compris – enfin – qu'il était plus sage de rester hors de portée du capitaine.

Jean-Paul posa brutalement deux bols sur la table. Daphné prit sa cuillère et mangea sans hésiter. Perdu dans ses pensées, Calitain ne lui prêta aucune attention. Le regard perdu, il se mit à manger à son tour.

Au bout de ce qui parut une éternité, il reposa brusquement sa cuillère.

— Oh oui, je les connais, ces aristos... maugréa-t-il. Ma mère aussi, elle en connaissait un rayon sur eux, et bien malgré elle – paix à son âme.

Il trempa un morceau de pain dans son bol et l'enfourna avant de reprendre :

— Ce sont des aristos français qui l'ont amenée en Angleterre. Ils rendaient visite à des cousins. Le fils de la maison l'a trouvée à son goût, la petite bonne qui ne parlait pas un mot d'anglais. Ça l'arrangeait bien, le petit lord. Il s'en moquait de faire la conversation à une vulgaire bonniche ! Après le viol, ma mère est allée voir sa maîtresse en pleurant, la robe en lambeaux, pour lui raconter ce que le salaud lui avait infligé.

Calitain s'interrompit pour afficher un sourire amer.

— La patronne l'a giflée si fort qu'elle est tombée à la renverse. Elle l'a traitée de catin. Oui, elle a traité ma mère de traînée, puis elle l'a chassée sans rien d'autre que ce qu'elle avait sur le dos, dans un pays étranger.

Calitain crispa les doigts sur sa cuillère comme s'il s'agissait d'une arme.

— Ma mère a dû recourir à l'unique moyen qu'elle avait de gagner sa vie. Elle s'est prostituée. Eh oui ! lança-t-il à Daphné. Tu es assise à côté d'un homme presque aussi noble que toi. Tu imagines ? Naturellement, je n'ai pas grandi dans le château familial. En revanche, je le voyais souvent, quand j'étais petit. De l'extérieur. J'ai peut-être pris un peu de noblesse au passage…

Son regard fou transperça la jeune femme, qui crut sa dernière heure arrivée. Elle allait mourir d'un coup de cuillère en plein cœur… À sa grande surprise, il ferma les yeux et ses traits affichèrent une expression presque juvénile.

— J'ai revu mon cher père. Vois-tu, il s'est marié et a eu des enfants, mes demi-frères et sœurs. Bien sûr, on ne fréquentait pas les mêmes milieux. Je lui ai parlé une seule fois et ça m'a suffi.

Il eut l'air peiné.

— Hélas, il ne m'a pas accueilli à bras ouverts. Il a même nié être mon père ! Cela ne m'aurait pas contrarié outre mesure, mais il a alors traité ma mère de menteuse, affirmant que c'était une traînée qui l'avait séduit.

Sa voix se brisa et il frappa encore du poing sur la table. Peu à peu, il se concentra sur la jeune femme.

— Je n'ai pas pu le supporter. C'est normal, non ? Tu permettrais que ta mère soit injuriée, toi ? Elle est morte si jeune, usée par la vie de misère qu'il lui avait imposée. J'ai dû me débrouiller seul très tôt. J'ai dû suivre son exemple… Je lui ai raconté tout ça. J'ai fini par le convaincre de ma bonne foi… Juste avant de mourir, il m'a soufflé qu'il regrettait de m'avoir si mal traité, moi, son fils aîné.

Il posa les mains à plat sur la table et les observa comme s'il les voyait pour la première fois.

— Sa mort m'a tellement dévasté que j'ai dû quitter l'Angleterre.

Il leva la tête. Son expression n'était plus triste. Il semblait même confiant.

— Pour être tout à fait honnête, être capturé par des corsaires dès le début de mon périple est la meilleure chose qui ait pu arriver au jeune garçon que j'étais. Il ne faut pas croire ce qu'on raconte sur leur cruauté légendaire, milady. Ils offrent des possibilités d'évoluer. Il suffit de saisir les occasions quand elles se présentent.

Il poussa un long soupir.

— Standish ne l'a jamais compris, reprit-il. Je me suis toujours demandé pourquoi il se considérait supérieur à moi, et voilà que je découvre qu'il n'est qu'un aristo arrogant de plus. Quand il apprendra que nous sommes peut-être cousins !

Il sourit, les yeux pétillants à la perspective de ses retrouvailles avec Hugh.

Calitain parla pratiquement sans interruption. Daphné était épuisée à force de demeurer impassible face à son soliloque délirant. Il allait la rendre folle ! Ou la faire mourir d'ennui…

À la tombée du jour, Malcolm rassembla son courage pour poser la question que Daphné n'osait formuler :

— Les hommes ne sont pas revenus. Apparemment, Ramsay n'a pas alerté les autorités ou fomenté une embuscade. Il fera bientôt nuit… Que faire ?

Plus il était exposé au regard du pirate dément, plus il perdait confiance en lui. Calitain se leva et se dirigea vers une alcôve derrière la cheminée. Il revint avec deux armes. Il en lança une à Jean-Paul, qui l'attrapa aisément alors qu'il semblait somnoler non loin du matelas de Malcolm.

— Je vais me préparer à accueillir Standish, milord. Et Jean-Paul se préparera à recevoir quiconque l'accompagnera. Si les hommes que tu as payés ont fait leur boulot, l'équipage de la *Revenante* ne sera pas là.

Calitain sortit une lame courbe d'un fourreau ouvragé et se tourna vers Malcolm avec une expression glaciale.

— En réalité, je me moque du nombre de personnes qui viendront. Nous serons prêts de toute façon, n'est-ce pas ?

Jean-Paul s'affairait déjà à aiguiser sa lame.

Malgré l'humeur imprévisible de son geôlier, Malcolm n'en avait pas terminé :

— Et si mes hommes n'avaient pas pu délivrer le message ? Et si Ramsay avait averti son navire ? Et si tous ses hommes venaient à la rescousse ? Comment comptez-vous les combattre tous ?

Calitain s'esclaffa, sans cesser d'aiguiser son arme.

— Mais tu es de notre côté, non ? Tu vaux une dizaine d'hommes à toi seul !

Jean-Paul et lui éclatèrent d'un rire tonitruant.

— Ne t'en fais pas, petit bonhomme, mes hommes seront là. Nous ne serons pas en minorité.

Il observa Malcolm avec dédain, avant de reporter son attention sur son sabre.

Au moment où Hastings rouvrait la bouche, Calitain se leva d'un bond.

— Chut ! souffla-t-il en dressant l'oreille.

Dans le silence, Daphné perçut le son d'une corne. Esquissant un rictus de triomphe, Calitain saisit son ceinturon et glissa son sabre dans son fourreau.

— Que se passe-t-il ? s'enquit Malcolm.

Le pirate l'ignora et alluma l'unique lanterne, tandis que Jean-Paul se munissait de torches pour les enflammer dans la cheminée. Les deux hommes se précipitèrent vers la porte.

— Viens ! ordonna Calitain à Malcolm. Et tiens la fille. Tu en es capable, au moins ?

Il ouvrit la porte. Jean-Paul installa les torches de part et d'autre du seuil.

— Espèces de raclures arrogantes, murmura Hastings dans le dos des deux marins. Venez ! dit-il à Daphné en lui empoignant le bras. Et n'essayez pas de m'échapper, ma belle, car je suis d'humeur à vous égorger sans l'ombre d'une hésitation.

Pour souligner ses propos, il brandit le petit couteau qu'il avait posé sur sa gorge après son enlèvement.

Elle le suivit sans discuter, soulagée de quitter le cottage. Elle comprit vite pourquoi la maison était aussi humide en découvrant une petite crique, en contrebas. Les eaux devaient être peu profondes. Seul un petit bateau pouvait y naviguer.

Daphné aperçut une lueur, au loin. Une barque approchait. Quelqu'un fit clignoter une petite torche très brièvement.

— Ohé, du bateau ! lança Jean-Paul.

Tous quatre se figèrent, en alerte, attendant une réaction. Mais rien ne vint. Seul le clapotis des rames rompait le silence. Jean-Paul allait crier de plus belle quand une voix familière s'éleva derrière eux :

— Ohé !

24

Daphné fit volte-face.

— Hugh !

Aussitôt, Malcolm enroula un bras autour de son cou et l'attira vers lui, son couteau sur sa gorge.

— Un geste et je vous saigne, souffla-t-il à son oreille.

— Standish !

La voix de Calitain tremblait d'exaltation. Le baron apparut, montant Pacha, dans le cercle de lumière des torches.

— Tu es en avance, mon ami, reprit son ennemi. Tu devais être impatient de me voir.

Le baron était impressionnant. Derrière lui, Daphné ne discerna que Kemal. Son cœur cessa de battre. Comment deux hommes allaient-ils vaincre l'équipage de Calitain ?

— Hugh ! C'est un piège ! Il y a d'autres hommes dans...

Malcolm resserra son emprise, lui coupant le souffle. Elle se débattit malgré la lame du couteau qui s'approchait dangereusement de son œil.

— Ferme-la, traînée !

Calitain leur fit signe de se taire.

— Allons, petit lord, ce n'est pas une façon de traiter une dame ! Relâche ton emprise et baisse ton arme. Tu risques de trébucher et de t'éborgner toi-même...

Son ton faussement aimable était menaçant.

Hastings obéit de mauvaise grâce. Daphné respira profondément.

— Tu vois ? lança Calitain à Ramsay. Tu n'as rien à craindre. Elle est saine et sauve.

Daphné leva les yeux vers Hugh, qui la gratifia d'un sourire irrésistible. Il mit pied à terre et tendit ses rênes à Kemal, puis il s'approcha des deux pirates sans quitter la jeune femme du regard. Son assurance la réconfortait. Elle n'était plus seule. Elle avait deux alliés de taille, car Kemal lui souriait également.

— Pas trop près ! prévint Calitain.

Le baron s'arrêta. Sans son bandeau, son visage était d'une beauté à couper le souffle. Elle ne l'avait jamais vu ainsi, tout de noir vêtu, de sa cape à ses bottes de cuir. Ses vêtements le moulaient comme une seconde peau. Son sabre, qu'il portait en bandoulière, ressortait telle une arme provenant de quelque légende arthurienne.

— C'est un beau cheval que tu as là, Standish, poursuivit Calitain d'une voix traînante. Je le garderai peut-être après t'avoir tué.

— Tu peux toujours essayer, répondit Hugh sans masquer son mépris. Je doute qu'il soit d'accord. Il ne supporte pas les trafiquants d'esclaves ni les traîtres.

Calitain sembla plus amusé qu'insulté. Seul son regard fou trahissait sa nervosité. Il ne cessait de regarder la barque qui approchait de la rive.

— Je veux mon argent. Où est-il ?

— Ton argent ? répéta Ramsay en riant. Pourquoi veux-tu que je t'aie apporté de l'argent ?

Calitain posa la main sur le manche de son sabre.

— Ne joue pas avec moi, Standish ! Donne-moi l'argent, ou le petit lord tuera ta traînée.

Daphné croisa le regard de Hugh, qui lui fit un signe de tête imperceptible. Le message était pourtant clair :

elle devait se jeter à terre. Malcolm la maintenait d'un bras. Heureusement, grâce à Calitain, il avait baissé son couteau. C'était le moment ou jamais.

Elle mordit violemment la main de Hastings.

Il hurla de douleur et la repoussa. Elle bascula en arrière et se prit les pieds dans le bas de sa robe déchirée. Alors qu'elle cherchait à se redresser, Malcolm la frappa à la tête. Elle tomba à quatre pattes.

— Sale garce ! s'écria-t-il en observant la morsure.

Il s'apprêta à lui assener un coup de pied, et elle se mit en boule pour se protéger le crâne. Mais le choc ne se produisit pas. Elle leva les yeux vers son agresseur. Il ne s'intéressait plus à elle. Son regard était rivé sur la pointe acérée plantée dans sa poitrine. Lorsqu'il ouvrit la bouche, pas un son n'en sortit.

Un filet de sang se mit à couler de ses lèvres, vers son torse écarlate. Il tira sur la flèche pour tenter de l'arracher. Les yeux révulsés, il s'écroula à terre.

Daphné n'était pas la seule étonnée. Calitain et Jean-Paul reculèrent, nerveux, sabre au poing, cherchant d'où provenait cette flèche. La jeune femme se leva et se précipita vers le cottage, s'attendant à sentir une flèche la transpercer à son tour.

En s'adossant au mur, elle vit Kemal qui s'accroupit près d'elle.

— Venez, milady. Tout va bien.

Hugh l'avait vue s'échapper. Visiblement détendu, il lui fit un clin d'œil avant de se tourner vers les deux pirates. Calitain et Jean-Paul, dos à dos, scrutaient les hommes qui étaient dans la barque. Dès qu'ils mirent pied à terre, ils ôtèrent leurs capes sombres.

Daphné n'eut pas besoin de ses lunettes pour reconnaître la silhouette imposante de Deux Canoës, tenant un arc et prêt à décocher une flèche.

Calitain se détourna. Quant à Ramsay, il ne souriait plus.

— Toi, pose ton arme, ordonna-t-il à Jean-Paul. C'est entre lui et moi.

Il sortit son sabre de son fourreau et ôta son ceinturon.

Jean-Paul et Calitain échangèrent un long regard, puis Jean-Paul jeta son sabre, ainsi que trois couteaux, un glissé dans sa ceinture et un dans chaque botte. Enfin, il leva les mains et se dirigea vers les autres hommes.

— Ça faisait un bail, pas vrai ? lança Calitain à Hugh. On ne s'était pas revus depuis que j'ai tué Wüstenfalke, le dernier propriétaire de ce superbe sabre. Dis-moi, qu'as-tu fait de mon équipage ?

Il semblait plus curieux qu'inquiet.

— Ils ont été… neutralisés, répondit Hugh, qui tenait son arme avec une certaine désinvolture.

— Et mon navire ? insista Calitain, secoué de tics nerveux.

— *Ton* navire ? Il semble qu'il soit tombé entre les mains d'un homme plus à même de le conserver. Tu te rappelles Martin Bouchard ? Celui qui vous a infligé tant de pertes, la dernière fois qu'il a croisé la *Faucheuse* ? Ça fait un moment qu'il rêve d'être maître de son propre vaisseau. Alors, quand on a trouvé ton bateau à la dérive, qui ne demandait qu'à être récupéré avec son équipage minable, j'ai décidé de le lui laisser. Quand j'ai quitté Martin, il était en train d'installer ses affaires dans ta cabine. Ton armoire n'était pas assez grande à son goût.

Daphné savait que Calitain était vif. En revanche, elle ne l'avait jamais vu sur le point de tuer. Si elle s'était trouvée à la place de Ramsay, elle n'aurait pu se déplacer à temps pour éviter que le dément se jette sur elle.

Hugh, lui, se contenta d'un pas de côté pour esquiver la lame qui visait sa tête. Ivre de rage, l'agresseur se retourna pour attaquer de plus belle, mais Ramsay riposta de son sabre. Les deux armes se heurtèrent dans un tintement de métal. Les adversaires s'observèrent tels deux fauves.

Calitain était redoutable, puissant et rapide. Son caractère imprévisible risquait de déstabiliser son ennemi.

Ils se battaient avec une brutalité féroce. Les témoins de la scène s'écartaient pour leur laisser la place. Face à la beauté de ce combat, Daphné était presque en transe. Soudain, Calitain rompit leur danse et feinta vers la gauche.

La jeune femme vit l'erreur avant même qu'elle se produise. La parade de Hugh fut un peu trop ample, de sorte qu'il n'eut pas le temps d'esquiver une attaque horizontale. La lame courbe lacéra la chemise et la peau du baron.

Daphné poussa un cri. Lorsqu'elle voulut se ruer vers lui, Kemal la retint par les bras.

— Arrêtez-les ! lança-t-elle en se débattant. Il faut que l'un de vous les arrête !

Aucun des hommes présents n'osa croiser son regard. Le combat reprit. La jeune femme en eut le souffle coupé. Une estafilade barrait le torse de Hugh et saignait abondamment. La vue du sang revigora Calitain, qui éclata d'un rire mauvais et avança inexorablement.

Très concentré, Ramsay parait chaque offensive. Mais Daphné vit son talon heurter un morceau de bois flotté. Il perdit l'équilibre et ne put esquiver la lame qui visait sa tête.

Si son œil valide fut épargné, une longue traînée de sang apparut sur son front.

Le pirate rit de plus belle.

— Ah ! Ça rappelle des souvenirs, hein ?

Hugh retrouva vite ses esprits. Hélas, il recula encore.

— Je vais peut-être m'occuper de ton autre œil. J'avais bien dit à Barbarossa de s'en charger autrefois, le jour où il a tué tes amis et m'a promu. Mais il m'a répondu qu'il aimait t'obliger à regarder les choses qu'il te faisait. Il aimait ça, hein ? Un peu trop, peut-être. Finalement, il a perdu la tête ! Je ne commettrai pas la même erreur.

Sur ces mots, il attaqua à la vitesse de l'éclair. Ramsay se pencha et partit vers la droite. Son visage se métamorphosa soudain. L'homme qu'elle connaissait, qu'elle aimait, le visage inondé de sang et de sueur, fit place à un monstre vengeur et mû par la haine.

Loin de reculer, il fonça en avant. Calitain hésita une seconde de trop. Il n'en fallut pas davantage à Ramsay pour brandir sa lame, qui fendit l'air comme une faux. Calitain dut se jeter à terre. Il se releva juste à temps pour éviter une nouvelle offensive. Le fracas fut assourdissant. Les chocs étaient si violents que Daphné s'étonnait de ne pas voir le métal se briser. Hugh se mit à rouer de coups son ennemi, qui chancelait. Soudain, Calitain se retrouva désarmé. Il se mit à hurler et tourna les talons pour s'enfuir vers le cottage.

Tel un ange de la mort, le baron fit pivoter le manche de son arme et assena un coup du plat de la lame à son ennemi. Un craquement sinistre se fit entendre. Calitain s'écroula.

Hurlant de douleur, il rampa et roula de côté pour se plaquer contre le mur et se protéger la tête de ses bras.

— Vas-y ! Finis le boulot, salaud ! Achève-moi ! Tu en rêves depuis quinze ans. Qu'est-ce que tu attends ?

Ramsay brandit son sabre à deux mains. À la lueur des torches, la lame parut s'enflammer. Chacun retint son souffle.

Quand l'arme amorça sa descente, Daphné ferma les yeux. Le son macabre d'un corps fendu en deux ne venant pas, elle entrouvrit les paupières. Ramsay dominait son ennemi vaincu, son sabre sur le côté.

— Pendant quinze ans, j'ai cru que tu avais anéanti mon existence. Pendant quinze ans, je n'ai vécu que pour te retrouver et te tuer. Pendant quinze ans, je t'ai laissé me contrôler, Émile, dit-il en secouant la tête.

En l'entendant prononcer son prénom, Calitain leva les yeux.

— J'ai été stupide, reprit Ramsay. C'est fini. Ta mort serait un châtiment trop doux et ne me ferait aucun bien. Tu as brisé des milliers de vies, et je refuse de faire partie de tes victimes.

Sur ces mots, il se détourna. Ivre de soulagement, Daphné chancela. Dieu soit loué... En ouvrant davantage les yeux, elle vit Pacha près d'elle, qui l'observait d'un air blasé en mastiquant quelques brins d'herbe.

Daphné chassa ses larmes et flatta l'encolure de l'animal. Il hennit de plaisir.

— Tu as raison de garder ton calme, murmura-t-elle.

Elle se tourna vers les marins qui entouraient celui qu'elle aimait.

— Vivre avec un homme de sa trempe t'a rendu sage, ajouta-t-elle.

Elle caressa le front du cheval, avant d'aller à la rencontre de son maître. À son approche, les marins s'écartèrent.

— Les démons se sont envolés, déclara Kemal en s'inclinant.

Ces démons qu'elle avait vus de ses propres yeux.

Elle posa une main sur l'épaule de Ramsay, redoutant de voir son visage meurtri. Ce fut son torse lacéré qu'elle remarqua d'emblée.

— Hugh ! Oh non...

Il la prit par le menton pour l'obliger à lui faire face.

— Bonjour, chérie, dit-il avec un sourire chaleureux.

Daphné examina son front sanguinolent. L'entaille était moins profonde que celle de son torse.

— Ces blessures... il faut...

Il l'enlaça et la souleva, la serrant si fort qu'elle eut du mal à respirer.

— Mon amour... souffla-t-il à son oreille. Combien de fois devrai-je te répéter de ne pas monter dans la voiture d'un inconnu ?

Il se mit à rire.

— Hugh... tu m'étouffes...

Heureux, il la déposa enfin à terre.

— Désolé.

Il s'empara de ses lèvres et l'embrassa avec fougue. Quand il s'écarta enfin, il ne put réprimer une grimace.

— J'ai taché ta robe... Dommage, ce jaune te va à merveille.

— Ma robe était déjà souillée et déchirée. Tu arrives trop tard, milord, plaisanta-t-elle.

— Je t'en offrirai des dizaines d'autres, promit-il en traçant le contour de son décolleté, le regard brillant de convoitise.

— Tu ne penses donc qu'à cela.

— Tu parles de mode ?

Daphné soupira.

— Viens, je t'emmène à la maison, conclut-il en riant.

Alors qu'il l'entraînait vers Pacha, elle désigna le corps de Malcolm.

— Et lui ? Et eux ?

Ligotés, Calitain et Jean-Paul étaient traînés vers la barque.

— Officiellement, sir Malcolm a péri tragiquement dans l'incendie de sa cabane de pêcheur. Il avait trop bu et n'a pas senti la fumée.

— Et les autres ?

Ils regardèrent les pirates embarquer.

— Il est temps qu'ils fassent l'expérience du sort qu'ils ont infligé à tant d'autres. Martin confiera Calitain et sa bande d'esclavagistes à des amis qui veilleront à ce qu'ils ne retrouvent jamais la liberté.

Sur ces mots, il la prit par la taille et la hissa sur la selle de Pacha, avant de s'asseoir derrière elle. La maintenant d'un bras, il murmura à son oreille :

— On rentre, ma fiancée chérie. J'ai hâte de retrouver notre lit... sauf si tu veux tenter une expérience à cheval ?

Il souligna sa proposition d'un mouvement de reins.

— Comment ? Tu ne serais pas capable de faire les deux à la suite ?

Le rire de Hugh résonna dans la clairière. Daphné sourit. Elle était douée pour badiner, finalement...

25

Il était plus de minuit quand Hugh se présenta enfin dans la chambre de Daphné. Il portait le peignoir en soie qu'elle connaissait et qui flattait sa musculature. Il avait un pansement sur la tempe et un imposant bandage sur la poitrine.

Assise devant sa coiffeuse, elle se brossait les cheveux. Leurs regards se croisèrent dans le miroir. Aussitôt, elle sentit son corps se crisper.

— Tout est réglé ? demanda-t-elle.

Il lui prit la brosse et entreprit de lisser à son tour les boucles blondes.

— Malcolm et le cottage ne sont plus qu'un tas de cendres fumantes. Calitain et ses comparses sont partis pour un long périple. Au fait, c'est ton ancienne femme de chambre – Fowler, Mme Blake – qui écrivait les lettres anonymes destinées à Will.

— Comment l'as-tu appris ? demanda-t-elle, abasourdie.

— Martin est allé à Whitton Park voir Blake, son mari. Il voulait le... l'interroger sur le rôle qu'il avait joué dans ton enlèvement. Il a trouvé une Mme Blake rongée par les remords. Son mari avait disparu en lui laissant assumer les conséquences.

Il hésita avant de reprendre :

— Hélas, Mme Blake a aussi avoué que c'était elle qui avait révélé la vérité sur tes fils à Blake, dans un moment de faiblesse. Naturellement, Blake l'a répété à Hastings. Bref, elle a écrit ces lettres dans l'espoir de soulager un peu sa conscience.

Blessée par cette trahison, Daphné hocha la tête, refusant d'y réfléchir dans l'immédiat.

— Eh bien, tout rentre dans l'ordre, on dirait...

— Presque tout.

Il afficha un sourire suggestif. Elle rougit, provoquant son hilarité.

— Tu es vraiment incorrigible ! s'emporta-t-elle.

— Tu as des cheveux superbes, commenta-t-il en les brossant avec amour.

Elle admira les muscles saillants de ses avant-bras. Il était si beau dans ce peignoir extravagant ! En observant son propre reflet dans la glace, elle se trouva quelconque, bien trop sage. Sans doute était-il accoutumé aux dessous en dentelle...

Levant les yeux, elle croisa de nouveau son regard et retint son souffle face à ses traits ciselés, presque durs. Il posa la brosse et la prit par les épaules pour la plaquer contre lui afin qu'elle sente son sexe gonflé de désir entre ses omoplates. Aussitôt, elle vit ses traits s'adoucir.

Daphné était fascinée. Qu'y avait-il de plus érotique que de procurer du plaisir à son partenaire en contemplant son visage ? Elle eut envie de lui en donner davantage, de le rendre fou d'amour, comme il l'avait fait pour elle.

La jeune femme pivota vers lui. Dès qu'elle posa les mains sur ses cuisses, il entrouvrit les lèvres, comme s'il émergeait d'une transe. Elle dénoua la ceinture du peignoir. Son cœur battait à un rythme effréné.

Le spectacle de sa verge tendue lui coupa le souffle. Elle suivit des yeux la ligne de poils dorés montant vers son nombril, son torse. Daphné prit le sexe palpitant dans sa main. Hugh frémit et se pencha vers elle.

— Daphné... gémit-il d'une voix rauque.

C'était presque une supplique. Fascinée par le membre qui prenait vie dans sa paume, elle effectua un lent mouvement de va-et-vient. Sa peau était plus douce que celle d'un bébé alors qu'il était si viril. Elle vit une goutte perler à l'extrémité de son gland satiné.

— Apprends-moi à te donner du plaisir...

— Continue comme ça. Le sommet est très sensible. Mes bijoux aussi...

Il avait la voix plus rauque que de coutume. Étonnée par la vulnérabilité de ce corps masculin, elle saisit son sexe à deux mains.

— Oui... gémit-il.

Encouragée par sa réaction, elle sourit. Elle passa le pouce sur la goutte qui perlait et s'en servit pour lubrifier ses mouvements. Dès qu'elle eut trouvé un rythme qu'il semblait apprécier, elle se pencha pour donner un coup de langue sur le gland humide.

— Bon sang ! gronda-t-il en écartant les jambes pour mieux s'offrir.

Elle ne prit que le gland dans sa bouche en poursuivant ses caresses manuelles.

— Oui, comme ça...

Il lui caressa la joue pour l'encourager. Les lèvres de la jeune femme enserraient la chair frémissante et gonflée. Il ne put réprimer une plainte sauvage.

— Plus profond, souffla-t-il. Oui... C'est ça...

Il enfouit les doigts dans sa chevelure.

Elle déplaça une main vers ses bourses. Il frémit et se raidit, puis il se retira en la retenant d'une main lorsqu'elle voulut le reprendre en elle.

Elle le regarda agiter son membre et se répandre sur son ventre, le corps dur comme la pierre, figé dans une explosion d'extase.

Jamais elle n'avait connu une telle sensation de pouvoir et un désir aussi ardent. Chancelant, il avait le souffle court, un sourire langoureux sur les lèvres.

— Tu m'as fait jouir plus vite qu'un adolescent fougueux.

Elle s'empourpra et baissa les yeux.

— Tu es toujours timide ? s'étonna-t-il. Après ce que tu viens de faire ?

Elle contempla son corps sculpté avec un désir grandissant. Lui tournant le dos, il remplit une cuvette pour effectuer une toilette sommaire. En se retournant, il croisa son regard admiratif.

— Viens, dit-il en la prenant par la main.

Il l'entraîna vers le lit où il se coucha à son côté. Il entreprit de dégrafer les boutons de sa chemise de nuit jusqu'à son nombril. En dévoilant ses seins, il émit un son rauque.

— Je brûle d'envie de te pénétrer et de te faire monter vers l'extase, avoua-t-il en la caressant doucement. Mais j'ai besoin d'un peu de temps pour... reprendre des forces. Je vais donc recourir à un autre jeu.

Il repoussa une mèche de ses cheveux, puis effleura son cou avant de s'arrêter sur un sein. Dès qu'il couvrit le mamelon durci de sa paume, elle ferma les yeux.

— Aurais-tu acquis ce talent extraordinaire en lisant le livre que tu m'as chipé ? murmura-t-il avant de titiller le téton de ses lèvres.

Elle chercha ses mots.

— Je l'ai emprunté, corrigea-t-elle d'une voix qu'elle ne reconnut pas.

Il émit un rire guttural qui fit naître une onde de chaleur entre ses cuisses.

— Préfères-tu que je prenne mon temps, ou veux-tu jouir maintenant ?

Elle garda les yeux fermés pour réfléchir à la question.

Il glissa la main le long de son ventre, vers le haut de ses cuisses, et s'arrêta sur son entrejambe.

— Dis-moi ce que tu veux, insista-t-il. Tes désirs sont des ordres. Je suis ton esclave de l'amour, Daphné.

Elle fut parcourue d'un long frisson.

— Je veux mon plaisir maintenant, souffla-t-elle d'une voix tremblante, en rougissant.

— Comme tu voudras, mon amour.

Il captura un lobe d'oreille entre ses lèvres et le suçota tout en remontant la chemise de nuit avec lenteur. Il dénuda enfin sa toison.

— Ouvre les jambes…

Elle obéit pour lui permettre d'effleurer ses grandes lèvres, puis son bouton de rose, de plus en plus fort. Dès qu'il la pénétra d'un doigt, elle frémit et serra les dents, puis elle se cambra.

— Tu en veux davantage, murmura-t-il.

De son pouce, il décrivit des cercles sur la partie la plus sensible de son corps. Quand elle fut humide d'excitation, il insinua un autre doigt et accentua ses mouvements jusqu'à ce qu'elle se crispe, au bord du précipice.

— Oui, ma beauté, abandonne-toi…

Il poursuivit ses caresses pour faire se succéder les ondes de sensations, encore et encore.

Repue, elle se sentit ensuite très lourde, le souffle court. Il couvrit son corps moite et vibrant. Une douce torpeur empêchait la jeune femme d'ouvrir les yeux.

Bercée par ses caresses, elle se lova contre lui en évitant son bandage. Elle posa les lèvres sur le cœur de Ramsay, qui battait pour elle.

— Je t'aime, Hugh.

— Si tu savais comme j'espérais entendre ces mots… Je t'aime, Daphné.

Elle enroula les bras autour de son cou.

— J'ai eu si peur pour toi ! Je tremblais de tout mon corps.

Elle se mordit la lèvre, les yeux embués de larmes.

— À Londres, j'ai dit que je pourrais te voir partir en voyage sur la *Revenante*, à faire ce que tu aimes, mais…

— Daphné…

Il roula sur le dos en l'entraînant avec lui.

— Je te promets de ne plus me battre au sabre.

— C'est promis ?

— Juré. Quant aux voyages, je n'ai plus vraiment envie de prendre la mer et de m'attirer des ennuis.

— Tu es sincère ? demanda-t-elle, soulagée. Je ne voudrais pas t'imposer cette décision. Je n'aimerais pas que…

— Chut… tu ne m'imposes rien. Je regrette de t'avoir embarquée dans mon passé sordide. Tu devais être terrifiée entre les mains de Calitain.

— Au début, oui. Ensuite, j'étais trop épuisée pour avoir peur. Cet homme est fou. Cependant, il ne m'a pas violentée. Il s'est contenté de frapper Malcolm et n'a cessé de ressasser ses idées noires. Comment a-t-il rencontré Malcolm, d'après toi ?

— Bien des Anglais ne voient aucun mal à profiter de la contrebande, voire de la traite des esclaves, qui est très lucrative. Malcolm connaissait sans doute quelqu'un qui faisait affaire avec Calitain. Il n'a pas pu résister à l'appât du gain.

— C'est très triste. Je suis désolée.

— Pourquoi ? Qu'as-tu fait de mal ?

— Je crois que c'est Malcolm qui a saboté ta selle ou qui a chargé quelqu'un de le faire. Il était assez fou pour croire que je l'épouserais et redoutait que tu t'en mêles. Si je t'avais parlé de ce chantage, rien de tout cela ne serait arrivé. À cause de moi, ta vie a été menacée par deux fois.

Il éclata de rire.

— Qu'y a-t-il de drôle ?

— Pardonne-moi, fit-il en la prenant par les hanches. Je ne devrais pas rire ainsi. Tu n'ignores pas que ton futur mari a un sens de l'humour très particulier.

— Je l'avais remarqué, en effet, répliqua-t-elle.

— Je ris parce que j'ai découvert que la coupable de ce sabotage n'est autre que Rowena, le dragon qui te sert de femme de chambre.

— Quoi ?

— La pauvre femme était persuadée que j'étais venu anéantir ta vie, à l'instar de Hastings. Elle ne cherchait qu'à te protéger. Je lui ai dit qu'elle devait oublier ce fâcheux incident et ne plus jamais recommencer.

Daphné songea aux nombreuses occasions où Rowena avait dénigré Hugh.

— Elle doit être un peu dérangée, commenta-t-elle.

— Elle m'a semblé très équilibrée lors de ses aveux. Elle pensait agir dans ton intérêt et celui des garçons. Elle est rongée par les remords.

Que dire ?

— Tu as perdu ta langue, chérie ? demanda-t-il en l'embrassant. Je vais t'aider à la retrouver...

Affichant un sourire suggestif, il glissa une main entre ses cuisses. Daphné se rendit enfin compte qu'elle se trouvait à califourchon sur ses hanches.

— Comment peux-tu plaisanter à ce sujet ?

En sentant ses doigts s'aventurer plus bas, elle retint son souffle.

— Je t'assure que je ne plaisante pas du tout...

Elle dut serrer les dents pour ne pas s'abandonner à l'onde de plaisir qui la submergeait et posa une main sur son avant-bras.

— Hugh.

— Oui ?

— Regarde-moi, je te prie. Dans les yeux.

— Oui, chérie ?

— Tu es très fort pour détourner mon attention.

— Je compte m'entraîner pour faire des progrès.

Face à l'air contrarié de la jeune femme, il s'interrompit.

— Je vois que le moment est mal choisi, admit-il. Tu as quelque chose à me dire, chérie ?

— Raconte-moi ce qui est arrivé à ton œil...

Elle se prépara à le voir se crisper. Contre toute attente, il se contenta d'un sourire.

— Je vais te le dire, chérie. Ce n'est pas un sujet tabou.

Il prit un oreiller et s'installa confortablement, en caressant distraitement un genou de la jeune femme.

— Si la mutilation elle-même fut désagréable, les circonstances furent encore pires. Je vais te situer le contexte afin que tu comprennes mieux. Au bout de quelques mois de captivité, j'ai élaboré un plan d'évasion incluant plusieurs autres captifs avec qui j'avais formé une sorte de confrérie.

Il marqua une pause, l'air pensif, puis reprit :

— L'esclavage est une expérience difficile à décrire à quiconque ne l'a pas vécue. Je dirai simplement que la sensation d'appartenir à quelqu'un, d'être impuissant, incite parfois à oublier que l'on n'est pas un objet. Les effets sont dévastateurs, et certains perdent leur âme. C'est le regard de ces hommes qui m'a fait peur. Je me suis juré d'être différent. Je devais d'abord m'associer à des hommes partageant mes convictions, capables de me soutenir dans les épreuves.

En voyant sa mâchoire serrée, Daphné s'en voulut un peu d'avoir abordé ce sujet, mais il était trop tard pour revenir en arrière.

— Nous étions dix, un nombre qui nous permettait de passer inaperçus, mais suffisant pour faire naviguer un bateau si nous parvenions à nous échapper. Il fallut plusieurs mois pour mettre le plan d'évasion au point. Au moment où nous allions passer à l'action, neuf d'entre nous ont été arrêtés sans crier gare et jetés dans le cachot du sultan. Un seul a échappé à ce sort, un marin du nom d'Émile Calitain.

Daphné frémit d'effroi.

— Calitain était esclave depuis un an de plus que moi. En ne le voyant pas parmi nous, j'ai cru qu'il s'était battu contre nos geôliers et qu'il avait péri. Mais ce n'était pas le cas.

Hugh affichait un air sombre. Cependant, sa rage meurtrière s'était apaisée depuis qu'il avait réglé ses comptes avec Calitain.

— Malheureusement, Fayçal Barbarossa, l'homme qui m'avait capturé, était au port. Barbarossa était un cousin du sultan. En apprenant que j'avais participé à un projet d'évasion, il s'est fait un plaisir de nous soutirer des renseignements.

— Comment cela ? demanda-t-elle.

Il plongea dans son regard et déglutit plusieurs fois, la gorge nouée.

— Nous ne sommes pas obligés d'en parler, assura-t-elle, une main sur son torse.

— Si.

Il respira profondément.

— Il le faut. Je ne veux rien te cacher, mon amour. Bref, ils voulaient savoir qui était impliqué et qui étaient nos complices à l'extérieur. J'avais décrit le plan à mon groupe, mais seuls moi, Delacroix et un Portugais du nom d'Alto connaissions le nom du garde dont la famille nous aidait....

Il avait le front et le cou moites de sueur, le regard brûlant.

— Ils nous torturaient ensemble, obligeant les autres à regarder, une méthode qui a fini par porter ses fruits. Ce qu'ils nous ont infligé... Tu es bien placée pour savoir que certains hommes sont prêts à toutes les bassesses pour dominer un autre être.

Daphné hocha la tête, perplexe. Où voulait-il en venir ? Puis la vérité engloutit la jeune femme comme une avalanche. Elle ne ressentait plus que de l'horreur.

Elle comprenait soudain la rage de Hugh en apprenant que Malcolm l'avait violée. Il avait été une victime, lui aussi.

— J'ignore combien de jours a duré ce calvaire, poursuivit-il. J'ai perdu plusieurs fois connaissance. Au terme d'une séance particulièrement atroce avec nos tortionnaires, à laquelle quatre membres du groupe n'ont pas survécu, Calitain est entré dans la salle des tortures. Il n'était pas enchaîné ou meurtri. Il respirait la santé et portait des vêtements neufs de marin, et non une tenue d'esclave. Il venait d'intégrer l'équipage de Barbarossa. Pour monter en grade, il avait sacrifié neuf esclaves. Nous avons servi de monnaie d'échange contre sa liberté.

Il semblait troublé, confus. Apparemment, il avait toujours du mal à croire à cette trahison.

— Cet homme avait été comme un frère pour moi. Un frère !

La jeune femme serra sa main dans la sienne.

— Malgré mon état, le spectacle de ce type bien gras m'a transformé en bête sauvage. Ils ont dû m'arracher à lui. Il lui manquait un lobe d'oreille. C'était déjà ça. Cela ne compensait toutefois pas la mort de mes amis.

Daphné laissa libre cours à ses larmes.

— Barbarossa m'a pris un œil en affirmant qu'il continuerait jusqu'à ce que nous soyons aveugles. Alto a cédé, ce qui ne m'a pas surpris. Comment lui en vouloir ? Il avait tant souffert ! Barbarossa l'a quand même tué. Nous n'étions plus que trois, soupira-t-il. Moi, Delacroix et Wüstenfalke, un Prussien. Nous nous sommes retrouvés en cellule. Sans leur aide, j'aurais perdu bien plus qu'un œil, tu sais. Delacroix m'a recousu tant bien que mal et m'a soutenu durant ma fièvre. Wüstenfalke effectuait mes tâches, car le sultan ne nous laissait aucun répit. Baba Hassan se faisait transporter dans les carrières uniquement pour me regarder m'échiner.

— Pourquoi tant de haine ? s'étonna-t-elle.

— Je suis un peu responsable, admit-il. Lors de ma capture, j'ai commis l'erreur de me débattre. Je résistais à la moindre occasion. Lors de ces rixes, j'ai tué deux hommes, dont un jeune frère du sultan. Il ne me l'a pas pardonné. Non parce qu'il aimait ce garçon, car il éliminait tous ses parents de sexe masculin depuis des années, au cas où ils le défieraient. Mais j'avais eu l'audace d'attaquer l'un de mes maîtres.

Il passa une main tremblante dans ses cheveux.

— J'ai créé un précédent. Quel qu'ait été le montant de la rançon versée par mon oncle, il ne m'aurait pas rendu la liberté.

Choquée par cette violence, elle avait eu un mouvement de recul.

— Je t'ai fait peur ?

Elle prit son visage entre ses mains.

— Ne dis pas de bêtises ! Pourquoi aurais-je peur de toi ? Tu vas devoir me supporter à jamais.

Elle l'embrassa sur les lèvres.

— Je t'aime à la folie, Hugh. Je suis impatiente d'aller chercher les garçons et de commencer ma nouvelle vie avec toi. Si je ne vais plus à Londres ou à une réception pendant dix ans, je serai satisfaite. Je veux être ta femme.

— Euh… tant mieux… bredouilla-t-il.

Daphné le dévisagea.

— Qu'est-ce que tu as ?

Il ouvrit la bouche, la referma aussitôt.

— Tu m'inquiètes ! Que se passe-t-il ?

— Rien de grave, assura-t-il en lui prenant les mains. Enfin, presque. C'est à propos du mariage.

— *Notre* mariage ?

— Celui-là même, acquiesça-t-il avec un rictus gêné.

— Que me caches-tu ?

— Eh bien, il semble que ma tante Letitia ait décidé de prendre en main l'organisation de l'événement.

— Ah...

Elle haussa les épaules.

— C'est sans doute mieux ainsi, déclara-t-elle enfin, car je n'en ai ni l'envie ni les capacités, même pour un mariage en toute intimité.

— Justement... ce ne sera pas un mariage en toute intimité.

— Ah bon ? souffla-t-elle. Ce sera...

— En grande pompe.

— Oh non, Hugh ! Pourquoi ?

Il la reprit dans ses bras.

— D'après ma tante, c'est indispensable pour nous sauver la mise vis-à-vis de la bonne société.

— Combien de temps devrons-nous rester à Londres ?

— Aucune idée, avoua-t-il en embrassant le sommet de sa tête. J'ai dit à tante Letitia de décider. Ce n'est pas pour nous, c'est pour les garçons.

Elle s'écarta de lui et repoussa ses cheveux de son visage.

— Pourquoi rougis-tu, chérie ?

— Parce que j'ai honte.

— De quoi ?

— D'être égoïste. Je ne pensais qu'à moi en oubliant les enfants... et toi.

— Tu peux avoir honte, chérie. Mais je sais comment tu peux te racheter.

Elle éclata de rire.

— Tu es un monstre !

— Approche, que je te montre à quel point...

Elle ne se fit pas prier.

Épilogue

Londres, quelque temps plus tard...

Avec un soupir d'aise, Hugh s'appuya au dossier de la banquette, dans la voiture qui venait de quitter Thornhill House. Il prit son épouse dans ses bras et l'attira vers lui.

— Dieu merci, c'est terminé ! souffla-t-il en plongeant dans son regard. J'ignorais que tante Letitia sortirait un archevêque de son chapeau. Tu étais au courant ?

— Oui, je savais qu'il y aurait un archevêque et trois cent cinquante invités que nous venons d'abandonner. Aurais-tu oublié que j'ai été contrainte de discuter chiffons, robes, dentelle, menus durant les préparatifs ?

— Est-ce une façon de me dire que je t'ai manqué ?

Daphné pouffa. Lady Letitia s'était montrée plus attachée aux convenances qu'ils ne l'avaient imaginé. Le lendemain du combat entre Ramsay et Calitain, la vieille dame était apparue à Lessing Hall, accordant à la future mariée un après-midi pour faire ses bagages. Elle l'avait emmenée à Londres pour chercher les jumeaux, puis dans son domaine à la campagne. Hugh s'était retrouvé seul. Elle leur avait interdit de passer une nuit sous le même toit avant d'avoir la corde au cou, selon sa propre expression.

Il prit la jeune femme par le menton, en proie à un désir grandissant, comme chaque fois qu'il voyait ses yeux bleus... ou toute autre partie de son corps.

— Les garçons ont-ils aimé faire la connaissance de leurs cousins et cousines, leurs oncles et tantes ? Et toi, tu as apprécié ce séjour, ma chérie ?

— Tu parles de ces semaines passées à organiser le mariage dans la maison de campagne de ta tante Letitia ? Ce fut une expérience moins traumatisante que de te regarder affronter Calitain au sabre. À peine moins, je l'avoue. Je suis contente d'en avoir terminé et j'ai hâte de regagner Lessing Hall.

— Comment ? railla Hugh en feignant l'étonnement. Tu veux déjà quitter la scène de ton plus grand triomphe ? Tu n'as donc pas lu les journaux, mon amour ? Tu as mis le grappin sur le « corsaire du roi » ! Le plus beau parti de l'année... ou de la décennie, d'après certains articles.

— Je les ai lus également. Il y avait aussi une enquête sur un habitant de Newington Butts qui affirme avoir inventé une machine à mouvement perpétuel.

— C'est vrai ?

Daphné leva les yeux au ciel.

— Quoi qu'il en soit, reprit Hugh, pourquoi quitter Londres si vite ? Tu ne veux donc pas te pavaner à mon bras pour faire bisquer tes rivales ?

D'une main gantée de blanc, elle étouffa un bâillement. Ramsay rit de bon cœur.

— Mon orgueil en prend un coup, marmonna-t-il en attirant son épouse sur ses genoux.

Il fit mine de plonger dans le décolleté de sa robe bleue.

— Pourquoi ai-je envie de déchirer une autre de tes toilettes, milady ?

Il déposa un baiser sur l'arrondi d'un sein laiteux, en proie à un désir brûlant. Elle ne put s'empêcher de glousser.

— Mon épouse érudite serait-elle chatouilleuse ? s'enquit-il en se redressant.

— Absolument pas !

Elle offrit son cou à ses baisers.

— J'espère, murmura-t-il en donnant des coups de langue sur la peau délicate du creux de son épaule. S'il y a un chatouilleux dans cette famille, c'est moi. Mais tu ignores encore quelle partie de moi il faut titiller.

Il libéra un sein pour mieux le dévorer de baisers. Daphné gémit et s'agita sur ses genoux.

— Bon sang, souffla-t-il, troublé par ces frottements sensuels sur son membre dressé. J'ai l'impression d'attendre depuis une éternité. Il est temps de rentrer à la maison.

Il glissa une main sous la robe et remonta le long de sa jambe, tout en descendant le bustier.

— Nous arrivons dans quelques minutes, chuchota-t-elle sans conviction.

— C'est trop long...

— Mmm... fit-elle en posant une main sur le renflement suggestif de son entrejambe. Je suppose que ce sera suffisant.

— Lady Ramsay !

Daphné s'amusa de son air outré.

— Je n'ai jamais fait l'amour dans une voiture, milord.

Elle entreprit de déboutonner le vêtement de soie.

— Je reconnais là ta curiosité scientifique, dit-il d'une voix rauque.

Il frappa un coup sur la paroi de la voiture pour que le cocher ouvre la petite trappe.

— Faites un tour du parc !

Il se pencha de nouveau sur la poitrine dénudée de sa femme.

— Où en étions-nous, mon amour ?

— Un seul tour, milord ? minauda-t-elle en lui mordillant le lobe de l'oreille.

— Deux tours ! lança-t-il au cocher.

Cette fois, il l'entendit clairement pouffer de rire.